# 戰龍無畏

娜歐蜜·諾維克 著　周沛郁 譯

HIS MAJESTY'S DRAGON

獻給查爾斯

不可或缺的存在

〈推薦序〉

# 好看到讓人五體投地的《戰龍無畏》

灰鷹

關於《戰龍無畏》這本書的魅力，我有個很「嚇人」的故事分享。

我有位英國朋友P小姐，她任職某大出版社的版權部，常跑亞洲推展業務。該公司專門出圖文書，與文學小說半點沾不上邊，但她卻是個超級重度的科幻／奇幻迷。她是那種早慧的超齡讀者，一歲半就讀完《獅子、女巫、魔衣櫥》。一本五、六百頁的英文小說，她只要幾個小時就能解決，搭一趟長途飛機可能得帶上一箱書才夠「消化」。我或許因爲工作之故，對科幻／奇幻類型的業界資訊掌握較多，可是要論實打實的閱讀功底，我是只有瞠目結舌的份。

有次和P小姐聊起《戰龍無畏》，她說愛死了這套結合拿破崙時代海戰與龍的奇幻小說，正在苦苦等後續幾本推出平裝。是這樣的，當時娜歐蜜．諾維克已經寫好三集的稿子，在英國以精裝書的高規格出版，每年推出一部，精裝出版後至少半年才會推出平裝，所以續集的等待實在曠日廢時。

可是美國出版社的策略不同，他們直接推出小平裝，而且是以一個月一本的速度，迅速出完三本，藉此打響諾維克的名號。說來也巧，我在 Page One 書店買到三本美國版，想到身在英國的P小姐沒有管道又想看續集，便決定趁法蘭克福書展，把書帶去送她。

結束了一整天的會議，我從版權中心走到她位於八號館的公司攤位，請櫃臺人員進去通報外找。P小姐笑盈盈走出來，正要打招呼便看到我手上兩本《戰龍無畏》的續集，立即驚叫「我的老天啊！」隨即跪倒在地，向我連聲說謝，只差沒有磕頭如搗蒜。不只我被嚇傻，現場諸多出版界「專業人士」也都目瞪口呆。

若要P小姐給《戰龍無畏》的好看程度打分數，肯定是破表的吧！

諾維克出道的過程很戲劇化。她在布朗大學讀英國文學，求學期間就提筆創作，活躍於網路上的同人小說社群（fan fiction）。畢業後她在某電腦公司工作，然後到紐約的哥倫比亞大學深造，改讀資訊工程。拿到碩士學位後，她放棄博士研究，投效大名鼎鼎的電腦遊戲公司 BioWare，協助開發「絕冬城之夜」的資料片「黯影之心」（*Neverwinter Nights: Shadows of the Undrentide*）。

一年後，她發現寫程式無法滿足自己。電腦遊戲畢竟是一個講究團隊分工的產業，不像小說作者擁有完全的創作主導權，於是諾維克辭去工作。

差不多就在那時候，她看了羅素．克洛主演的電影《怒海爭鋒》，頗受震撼，便去找派崔克．歐布萊恩（Patrick O' Brian）的原著來讀，想不到一讀無法自拔，短短兩週內啃完二十本大部頭鉅著，也埋下《戰龍無畏》歷史背景的種子。另一個重要的靈感來源，則是珍．奧斯汀的作品，尤其是諾維克讀了至少三十遍的《傲慢與偏見》。她特別喜歡書中的時代氛圍、人物的古典談吐和應對禮儀。

我們可以用「安．麥考菲莉（Anne McCaffrey）的《帕恩行星的龍騎士》（*The Dragonriders of Pern*）」加上「派崔克．歐布萊恩的海戰歷史小說」來形容這部作品。她把奇幻元素注入拿破崙時代的英法戰爭，又把兩國交戰的領域從海疆拉高到空中，乘風而行的不是飛機，而是龍：碩大、優雅又兇猛的神話生物。

在諾維克的設定裡，世界各國都有自己的「龍種」，其中最優秀的便是中國龍。這些龍能通人語、具有高度智慧。主角威爾．勞倫斯本是英國海軍艦長，在交戰過程中俘虜法艦一艘，意外在船艙裡找到一枚即將孵化的龍蛋，而且是歐洲人沒有親眼見過的中國帝王龍。威爾將之命名為「無畏」後沒多久，這一人一龍便乖乖到英國皇家空軍報到，替女王陛下開疆拓土，和法國龍在長空決一死戰。

諾維克最令人激賞之處，在於她把「龍」這個在奇幻小說裡早被寫到爛的物種帶進了全新的文學傳統：講禮儀、重榮譽的十八、九世紀英國海戰文學，以及珍．奧斯汀式的「風尚喜劇」（comedy of manners）。正如蘇珊娜．克拉克在《英倫魔法師》中把魔法師寫成十八世紀愛吵嘴的英國紳士和老學究，放進攝政時期（Regency）的社會文化脈絡。誰想得到英國紳士騎龍打仗是如此地新鮮有趣、好看得令人五體投地呢？

從諾維克的成長軌跡，不難看出她是「血統純正」的奇幻迷：小時候讀《魔戒》，大學時迷《星艦迷航記》、寫同人小說，還參與過奇幻遊戲正宗「龍與地下城」的電腦版開發。對於這個類型的變革與流轉、經典和當代，她是再熟悉不過。當她再把屬於古典文學、歷史小說的元素帶入作品，自然激發出前所未見的火花。

《戰龍無畏》在美國出版後，很快打響名號，讓諾維克成爲近年來走紅最快的奇幻新人女作家。當彼得．傑克森買下電影版權，準備作爲繼《魔戒》之後下一個奇幻史詩大片的題材，更一舉將諾維克推上全球暢銷作家的高峰。

在傳統奇幻逐漸在本地式微，越來越少作品被譯成中文的當下，《戰龍無畏》的面世，實在值得所有奇幻迷鼓掌慶賀。即使不是奇幻迷，我相信也很難抵擋「無畏」的龍格特質和個龍魅力。說不定當續集推出的時候，我們會在書店看到很多人興奮得五體投地呢！

本文作者爲奇幻文學評論者

# I

# 第一章

法國船艦笨重地隨波搖擺，甲板上滿是鮮血，又濕又滑，攻擊時若是不小心跌倒，反而會成爲受攻擊的目標。勞倫斯在激戰中沒空去詫異敵方的抵抗程度，但即使殺紅了眼，視線變得遲鈍模糊，在刀光劍影和槍枝的硝煙之間，他仍然注意到法國敵艦艦長鼓舞手下士氣時憤慨的表情。

接著，兩人在甲板上相見，那個男人不情願地繳械投降，臉上還是那副表情——交出佩劍的最後一刹那，他的手還在劍柄上輕握了一下，好像想抽回劍似的。勞倫斯抬頭確認已經降下法國國旗，才微微一鞠躬並接過劍來。勞倫斯不會說法文，而他的三副還在甲板下清查、安頓法軍的槍砲，正式交談要等這個年輕人在場。剩下的法國人不再戰鬥之後，就這麼在原地跌坐下來。勞倫斯注意到三十六門砲的巡防艦不應該只有這些人，而且士兵個個看起來還都病懨懨、面黃飢瘦。

甲板上不少病弱的士兵不是死去，就是垂死了。想到他們平白犧牲，勞倫斯搖搖頭，不以爲然地看著法國艦長——那男人根本不應該開戰。法國艦友誼號即使在最佳的狀況下，兵力和火力都略輸信賴號，而且友誼號上疾病肆虐、糧食不足，船員顯然減少了許多。此外，他們頭頂上的船帆纏絞成一團，那不是戰鬥的結果，而是這天早上歷經暴風雨的傑作。他們在混戰之前都無法整理船帆，所以拖慢了動作，直到信賴號逼近甚至登船之前，他們都還沒辦法發射舷側砲。艦長吃了敗仗，顯然很喪氣，不過他看來已經不是那種會受情緒影響的年輕人了——當初就不該帶著手下，做出那麼奮不顧身的舉動。

「萊利先生，」勞倫斯示意他的二副說，「叫我們的人抬傷者下去，然後傳話請威爾斯先生來。」他說著，將敵方艦長的佩劍掛上腰帶。他通常會交還佩劍，但他不認爲那男人值得這樣的禮遇。

「是，長官。」萊利說完，轉身交代必要的指令。勞倫斯走到欄杆旁，觀察船身損毀的情形。船身看起來還算完好，而且他先前也吩咐手下別轟到吃水線以下。他滿意地心想，將它駛進港口不會有困難。

頭髮散出他的短辮子，在他低頭時垂到眼睛裡。他轉過身，不耐煩地撥開頭髮，在前額與被太陽過度曝曬的髮絲上留下斑斑血跡。血跡再加上那副寬肩膀和一臉嚴肅的神色，讓他在巡視這艘戰利品時，不自覺地露出暴戾的模樣，跟他平日深思熟慮的外表大不相同。

三副威爾斯接到指示，爬上甲板，來到他身旁，不等問話就開口：「長官，不好意思，吉伯斯大副說船艙裡有個怪東西。」

「哦？我去看看。」勞倫斯說，接下來指著法國艦長，「請轉告這位先生，他必須爲他和屬下們提出條件，否則得受幽禁。」

法國艦長沒有立刻回答，只是一臉悲慘，望著自己的屬下。他們在甲板那兒分散開來，當然會比較舒服，再說以目前的情況，他們也不可能奪回船隻。但他仍然垂頭喪氣，幾分猶豫之後，才以法語沙啞地說：「我投降。」此時，他的臉色更加慘澹了。

勞倫斯輕輕點頭。「讓他去他的艙房。」他對威爾斯說完，轉身走下船艙，同時對萊利說：「湯姆，方便一起來嗎？」

他帶著萊利走下船艙，看到他的大副正在等他。吉伯斯的圓臉上仍然滿是汗水，帶著興奮的神情。他會將他們這艘戰利品開回港口，而且這艘是巡防艦，他應該能因此晉升爲艦長。勞倫斯並沒有多高興。吉伯斯雖然算盡責，不過畢竟是海軍指派給他的人，因此他們彼此並不那麼親近。他本來想讓萊利當大副，如果能照他的意思，那麼升任艦長的人應該是萊利。雖然海軍的規矩就是這樣，而且他不會吝於讓吉伯斯享有好運；但要是能看到湯姆成爲艦長，他會更由衷地高興。

「好啦，究竟是怎麼回事？」勞倫斯說。船員應該在登記俘虜船艦的存貨，卻丟下工作圍在船尾那頭，那裡有一道位置不尋常的牆。

「長官，麻煩這裡走。」吉伯斯說，「你們讓開。」船員退開來，他們後面那道牆封起船艙的後半部，勞倫斯注意到牆上有扇門，而牆面的木材明顯比周圍的木材顏色淡，顯然是新裝設的。

他鑽過矮門，發現自己身處於一個詭異的房間裡。牆居然以金屬片強化，想必讓船增加了很多不必要的重量；此外地板鋪上了舊帆布，角落還有一只小小的煤爐，不過沒人使用。房間裡只有一個四方的大箱子，有人的胸口那麼高，用繩索綁著地板和牆上的金屬環來固定。

勞倫斯不禁大爲好奇，內心掙扎片刻後就屈服了。「吉伯斯先生，我想我們應該打開看看。」他說著讓開位置。箱子頂部完全釘死，不過最後由熱心的船員解決了問題——他們橇開箱子，搬走最上層的塡塞物，然後一個個伸過頭去想一探究竟。

沒人說話，勞倫斯也沉默地注視從乾草堆裡透出微微亮光的圓弧蛋殼，幾乎難以置信。最後他終於開口：「傳話請波利特先生來。」他的聲音聽起來還算輕鬆。「萊利先生，請檢查這些繩索夠不夠牢固。」

萊利看呆了，沒有馬上回答，過了半晌才倏然立正，急忙說：「是，長官。」然後彎下腰檢查捆綁的情形。

勞倫斯走近一點，低頭望著蛋，幾乎可以確定這是什麼東西，只不過他沒什麼經驗，不敢太肯定。最初的驚奇感消失了，他猶豫地伸出手，小心翼翼地觸碰蛋殼的表面——光滑又堅硬。他擔心不小心傷到蛋，因此一碰到便把手收回來。

波利特先生雙手抓著梯子邊，笨拙地爬下船艙，還在梯子上留下血印。他根本不是海上人，是因爲陸上生活碰到困難，所以三十歲才成爲海軍軍醫。然而他和藹可親，即使在手術中雙手沒那麼穩定，還是很受船員喜愛。「長官，你找我？」他才說完，就看到那顆蛋，「老天爺啊——」

「所以，這是龍蛋囉？」勞倫斯好不容易才克制住得意的語氣。

「噢，是啊，艦長，光看大小就知道。」波利特已經把手在圍裙上擦乾淨，開始從蛋上撥開更多乾草，想看出完整大小。「天啊，已經硬化得差不多了；眞不知道他們在想什麼，怎麼離陸地這麼遠。」

聽起來情況不太樂觀。勞倫斯警覺地問：「硬化？什麼意思？」

「呃，我是說快孵化了。我得查一些書才能確定，不過我想巴德卡《動物寓言集》❶的說法很權威——蛋殼完全硬化以後，龍就會在一週之內孵化。這個樣本實在太棒了，我要拿我的測量繩來。」

他匆忙離開。勞倫斯和吉伯斯、萊利交換眼神，暗示他們靠近一點說話，不讓附近湊熱鬧的人聽見。「順風的話，到馬德拉❷至少要三個星期，你們同意嗎？」勞倫斯悄悄說。

「最快三星期，長官。」吉伯斯點頭道。

「眞想不透他們怎麼會帶著蛋跑來這裡。」萊利說，「長官，您決定怎麼辦？」

勞倫斯了解他們的處境非常艱難，因此最初的滿足逐漸轉爲沮喪。他楞楞地注視著那顆蛋，即使在微弱的燈光下，蛋殼仍然泛著溫暖的大理石光澤。「唉，湯姆，我要是知道才有鬼。不過我大概會把劍還給法國艦長，也難怪他就算沒有勝算，仍然奮勇作戰。」

其實，勞倫斯當然知道他該怎麼辦，這件事只有一種解決辦法，只不過想到就令人厭煩。他一邊沉思，一邊看著龍蛋被裝入箱，搬到信賴號上——除了那些法軍軍官，他是唯一神色凝重的人。勞倫斯讓他們在後甲板活動，他們就靠著欄杆，狼狽地目睹英軍的搬運過程。在他們身旁，英國船員個個笑容滿面，那是意氣風發的笑容。而眞正負責搬運龍蛋的船員汗流浹背，手上沒事的人卻推推擠擠，雞婆地喊著警告和建議。

勞倫斯等蛋平安擺到信賴號的甲板之後，便親自向吉伯斯道別：「沒理由給俘虜拚死奪蛋的動機，他們就留給你了。」他說道，「盡量跟著我們走，不過萬一分開的話，就到馬德拉會合吧。吉伯斯艦長，我由衷地恭喜你。」說完，他和吉伯斯握了握手。

「謝謝你，長官，容我說，我眞的非常非常感謝……我很感激……」說到這兒，吉伯斯平庸的口才就不管用了。他放棄用言語表達的努力，就那樣站著，抱著滿心謝意，對勞倫斯和周遭的一切歡喜地微笑。

爲了搬移箱子，兩艘船靠在一起，所以勞倫斯不用搭小船，跳過晃盪的海面就回到自己船上。萊利和其他軍官都已經回到船上，他下令啓航之後，就直接下到船艙，私下煩惱問題去。

但是那一夜，沒別的好辦法自動現身。隔天早上，他逼不得已還是下了命令，不久船上的見習官和尉官就湧入他的艙房裡。他們穿著最正式的服裝，全身擦得晶亮，非常緊張。以前從來沒有一次傳喚過這麼多人，而艙房不夠大，塞進所有人之後，感覺不太舒服。勞倫斯在不少張臉上看到焦急的表情，顯然大家私下知道有人犯了錯，所以好奇地看著別人。只有萊利看起來有點煩惱，也許多少猜到勞倫斯想做什麼了吧。

勞倫斯讓人搬走桌椅，好騰出多一點空間。因爲書桌不在了，這時只能站著，不過他留下了墨水瓶架、筆和幾張紙，放在他背後船尾的窗檯邊。他清一清喉嚨，說：「各位，你們應該都知道了，我們在俘虜的法國船上找到一顆龍蛋；波利特先生已經爲我們鑑識過，確定沒錯。」

不少人笑了，有些還暗地裡用手肘頂頂旁邊的人。見習官小巴特西尖尖的聲音冒了出來：「長官，恭喜啊！」欣喜的祝賀聲立刻蔓延開來。

勞倫斯皺起眉頭。他了解他們興奮的心情，要是情況有一點點不同，他也會跟他們一起慶祝。龍蛋平安上岸的話，價值可以抵過蛋重量一千倍的黃金，船上的所有人都能分到獎賞，而他是艦長，將得到最大的那一份。

友誼號的航海日誌被扔進海裡，而它的船員又不像軍官那麼守口如瓶，威爾斯光聽他們的埋怨，就完全了解航程爲什麼延遲。船員得了熱病，大半個月在赤道無風帶停滯不前，水槽漏水使得儲水量短缺，除此之外，至少還經歷了不久前勞倫斯也遇到的暴風雨。糟糕透頂的霉運接二連三而來，而那顆蛋無疑就是罪魁禍首。勞倫斯很清楚，這下子是由信賴號要帶著這顆造成霉運的龍蛋，要是手下們想到這件事，士氣必定頓時下滑。

他當然會瞞著船員，最好別讓他們知道友誼號遭逢了一連串的災難。所以房間裡再次安靜下來後，而勞倫斯只簡單地說：「很不幸，我們的戰利品先前的旅途很不順利，它應該預定要在快一個月，或是更久之前登陸的，現在延遲了，有些和蛋有關的況狀，因此變得很急迫。」大多人都是一副疑惑不解的樣子，但越來越多人露出了擔心的表情。勞倫斯作結道：「各位，不久之後，蛋就要孵化了。」

衆人又是一陣低語，不過這次帶著失望，其中甚至有幾聲小聲的抱怨。他通常會記下抱怨的軍官，稍後找來訓一頓，不過眼前這種情況下，他就裝作沒聽到。他們很快就有更多事要抱怨了。到目前爲止，大家還不明白蛋要孵化代表著什麼，他們只想到野龍的價值遠不及龍蛋，獎金將會少很多。

他使使眼色，制止他們低語說：「也許有人不知道，英國的空軍境況很危急。當然我們駕馭龍的技術出色，我們的空軍比其他國家的空軍還優秀，但是法國龍的數目是我們的兩倍，而且我們得承認，他們的血統比較豐富。一隻經過馴養訓練的龍，即使只是普通的黃色收割者，或是才三噸重的溫徹斯特龍，就抵得上我們百門砲的一級戰列艦❸；而波利特先生相信，由蛋的大小和色澤來看，要孵出來的會是一隻品種優秀的龍，而且很可能屬於少見的大型品種。」

「噢！」見習官卡弗聽懂他的意思，驚慌地叫了一聲。大家都看向他，他立刻羞紅臉，緊緊閉上嘴。

勞倫斯沒理會他的干擾，不用交代萊利，他也會暫停卡弗一星期的烈酒配給。那聲驚嘆至少讓其他人有點心理準備。「我們至少要試著馴養幼龍，」他說，「各位，我相信在場人人都隨時準備爲英國盡忠職守。空軍生涯雖然不是我們大家受訓要過的生活，不過海軍也不是閒缺，你們都很清楚什麼是苦差事。」

「長官，」凡沙中尉出生於望族，是伯爵之子，這時焦急地說，「您的意思是……我是說，難道所有人都要……」

他說到「都」的時候強調了一下，話中顯然帶著自私的意味，勞倫斯氣得臉都青了。他怒聲說：「是的，凡沙先生，所有人都得嘗試，除非這裡有哪個人懦弱到試也不敢試。那樣的話，等我們到馬德拉，那個人可以爲自己向軍事法庭解釋解釋。」他憤怒的目光掃過房間，沒有人敢與他目光相對，也沒人反駁。

他更氣惱的是，自己也能體會那種心情，而且也有那樣的想法。想當然耳，不是以這種生活爲目標而接受海軍培育的人，如果突然要成爲飛行員，任誰都會感到不安；而想到必須要求下屬們面對這種情形，他更覺得厭惡。畢竟成爲飛行員，等於再也不能過正常的生活。跟航海不一樣，因爲海軍還是有把船交還給軍隊，被派到陸地上的時候，只是通常不能照自己的意思。

然而即使在和平的時代，龍也不能停泊，總是自由地遊蕩。要約束一隻二十噸的成年巨龍而不讓牠高興做什麼就做什麼，幾乎需要飛行員加上所有協助人員完全的關注。龍不能靠力量束縛，而且會對馭龍者吹毛求疵，有些甚至不服從管束，即使剛孵化時也一樣，而如果沒有趁早馴服，龍吃過東西之後就不可能讓人馴養了。野龍會被關在繁殖場，定時供應食物、交配對象，還有舒適的地方遮風避雨。不過在繁殖場外面，就無法控制他們，而且野龍不會和人類交談。

剛孵出的幼龍如果讓你放上鞍具，從此以後，責任就會將你和龍緊繫在一起。飛行員很難經營任何型式的資產，也很難照顧家庭，更不容易眞正進入上流社會。他們離群而居，幾乎不受法律束縛，因爲一旦處罰飛行員，他的龍就派不上用場。和平的年代，他們在小塊土地上過著自由而不受拘束的生活，那裡通常是全英國最荒涼、沒有人煙的地方，至少能讓龍享有一點自由。雖然空軍勇氣過人、保家衛國，理應受到敬重，但是上流社會的男士們都不想成爲他們的一員。

不過，他們通常也出生於好家庭，是紳士之後，年僅七歲時就交由空軍培養當飛行員。如果由空軍軍官之外的人來馴服龍，對於空軍將是奇恥大辱。總而言之，如果必須要求某人承擔成爲飛行員的可能性，那麼所有人都不該置身事外。只不過——要是凡沙沒說出那麼不得體的話，勞倫斯會想讓卡弗別參加，因爲那孩子很怕高，這可是當飛行員的一大弱點。可是當卡弗提出卑鄙的問題之後，那麼做看起來會像是偏袒，行不通了。

勞倫斯怒火未息，深吸口氣以後才繼續說：「在場沒有人受過任何這方面的訓練，所以這個職務用抽籤的才公平，有家室的人可以不用參與。波利特先生，」他說著轉向醫生，醫生在德比郡有妻子和四名子女。「希望你幫我們進行抽籤。夥伴們，現在每個人都在這裡的紙上寫下名字，然後丟到這個袋子裡。」他照自己說的，撕下寫了名字的一角摺起來，放入小袋中。

萊利立刻走過來，其他人也服從地跟上來。在勞倫斯冷冷的目光下，凡沙紅著臉，以顫抖的手寫下他的名字。卡弗雖然一臉蒼白，反而勇敢地寫了。最後寫的是巴特西，他跟其他人不一樣，撕紙時很隨便，撕下的那塊比別人的大很多，只聽到他悄悄向卡弗低聲說：「騎龍很出風頭吧？」

勞倫斯看著他年少無知的舉動，輕輕搖頭。不過中選的人如果年輕一點，可能情況比較有利，因爲適應力較強。但他還是不忍心看到任何孩子爲這工作而犧牲，還得面對憤怒、難以諒解的家人。話說回來，在場所有人都會面臨同樣的問題，即使他自己也不例外。

勞倫斯努力不從自私的角度思考結果，但是關鍵時刻來臨，他還是不能完全壓抑自己的恐懼。一小張紙片，可能成爲他事業的末日，讓他生命遭遇劇變，使他成爲父親眼中的恥辱。他還要想到伊蒂絲．蓋曼。不過他和伊蒂絲間只有不成熟的感情，沒有誓約，要是他打算讓有這類關係的部下都能除名，那最後一定半個人都不剩。總之，他不能想像他能以任何理由不參加抽籤；他不能自己逃避，卻要求手下面對這樣的事。

他將袋子交給波利特先生，故作輕鬆，兩手輕輕背在腰後交疊，裝作不在意的樣子。醫師拿著袋子搖兩下，看也不看就伸手進去，然後抽出一張摺得小小的紙片。那張紙比勞倫斯的多摺了一次，因此名字還沒唸出來，他就大大地鬆了一口氣，同時又為了自己慶幸的想法感到慚愧。

這樣的情緒只維持了一下子，他就聽到波利特說：「強納森．卡弗。」凡沙猛然呼氣的聲音傳來，巴特西嘆了口氣，勞倫斯則低下頭，又在心裡暗罵凡沙。卡弗是那麼有前途的年輕軍官，在空軍卻非常可能變得無用武之地。

「好吧，我們有人選了。」他說，能做的都做了，沒有辦法。「卡弗先生，到龍蛋孵化之前，我免除你的一般職務，你要向波利特先生請教馴服的程序。」

「是，長官。」男孩聲音微弱地答道。

「各位，解散。凡沙先生，我有話跟你說。萊利，你負責監督船務。」

萊利碰了碰帽子，行禮告退，其他人跟著他魚貫離開。凡沙僵硬地站著，一臉慘白，兩手背在腰後，嚥下口水；他突出的喉節上下移動，清晰可見。勞倫斯讓他流著汗等待，直到他的管家將艙房的家具歸位為止。勞倫斯自己在船尾窗前的椅子上坐下來，然後嚴肅地瞪著凡沙。

「好了，凡沙先生，請你解釋你先前說的話究竟是什麼意思。」他說。

「哦，長官，我沒什麼意思。」凡沙說，「只是他們說的飛行員的事，長官——」勞倫斯目光中的怒意越來越強，他結結巴巴地閉上嘴。

「凡沙先生，我不管他們說了什麼。」勞倫斯冷冷地說，「英國的飛行員是國家天空的屏障，就像海軍是海洋的屏障一樣。你做的事有他們之中最差的人一半強，再來批評吧！卡弗先生站哨由你代班，你要負責他那份工作，再加上你自己的工作，烈酒的配給暫停，直到處罰解除，去轉告軍需官。解散。」

他責備了凡沙。然而凡沙離開之後，他仍然在艙房裡踱步了好一陣子。他很嚴厲，但是處理得公平，因爲凡沙在同伴中那樣說話非常不妥當，甚至還暗示自己出身不凡，可以不用抽籤。不過凡沙顯然是被遷怒的，他只要一想起卡弗臉上的表情，就覺得內疚。他那種慶幸的感覺還沒消失，而且一直讓他覺得慚愧——他讓男孩承受了自己不敢面對的命運。

他試著安慰自己，心想卡弗沒受過訓練，龍很可能拒絕他，不願意讓他馴服。這樣一來，就沒人好歸咎，而他也能心安理得地把龍送去換取獎賞。即使只能用來繁殖，那隻龍對英國也很有幫助，而且能從法國人手中奪來，本身就算勝利了。他私下希望結果是這樣，不過爲了忠於職責，他仍然會盡一切力量讓龍被馴養。

接下來的一星期在不安之中過去，誰都能感覺到卡弗焦慮的心情，特別是隨著那個星期漸漸過去，軍械士做的鞍具開始成形，而卡弗人緣好，怕高的問題又不是什麼大秘密，朋友和手下的砲手都爲他感到難過。

波利特並不了解船上眾人的情緒，而且對馴服過程興致勃勃，因此是唯一心情好的人。他花了許多時間檢查龍蛋，甚至吃、睡都待在彈藥室的木箱旁。彈藥室臥舖的空間本來就很擠，他的鼾聲又無孔不入，睡那裡的軍官都很困擾。但他對他們沉默的抗議一點也沒感覺，繼續在蛋旁邊戒備，直到某個早上，他絲毫沒有惻隱之心，用討人厭的態度，開心地宣布第一道裂痕出現了。

勞倫斯立刻命令部下從木箱裡取出龍蛋，搬到甲板上。他們事先在舊帆布中塞進麥稈，爲龍蛋做了一塊特製的墊子，墊子放在幾個捆綁固定的貨箱上面，龍蛋則小心翼翼地放在墊子上。軍械士拉伯森帶來鞍具，他不太清楚龍的身體比例，所以鞍具沒有做得很精準，只用幾十個扣環固定皮帶做成暫用的鞍具。他帶著鞍具站在旁邊等待，而卡弗則站到龍蛋前面。勞倫斯命令船員空出龍周圍的位置，給他們多一點空間。大部分的船員決定爬到索具之間，或是爬到後艙的艙頂上，希望能看清楚過程。

那天天氣晴朗，也許溫暖和陽光對禁錮已久的幼龍都是鼓舞；幾乎才把蛋放下來，蛋就開始更劇烈地裂開。爬到高處的船員傳來陣陣騷動和嘈雜的低語，勞倫斯決定聽而不聞；頭一次能瞥見裡頭動靜的時候，傳來幾陣倒抽一口氣的聲音——龍的一邊翅膀尖端生著爪子，穿出蛋殼外，而雙爪從另一個裂縫爬了出來。

最後的一刻來得突然——蛋殼幾乎直接從中間裂成兩半，兩塊蛋殼被丟到甲板上，像是裡頭住的生物沒耐性了一樣，碎片間只剩下那隻小龍，在墊子上用力抖著身體。牠身上還裹著蛋裡的黏液，在陽光下濕濕的，晶透閃亮；身軀從鼻尖到尾巴都是毫無雜質的純黑色，翅膀展開之後，露出由六支脊骨構成、像女用扇子般的寬大翅膀，翅膀的下緣有灰色和泛著藍黑光澤的卵形斑紋。船員看了，全都發出驚異的嘆息。

勞倫斯自己也十分驚奇。他雖然在幾次艦隊任務中看過空軍來支援，以成年龍隻攻擊敵方，卻從來沒看過幼龍。他沒有相關的知識，不會辨識血統，不過他從來沒在英法雙方看過黑色的龍，這一定是非常少見的品種，而且對剛孵出的生物來說，牠看起來很大隻。因此事情更緊急了。「卡弗先生，準備好就開始。」他說。

卡弗一臉蒼白，向那隻龍走去，伸出明顯在顫抖的手說：「好龍兒，龍兒乖。」他的話聽起來比較像問句。

小龍完全不理他，忙著觀察自己，慎重地撿起黏在牠龍皮上的蛋殼。牠雖然只有大型犬那麼大，但是每隻爪子上的脊骨卻有一吋長，十分驚人。卡弗不安地看著脊骨，在一臂長的距離外停了來。他默默無語，站在那裡等著。小龍仍然無視於他的存在，他回頭焦急地向勞倫斯跟波利特先生站的地方看了一眼。

「也許應該再跟牠說話。」波利特先生猶豫地說。

「卡弗先生，請照做。」勞倫斯說。

男孩點點頭，但就在他轉回去面對小龍的時候，小龍搶先爬下墊子，跳過他旁邊，落到甲板上。卡弗轉過身，還維持著兩手向前伸出的姿勢，驚訝的表情顯得有點滑稽，而那些剛才興奮靠近小龍的軍官們則紛紛警戒地向後退。

「守住位置，」勞倫斯猛然說，「萊利先生，顧好船艙。」萊利點點頭，站到艙口，防止小龍下到船艙。

然而小龍卻轉身在甲板上探索，牠一邊走動，一邊伸出細長分叉的舌頭，輕輕碰觸搆得到的範圍內所有的東西，機靈又好奇地張望著周遭。雖然卡弗不斷想引起牠的注意，牠還是照樣忽視那個男孩，似乎對其他軍官也一樣不感興趣。小龍有時會用後腿站起來，盯著靠近他的臉龐看，但牠也是這麼研究滑輪和掛著的沙漏，還好奇地對著沙漏眨眼。

勞倫斯感覺自己的心沉了下去；如果小龍對沒受過訓練的海軍軍官完全沒有興趣，那誰也不能責怪他。儘管獲得龍蛋，卻讓非常罕見的小龍淪爲野龍，還眞是一大打擊啊！他們安排相關事宜，按照的是常識、波利特藏書中的隻字片語，還有波利特自己看過孵化後，對過程不完整的回憶，這下子勞倫斯很擔心他們漏掉哪個基本步驟。他知道小龍一孵化就能說話的時候，的確感到很意外。可以引誘小龍說話的特定問候語，他們在書裡怎麼也找不到，不過如果他們遺漏了什麼，他一定會受到責備，而且會非常自責。

軍官和船員們感覺大勢已去，紛紛開始竊竊私語。很快地，勞倫斯就得放棄並思考要如何限制這隻野獸，不讓牠吃過東西就飛走。龍還在探險，經過他身邊時，用後腿蹲坐著，用疑問的表情望著他。勞倫斯不掩飾自己悲傷不悅的心情，低頭看著牠。

牠向他眨眨眼。他注意到牠的眼睛是深藍色的，有著狹長的瞳孔。接著牠說話了：「你爲什麼皺眉頭？」

剎那間，全場一片寂靜。勞倫斯盡力壓抑，才沒對那隻生物露出目瞪口呆的樣子。龍不理卡弗，卡弗應該覺得自己暫時解脫了，這時站在龍的背後訝異得合不攏嘴。他絕望的眼神和勞倫斯四目相交，不過還是鼓起勇氣走過來，準備再對龍說一次話。

勞倫斯凝視著龍，又看著蒼白膽怯的男孩，接著深吸口氣，對這頭生物說：「不好意思，我並不是有意要皺眉頭。我是威爾．勞倫斯，請問貴姓大名？」

紀律也抑制不了甲板上發出一片譁然、吃驚的低語聲。小龍似乎沒注意到騷動，只想著那個問題，困擾了一陣子，最後才不滿地說：「我沒有名字。」

波利特的書勞倫斯讀得夠多了，知道自己該怎麼回答。他鄭重地問：「我能給你一個名字嗎？」

牠——依照聲音判斷，絕對是雄性，所以應該是他——打量著勞倫斯，停下來漫無目的地抓了抓背後，然後裝出不在意地說：「麻煩你了。」

勞倫斯這時腦中一片空白，他只盡力做了安排，確保馴服的過程能進行，卻沒眞正思考過馴服的過程本身，完全不曉得龍適合什麼樣的名字。他心慌意亂一陣子後，腦子終於將龍和船連結起來，於是「無畏」這個名字脫口而出。他想起自己看過那艘巨大的無畏艦❹出航，他們的動作都流暢而優雅。

除此之外，他什麼也沒想到，他默默地詛咒自己，不過名字已經出口了，而且至少是個光榮的名字。畢竟他是海軍，這名字也適合——他想到這裡，停下思緒，看著小龍，心中的恐懼越來越濃——當然他再也不是海軍了。馴養了龍就不能當海軍，而當小龍由他手中接受鞍具的那一刻起，他的生涯就完蛋了。

龍顯然沒察覺他的心情，說道：「無畏？好，我的名字是無畏。」他點點頭，長脖子末端的龍頭怪異地上下擺動，接著有些急切地說：「我餓了。」

剛孵出的小龍如果沒受約束，只要餵食過後就會立刻飛走。但是龍必須自願受到約束，以後才管得住，供作戰使用。拉伯森站在旁邊，驚訝得瞠目結舌，沒拿鞍具上前；待勞倫斯招手喚起他注意之後，他才過來。勞倫斯手心流著汗，拉伯森將鞍具交到他手中時，金屬和皮革似乎會滑手。他牢牢抓住鞍具，開口前才想起來要用新名字：「無畏，你願不願意讓我把這裝在你身上呢？之後我們可以讓你固定在甲板上，帶點吃的東西給你。」

無畏檢查著勞倫斯拿向他的鞍具，伸出薄薄的舌頭嘗了嘗。「好。」他說，然後站著等待。勞倫斯決定除了眼前的工作之外，不想其他的事，於是跪下來，笨手笨腳弄著皮帶和扣環，仔細地將鞍具穿過他光滑溫暖的身軀，小心避開翅膀。

最寬的皮帶繞過龍的腰部，就在前腳之後，然後用扣環固定在腹部下面。這塊皮帶交叉縫在龍身軀側面厚厚的兩條皮帶上，橫過他寬寬的胸膛，接著連到後腿後面，再到尾巴下方。還有幾條比較細的皮環縫在皮帶上，要扣在腿上和頸子、尾巴的基部，固定鞍具，他背後也橫過幾條較窄較薄的皮帶。

勞倫斯很慶幸裝鞍具的過程很複雜，能迫使他專注在這上面，心情也在處理時放鬆了下來。他調整鞍具時，注意到鱗片摸起來竟然非常柔軟，才想到金屬的邊緣可能讓他受傷。他回頭說：「拉伯森先生，請你再拿一些帆布來，我們要把扣環包起來。」

相關動作很快就完成了，鞍具加上包著白色帆布的扣環，襯著光亮的身軀，看起來很醜，而且不太合身。不過無畏並沒有抱怨，鞍具用鐵鏈固定到柱子上時，他也沒說什麼。勞倫斯下令帶來剛宰的羊，他心急地向滿盆熱騰騰血紅的肉伸著脖子。

無畏的吃相很不雅觀，他撕開大塊羊肉，一口吞下去，讓鮮血跟肉屑在甲板上散落一地。他好像特別喜歡腸子。勞倫斯又驚嘆又感到噁心，觀察了一陣子之後，決定站得離這場大屠殺遠遠的。他聽到萊利猶豫的聲音，才猛然注意到當時的情境。萊利對他說：「長官，我該不該讓軍官解散？」

他回頭看著自己的副官，又望見那些吃驚看傻了眼的見習官們，所有人都動也不動，一言不發。沙漏剛剛漏完，他這才發覺已經過了半小時。他居然馴服了龍，實在難以置信也難以接受。但是即使不容易接受，也必須面對事實。海軍對這樣的情況並沒有規定，因此勞倫斯認爲他應該能占著他的職位，直到他們靠岸爲止。然而他這麼做的話，到了馬德拉，上頭一定會派新的艦長給這艘船，萊利就永遠不能晉升了。到那時，勞倫斯就再也沒有立場爲萊利做什麼了。

他可不想因爲懦弱怕事就毀了萊利的事業，於是下定決心說：「萊利先生，現在的情況很尷尬。不過我想，爲了這艘船好，我必須現在就把船交給你管理，我以後要花很大的心力在無畏身上，不能身兼二職。」

「噢，長官……」萊利難過地說，不過並沒有反駁勞倫斯，他顯然也有同樣的想法。萊利遺憾的心情顯然很眞誠，他跟勞倫斯一起航海很多年，從小小的見習官升上大副。他們是同僚，也是朋友。

無畏還在狼呑虎嚥，勞倫斯警惕的目光瞥了他一眼，放低聲音，比較不顧形式地說：「湯姆，我們就別發牢騷了。」龍的智慧對研究者還是個謎，他完全不知道龍能聽到多少、了解多少，最好還是別冒犯他。他再次提高聲音，加了句：「萊利艦長，我相信你會管理得很出色。」

他深吸口氣，拆下自己的肩章。肩章別得很牢，他剛當上艦長的時候並不富有，但後來他也從沒忘記怎麼靈巧地把肩章換到另一件外套上。這時候還沒經過海軍部同意，將象徵位階的肩章交給萊利或許並不恰當，不過，勞倫斯覺得必須要用明顯的方式，表示指揮權已經轉移了。他將左肩的肩章收到口袋裡，右肩的肩章則別到萊利的肩頭——萊利成為艦長之後，要等有三年的資歷才能同時戴上兩個肩章。萊利白皙帶著雀斑的臉上，什麼心情都明顯得很，即使目前情況複雜，他意外得到晉升也很難不開心。他紅了臉，似乎想說什麼，卻找不到適當的話語。

「威爾斯先生。」勞倫斯提示三副，既然開始了，他就要照規矩來。

三副嚇了一跳，接著才用有點微弱的聲音說：「為萊利艦長歡呼。」這時的情況雖然令人震驚，但是萊利能力很強，而且很受愛戴，大家於是歡呼起來，一開始呼喊聲零零落落，但重複第三次時，已經變得清晰嘹亮了。

歡呼聲平息下來，萊利克服了尷尬，加了一句：「大夥再幫——幫無畏歡呼吧。」這時的歡呼聲即使沒有非常歡喜，至少大家放聲呼喊了。勞倫斯則握了握萊利的手作為收場。

無畏已經飽餐一頓，這時爬到欄杆旁的一個貨箱上面，將一雙翅膀展開又摺起地享受著陽光。他聽到自己的名字接受歡呼的時候，興致勃勃地轉過頭來，於是勞倫斯走到他身邊去。他正好有藉口可以讓萊利去確立指揮權，讓船上的事務回到常軌。「他們為什麼要發出喧鬧聲啊？」無畏問，不等他回答，就鏗鏗地撥動鏈子。「你能拿掉這個嗎？我想去飛一飛。」

勞倫斯猶豫了。波利特先生書裡對於馴服儀式，只描述到跟龍談話、讓龍帶上鞍具為止，並沒有進一步的指示。他之前一直以為龍自然會待在原地，不會有意見。「你不介意的話，我們或許之後再飛吧。」他勸道，「是這樣的，我們離陸地很遠，如果你飛走了，可能找不到路回來。」

「噢。」無畏說著，把長頸子靠在欄杆上。信賴號在平穩的西風中，以大約八海里的時速前進，海波激盪成白色的泡沫，向船的兩側分開。他問道，「我們在哪裡啊？」

「在海上。」勞倫斯坐到貨箱上他的身邊，「在大西洋，離陸地大約兩星期航程。麥斯特森！」他叫住一位沒事的船員，那人在附近偷偷觀察他們，掩飾得不太好。「麻煩你幫我拿桶水和一些破布來，拜託了。」

這些東西送來之後，他努力清理黑亮龍皮上食物殘渣的痕跡。無畏讓他清理著，顯然喜歡擦身子的感覺，之後感激地在勞倫斯手上蹭了蹭臉頰。勞倫斯發覺自己撫摸著溫暖的黑色龍皮，不由自主地笑了。無畏趴下來，將頭伸到他大腿上，就這樣睡著了。

「長官，」萊利輕輕走過來，「我會把艙房留給您，否則您帶著他，不這樣也沒道理。」「他」指的是無畏。「要不要現在找人幫您抬他下去？」

「湯姆，謝謝你，不用麻煩了，我目前在這裡很舒服。我想沒必要的話，還是別吵醒他得好。」勞倫斯說完，才想到萊利讓他前任的艦長坐在甲板上，心裡可能不太好過。但他還是不想移動睡著的小龍，所以只對萊利說：「如果你方便請人拿本書給我，也許拿本波利特先生的藏書，我會很感激的。」他覺得有了書，不但讓他有事做，自己也比較不像在監督大夥兒。

無畏直到太陽落入海平面才醒來。勞倫斯正拿著書打盹，書裡說的是龍的習性，描述的方式讓龍看起來就像溫吞吞的乳牛一樣「有趣」。無畏用鈍鈍的鼻頭撓了撓他臉頰喚醒他，然後宣布說：「我又餓了。」

勞倫斯在孵化前已經評估過船上的存糧，但他看著無畏吞下了那隻羊剩下的部分，還有兩隻匆忙宰殺的雞連骨頭都不剩，又得重新評估了。目前小龍才吃兩餐就消耗了那麼多的食物，而他似乎已經長大了一點，正機靈地東張西望，看還有吃的沒有。

勞倫斯、萊利和船上廚師焦急地小聲商量了一下。必要的話，他們可以叫友誼號來，拿它庫存的食物；它的成員在一連串災難中大為減少，船上的存糧到馬德拉都還綽綽有餘。不過友誼號已經吃到剩醃牛肉、醃豬肉了，信賴號也沒好多少。照這個速度下去，無畏在一星期之內，就會吃完所有新鮮的食物，勞倫斯不知道龍吃不吃醃過的肉，也不知道醃肉會不會對龍不好。

「他會吃魚嗎？」廚師建議道，「閣下，我有一隻美味的小鮪魚，今天早上才抓的，很新鮮，原來要做您的晚餐。呃……我是說……」他笨拙地住口，來回望著他前任和新任的艦長。

「長官，您覺得可以的話，請務必讓我們試一試。」萊利看著勞倫斯，不理會廚師困擾的樣子。

「謝謝，艦長。」勞倫斯說，「我們可以讓他嘗嘗鮪魚，我想他應該能告訴我們他喜不喜歡。」

無畏懷疑地看著魚，接著開始啃食。沒多久，整條魚從頭到尾都進了他的肚子，沒了蹤影……那條魚有整整十二磅呢。他舔了舔下顎說：「肉很耐嚼，不過我滿喜歡的。」接著大聲打一個嗝，不但嚇到其他人，連他自己也嚇了一跳。

「哦，」勞倫斯說著又伸手拿清潔用的破布，「真是讓人振奮。艦長，方便的話，找幾個人負責釣魚，那麼牛大概還能多留幾天。」

在那之後，他帶無畏下到艙房裡。樓梯不太方便，最後他們把鞍具連上滑輪，將龍垂盪下去。無畏在書桌和椅子周圍聞聞嗅嗅，檢查一番，把頭伸出窗外，看著信賴號的船跡。孵化時用的墊子這時爲他放在雙倍寬的吊床上，他輕鬆地跳上吊床。勞倫斯的吊床就掛在旁邊。

他的雙眼幾乎瞬間就瞇成了愛睏的小縫。勞倫斯暫時沒事，又沒有船員在場，於是砰地一聲坐進椅子裡，看著熟睡的龍，就像是看著促成他走進毀滅的元凶。

至於父親財產的繼承權，他還排在兩位兄長和三個姪子之後，而他自己的財產都投資公債去了，他不用費心管理，所以這方面至少不用煩惱。他在作戰中爬過欄杆幾十次了，即使暴風雨中也可以待在上桅桿，不會感到暈眩。他不擔心自己騎龍的時候會害怕。

但是其他方面呢——他自己是有教養的紳士，而且也是紳士之後。他年僅十二歲就出海，有幸在第一級或第二級的戰列艦上服役，那些有錢的艦長飲食講究，而且常常招待屬下軍官。他非常喜歡社交，談話、跳舞和大夥兒樂融融地玩惠斯特牌，是他最愛的消遣。如今一想到可能再也沒辦法去聽歌劇，他就感到一股激烈的衝動，想把身旁那個被占據的吊床翻出窗外。

他腦中浮現出父親指責他太愚蠢的聲音，他努力壓抑念頭，又盡量不去想像伊蒂絲聽到這消息會有什麼想法。他甚至沒辦法寫信告訴她。勞倫斯雖然覺得對她有某種程度的責任，但是一開始因爲自己不夠富有，後來更長期不在英國，因此兩人從來沒有正式提到婚約。

他的獎金經營得不錯，可以解決金錢的問題，如果他過去四年曾經在陸上待過一陣子，他很可能已經跟她提親了。勞倫斯差不多已經決定這段航程結束之後，要請一陣短假回英國，雖然不確定之後能不能找到別艘船，因此要從容地下船並不容易，不過對求婚的事他不敢輕忽，畢竟自己並不是條件很好的候選人，和伊蒂絲之間，只有當初十三歲男孩和九歲女孩半開玩笑的約定，單憑這樣，她未必願意拒絕其他追求者，等候他一個人。

而現在他的條件更差了。當飛行員以後能住哪裡，他對此一點概念都沒有，也不知道能給未來的妻子怎樣的家庭。即使她沒有異議，她的家人也可能反對；而且成為飛行員的妻子，顯然不是勞倫斯讓她期待的情況。當一個海軍軍官的妻子雖然必須接受丈夫長期在外，但至少丈夫回來的時候，她不用離開家園去住在某個門外有條龍的偏僻掩蔽所，而且只能與那些粗人為伴。

過去他心中常常渴望擁有屬於自己的家園，他在海上的漫漫長夜，會想像這個家的細節：不用像他成長的家那麼大，不過要布置得典雅；妻子要能照料兩人和子女的事，而這個家就由她經營。他待在家裡時，家是舒適的避風港；在海上，家則成為溫暖的回憶。

他種種的感覺都在抗議，要他別犧牲夢想。但是在這情況下，他根本不確定自己能不能有尊嚴地向伊蒂絲求婚，讓她答應。除了她之外，他也不可能追求別人，聰明賢淑的女人不會輕易和飛行員相戀，除非女方希望自以為是的丈夫離家時金錢交由她管理，而即使丈夫在英國，兩人也待在不同住處。只是那樣的結合對勞倫斯半點吸引力也沒有。

熟睡的龍在吊床裡來回晃動，尾巴不時在某個龍族的夢境裡抽動，這情景和家、壁爐相較之下，真是糟糕的代替品。勞倫斯站起來走向船尾窗，望著下方信賴號駛過的浪花，燈光下，一道淡乳白色的泡沫由船身向後流洩；泡沫消退、海浪淹過的景象讓人看了心情愉快，拋開一切煩惱。

他的管家吉爾斯鏘啷啷大聲地端著盤子和餐具，送晚餐給他，遠遠避開龍的吊床。吉爾斯排放桌面的時候，手不停顫抖著；晚餐一擺好，勞倫斯就打發他下去。等他走了以後，又輕輕地嘆了口氣。他覺得即使飛行員也要有僕人，因此想過請吉爾斯跟他一起走，不過怕龍的人派不上用場。要是像原先打算的，能有個熟人在身邊該有多好。

他獨自一個人快快吃下簡單的晚餐。魚已經進了無畏的肚子，所以晚餐只剩淋了點紅酒的醃牛肉，反正他也沒什麼胃口。用餐之後，他想寫幾封信，但是寫不出來，他的腦袋一直飄向陰鬱的思路，必須逼自己把注意力放回字裡行間。最後他終於放棄了，走出艙房，去跟吉爾斯說聲他這晚不吃消夜，然後回來爬進自己的吊床。無畏挪挪身子，又向被窩裡鑽了鑽，勞倫斯怕夜裡風涼，伸出手把自己包緊一點，接著便隨著龍深沉急促、像鼓風爐般的呼吸聲睡著了。

譯註：

❶：《動物寓言集》（*BESTIARY*），中世紀開始流行的書籍類別，概略介紹動物、鳥類甚至岩石的書籍，並加入寓意，附有插圖。

❷：馬德拉（Madeira），葡萄牙馬德拉群島的主島，位於西非北方大西洋中，爲火山島。

❸：英國皇家海軍將軍艦以火力和規模編制分爲六級，一到四級是戰列艦，第五級是巡防艦，第六級則是偵防艦。一級艦是最大型的戰列艦，有一百門以上的砲，三層甲板，船上人員超過八百人，通常是司令官的旗艦。第五級的巡防艦，則爲雙層砲甲板，二十六至四十四門砲，編制二百至三百人。

❹：無畏艦（Temeraire），英國皇家海軍的第一艘無畏號，是一七五九年由法國俘虜的七十五門砲戰列艦；第二艘無畏號即勞倫斯所提到，此時（一八〇五年）在服役的無畏號，於一七九八年下水，是二級戰列艦。

# 第二章

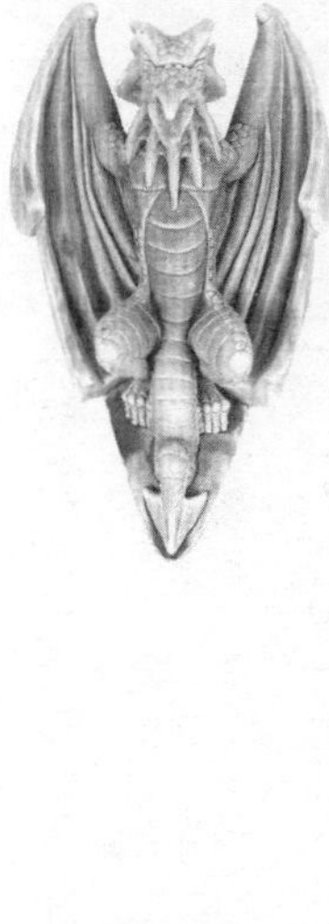

隔天早上，勞倫斯醒來的時候，無畏正想從吊床裡爬出來，結果吊床翻了兩圈，把他緊緊裹在裡面。勞倫斯還得從掛鉤上解下吊床，才把他放出來。無畏從鬆開的帆布中衝出來，憤慨地嘶嘶咆哮，像被激怒的貓兒一樣，撫摸哄騙一番才平靜下來，然後他肚子又餓了。

幸好他沒起得太早，釣魚的船員還算幸運，無畏的早餐是一條四十磅的金槍魚，母雞可以多留幾天，而勞倫斯早餐還有雞蛋。無畏設法吃下整條魚，結果撐到上不了吊床，於是便在甲板上攤成大大一團睡覺。

那星期剩下的幾天，也在類似的過程中度過——無畏沒在吃的時候，都在睡覺，他吃東西和長大的驚人速度，都讓人憂慮。那個星期快結束時，勞倫斯開始擔心會沒辦法把他弄出船艙，所以他已經不睡艙房了——無畏已經長得比拉車馬還重，頭頂到尾端的長度已超過一艘大艇。他們考慮他之後的成長狀況，決定移動貨物，讓船前頭重一些，再讓他移動到靠船尾的甲板，互相平衡。

還好他們及時更換位置——無畏緊縮著翅膀，才勉強從艙房擠出來，波利特一量之下才發現，才一個晚上，他身軀的直徑又長了一呎。幸好他躺在船尾的時候，不會太擋路。每天大部分的時間，他都躺在那裡睡覺，尾巴偶爾抽一下，即使船員工作時不得不爬到他身上，也幾乎吵不醒他。

勞倫斯覺得自己有責任，因此晚上就睡在甲板上他的身邊；反正天氣不錯，不會不舒服。只不過他越來越擔心食物的問題，照他們釣魚的速度，再過一、兩天就得殺掉牛。以無畏胃口增加的速度，即使他願意吃醃肉，在船靠岸之前，他就會吃完全船的存糧。勞倫斯覺得讓一隻龍的伙食短缺會很棘手，而且不論如何，都會讓全體船員身陷險境。雖然無畏已經被馴服，照理講應該很溫馴，但是在那個年代，從繁殖場逃出來的野龍如果找不到更可口的食物，偶爾也會因迫不得已而吃人。由船員不安的表情看來，誰也沒忘記這件事。

第二個星期過了一半，將近破曉時，風向改變，勞倫斯在睡夢中感覺到，下意識地醒來。還要過幾個小時才會開始下雨，友誼號的燈光已經沒了蹤影，夜裡風轉強，兩艘船就拉開了距離。時間過去，天色只亮了一點，不久第一陣大雨開始急促地落到船帆上。

勞倫斯曉得他什麼也不能做，這時該由萊利指揮了。勞倫斯於是專心安撫無畏，不讓他干擾大家工作。結果要安撫他並不容易，龍對雨十分好奇，不停展開雙翅，感受雨滴打在翅膀上的感覺。

雷聲不會嚇到他，閃電他也不怕，他只問：「為什麼會那樣？」發現勞倫斯答不出來，他大失所望，建議道：「我們去看看吧。」說著又展開一點翅膀，開始向船尾欄杆走過去。勞倫斯警覺地跳起來。無畏自從第一天之後，就一直忙著吃東西，沒再想要飛，而他們雖然已經把鞍具加大三次，但是並沒有換更粗的鐵鏈。這時他注意到鏈子上的鐵環被拉緊得已經開始撐開，而無畏根本還沒用力拉動鏈子。

「無畏，現在不行，我們要讓其他人工作，在這裡看就好。」他說著，抓住鞍具側面離他最近的皮帶，把左臂勾進皮帶中；他的重量再也不能阻止無畏，他發現得太遲了。如果他們一起飛走的話，他終究還有可能說服龍回到船上；不過他也可能摔下去。這念頭一出現，他就把它給趕出腦袋。

謝天謝地，無畏又安分下來望著天空，只是有些失望。勞倫斯看著四周，有點想找人拿結實一點的鏈子，不過船員都在忙，他不能打斷他們。反正他也不確定船上有哪條鏈子真的擋得住無畏。他赫然發覺，無畏的肩膀比他的頭高了將近一呎，前腳曾經纖細得像女子的手腕，這時已經長得比他的大腿還粗。

萊利用擴音器喊著命令。勞倫斯不能干預，所以努力不去聽，否則要是聽到不喜歡的命令，一定會不高興。船員們已經一起經歷過一場劇烈的暴風雨，表現得經驗老道。幸好他們沒逆風，還能在強風之前順風而行，上桅帆也收了起來。目前一切順利，船大約還維持向東前進，但在他們身後，有一片灰暗飛旋的雨幕遮蔽視線，直追信賴號而來。

雨幕擊落甲板，像砲聲一樣隆隆作響，他穿著雨衣和雨帽，仍然一眨眼就濕透了。無畏哼著氣，像狗一樣搖頭甩得水花飛散，然後匆忙張開翅膀，低下頭，蜷曲起來。勞倫斯還抓著鞍具窩在他身邊，發覺那活生生的拱頂也遮在自己的頭上。在暴風雨中那麼舒適，感覺眞的很奇怪。他還能從翅膀沒有重疊的地方看到外面，冰冷的雨水由縫隙噴到他臉上。

過了一會兒，無畏說：「給我鯊魚的那個男人掉到水裡了。」勞倫斯隨著他的視線看去，透過細密的雨幕，他在橫樑後方，左弦六十七點五度的地方，看到一個模糊的紅白條紋上衣，似乎舉著雙手揮舞——那是戈登，一名幫忙釣魚的船員。

「人員落水！」他兩手圈在嘴邊大喊，指著海浪間掙扎的身影。萊利氣惱地看了一眼，船上投下幾條繩索，但這時男人已經遠遠落在後面了，暴風把他們吹在風前頭跑，沒機會駕小船救他。

「他離繩子太遠，」無畏說，「我去帶他回來。」

勞倫斯還來不及反對，就被吊到空中。斷裂的鏈子從無畏的脖子上垂下來，在他身邊隨風擺盪。鏈子晃過來時，他用右手抓住鏈子，在鞍具的皮帶上繞幾圈，不讓鐵鏈像鞭子一樣抽打無畏的身體，然後他奮力攀著鞍具，只想保住自己的命。他兩腿掛在半空中，要是鬆了手，下面只有大海等著他。

他們靠著無畏的本能起飛，不過本能並不能讓他們維持在空中。無畏被迫飛向船的東邊，一直努力想迎頭對著風飛去。他們顫抖著迎向一陣劇烈的強風時，勞倫斯感到猛烈的暈眩，一時以為他們就要失控墜入海裡。

「順風，」他以十八年海上生涯練就的肺活量吼著，希望無畏聽得到他的話，「混蛋，順風飛！」

他只覺得臉頰下的肌肉痠痛。無畏向右一轉，向東邊飛去，雨滴突然不再打著勞斯倫的臉，他們正順著風飛行，速度快得驚人。他喘著氣，因為飛得太快，眼淚還從眼裡溢了出來，只好閉上眼睛。這比船速十海里時站在上桅杆還要驚險，相較之下，兩者的差距就像後者和熱天無風原野的差異。他差點衝動地笑了出來，好不容易才克制住大笑，恢復理智。

「我們不能直接飛向他，」他喊著，「我們要迂──你要先飛向北邊，再向南邊，無畏，你聽得懂嗎？」

即使龍有回答，風也吹走他的聲音，不過他似乎有概念了。無畏猛然俯衝，翅膀迎著風轉向北方，勞倫斯的胃像大浪中的小船一樣往下沉。風雨仍然衝擊著他們，不過沒有之前那麼厲害，而無畏終於能像靈活的巡邏艇一樣順暢地切換方向，在風中以之字形慢慢飛回西方。

勞倫斯雙臂用力到好像快燒起來，他左臂穿過無畏的胸帶，以免手握不住，然後放開右手放鬆一下。他們飛到船邊，接著超越了船，這時他還看到戈登在遠處掙扎著。還好戈登算是會游泳，風雨雖然劇烈，海浪還沒大到將他拖下海面。勞倫斯猶豫地看著無畏的爪子，爪子巨大無比，要是由龍抓住戈登，雖然能輕鬆抓起來，卻也可能殺了他。勞倫斯可以換成能抓住戈登的姿勢。

他喊道：「無畏，我來抓住他；等我一準備好，你就盡量飛低。」接著慢慢向鞍具下方爬去，小心地掛到無畏腹部，每一步都有一隻手臂勾住皮帶，過程非常嚇人，不過他到龍腹下方之後，無畏的身體爲他擋去風雨，事情就簡單多了。他拉著無畏腰部的寬皮帶，皮帶剩下的長度正好夠用，他依序將兩隻腳穿入皮帶和無畏的腹部之間，空出兩隻手，然後拍拍龍的側身。

無畏倏然屈起身子，像鷹隼一樣俯衝。勞倫斯讓自己穩穩掛著，信任龍能瞄準方向，手指劃過水面前進幾碼，才碰到濕透的衣服和肢體——他一碰到就盲目地抓住，而戈登也抓住他。無畏爬升起來飛開，翅膀猛烈鼓動，還好他們這時候可以順風飛，不用逆風而行了。戈登的體重扯著勞倫斯的雙臂、肩膀、大腿，每一條肌肉都緊繃著；皮帶緊勒住他的小腿，他膝蓋以下都失去了知覺，覺得全身的血都湧到腦袋，非常難過。無畏極速向船飛去，兩人向鐘擺一樣來回搖盪，勞倫斯只覺得周圍的世界瘋狂抽動。

他們狼狽地掉到船上，震得船劇烈搖晃。無畏搖搖擺擺地用後腿站著，設法在風中收起翅膀，還要保持平衡，而且他腹帶上還掛著兩個人。戈登放開手，跌跌撞撞，驚慌地跑開，留下勞倫斯一個人鬆開自己，無畏似乎隨時都可能倒下來壓在他身上。他僵硬的指頭不聽使喚，解不開扣環，這時威爾斯突然出現，小刀一閃，切斷皮帶。他的腿重重撞到甲板上，無畏也在他身邊，四肢重重落地，衝擊的力道讓整個甲板爲之一震。勞倫斯仰著癱在甲板上氣喘吁吁，不在乎雨水打在身上，肌肉再也不聽使喚了。威爾斯有點猶豫，但勞倫斯揮手趕他回去工作，自己則掙扎著爬起來。恢復知覺的過程非常痛苦，他們將他扶起來，他強迫雙腿移動，痛苦才漸漸消退。

強風仍在他們身邊吹襲，但是船調正角度，上桅帆縮了帆，乘著風急行，甲板上也沒那麼混亂了。勞倫斯看了萊利的傑作，心裡又自豪又有些遺憾，回頭去哄無畏移回船尾中間，免得他的體重讓船不平衡。還好無畏及時移動，被安頓下來之後，立刻打一個大呵欠，把頭埋到翅膀下就要睡了，沒像平時那樣要東西吃。勞倫斯緩緩坐到甲板上，靠在龍的身邊，身體還因爲之前的拉扯而感到劇痛。

他又撐著坐起來一會兒，雖然累得舌頭都覺得笨拙，還是覺得必須說點話。「無畏，」他說，「你做得很好，非常勇敢。」

無畏抬起頭注視著他，眼睛睜得橢圓，說了聲：「噢。」聲音聽起來有點半信半疑。勞倫斯感到一陣錐心的內疚，才明白自己之前從沒對小龍說過溫柔的話。在某方面來說，他生命遭逢劇變，可以算是這隻龍的錯，但無畏只是照著天性行動，因此對龍的態度差勁，並不是光榮的行爲。

不過他當時太疲倦，不能用別的方式補償他，只虛弱地重複：「做得很好。」然後輕拍無畏身體黑亮光滑的側面。這麼做好像有用，無畏不再說什麼，挪了挪身子，猶豫地蜷曲到勞倫斯周圍，稍稍張開一邊翅膀，幫他擋去雨水。在翅膀遮蔽下，風雨緩和了，勞倫斯感覺得到他胸膛旁重重的心跳。龍的體溫持續加熱，不久他就全身暖和起來，立刻在這樣的保護中睡著了。

「你確定這樣沒問題嗎？」萊利焦急地問，「長官，我確定我們可以織一張網來捕魚，還是別去比較好。」

勞倫斯移動重心、拉了拉舒適地包住大小腿的皮帶；皮帶很緊，鞍具的主要部分也很牢固，他穩穩坐在無畏背上，翅膀後的位置。「不行，湯姆，你也知道這樣行不通，信賴號不是漁船，而且你撥不出人手。我們這陣子還可能碰到法國船，如果撥出人去捕魚，遇上他們還得了？」他靠向前，拍拍無畏的脖子。龍的脖子彎向背後，好奇地觀察著事情進行。

「準備好了嗎？我們可以走了嗎？」無畏跨了隻前腳在欄杆上問道。龍皮下的肌肉已經開始收緊，他的聲音聽起來有點不耐煩。

「湯姆，退後一點。」勞倫斯急忙說著，丟開鏈子，抓住頸部的皮帶。「好，無畏，我們——」無畏一躍，他們就在空中了，他的雙翅伸展成弧形在身旁拍動，伸直身軀，就像射向天空的箭。他從無畏的肩頭向下望，信賴號已經縮成玩具船的大小，在遼闊的大海上寂寞地隨波起伏，甚至還看到友誼號大約在他們東方二十哩。風很大，但是皮帶很牢固，而他發覺自己又禁不住笑出來，像傻子似的。

「無畏，我們向西飛。」勞倫斯喊道。他不想冒險太靠近陸地，遇上法國巡邏的船艦。他們在無畏頭下面，脖子比較細的地方繫上一條皮帶，皮帶上連著韁繩，方便勞倫斯控制無畏的方向。他看了綁在手掌的羅盤，拉了拉右側的韁繩。龍不再攀升，順從地轉向右方，平飛而去。天氣晴朗，萬里無雲，海面只有小波浪，他們不再向上飛，因此無畏拍翅膀的速度減緩，但他們仍然飛得很快，下方的海面漸漸地被拋在身後，而信賴號和友誼號已經遠到看不見了。

「哦，我看到一尾魚。」無畏說著，帶著勞倫斯以更快的速度俯衝而下。勞倫斯緊緊抓住韁繩，嚥下一聲歡呼。孩子氣的喜悅感覺起來眞怪。勞倫斯對龍的視力更了解了——對他而言，這麼遠就能看見獵物眞的很神奇。他幾乎沒時間多想，便聽見巨大的嘩啦一聲，無畏又飛起來，兩爪間一隻鼠海豚掙扎淌著水。

接著又有驚人的事發生了——無畏停在海面上盤旋進食，翅膀和身體呈直角，拱成弧形翻轉拍動；勞倫斯還不知道龍有這種能力。無畏的控制不太精準，因此會上下劇烈晃動。儘管不舒服，不過實在很有用，因爲海豚內臟會掉入下面海中，吸引其他的魚浮到海面吃肉屑。他一吃完鼠海豚，就一爪一隻，抓起兩隻肥大的金槍魚吃，接著又抓了一條巨大的劍魚。

勞倫斯將雙手塞到頸部的皮帶下面，免得被甩來甩去，接著才有閒情張望四周，視線所及沒有其他生物，感覺自己就是整片海洋的主人。他忍不住爲自己和無畏此行成功感到得意，飛行的喜悅更是讓人驚奇——只要他好好享受，不去想這一切的代價，就非常快樂了。

無畏吞下最後一口劍魚，對著劍魚尖尖的上顎好奇地研究一番才丟掉。「我吃飽了。」他說著拍著翅膀升到空中，然後問：「我們要不要再飛一下？」

他的提議很吸引人，不過他們已經在空中待了一個多小時，勞倫斯並不確定無畏的耐力如何。他遺憾地說：「我們回信賴號，如果你想，我們可以繞著它再飛一陣子。」

於是他們低低地急飛過海面，無畏不時伸出爪子調皮地抓著海浪，飛濺的水花讓他面前一片迷濛，周圍的世界在模糊中向後飛逝，眼中一直清楚的，只有他身下的龍。他大口大口呼吸著鹹鹹的空氣，心中剩單純的喜悅，只需要不時回過神看羅盤之後，拉拉韁繩，最後終於帶無畏飛回信賴號。

結果無畏說他已經想睡了，所以他們就降落回船上。這次著陸優雅很多，船沒什麼搖晃，只是在水中又沉下去一些。勞倫斯鬆開腿上的皮帶，爬下龍背，驚訝地發現自己像騎馬騎太久，兩股有點發疼，不過立刻明白這是理所當然的。萊利連忙到船尾見他們，臉上掛著如釋重負的表情，勞倫斯向他點點頭，要他放心。

「用不著擔心，他做得很棒，而且你以後應該不用再煩惱他的食物了，我們沒問題的。」他說著摸摸龍身。無畏已經昏昏欲睡了，這時睜開眼，愉快地隆隆哼一聲，又閉起眼睛。

「眞是好消息。」萊利說，「那我們今晚爲您做的晚餐會很豐盛，你們不在的時候，我們爲了預防萬一，還是繼續釣魚，這下子有隻很美味的鰈魚可以讓我們享用了。您同意的話，我可以請一些軍官和我們一起用餐。」

「我很樂意，很期待今晚的晚餐。」勞倫斯說著，一邊伸展筋骨，放鬆僵硬的雙腿。無畏搬到甲板上之後，他就堅持要讓出主艙房。萊利最後終於讓步，不過卻請勞倫斯每晚和他用餐，以彌補趕走前任長官的罪惡感。他們的習慣被前一晚的暴風雨打斷了，因此打算這天晚上重新開始。

這一餐豐盛又歡喜，酒瓶傳了幾輪之後，年輕的見習官已經醉得不再拘謹，氣氛又更好了。勞倫斯很健談，對他的軍官來說，和他吃晚餐一向很愉快；再加上他和萊利之間階級的隔閡已經消失，兩人的友誼更眞誠了。

大夥私下也很高興這樣。卡弗比長官都還快吃完布丁，發現自己是唯一無所事事的人，因此壯了膽直接對勞倫斯說話，試探地問道：「長官，容我請教，龍眞的能噴火嗎？」

勞倫斯肚子裡開心地塞滿梅乾布丁，加上喝了幾杯上好的白酒，因此寬容地接受他的問題。「卡弗先生，那要看品種。」他說著放下杯子，「不過我想噴火的能力很少見，我自己只見識過一次——在尼羅河戰役❶，我看過一隻土耳其龍噴火。跟你說，我看到他噴火的時候，眞他媽的高興土耳其人站在我們這邊。」

其他軍官不寒而慄，連連點頭，因爲沒什麼比一艘船甲板上有無法控制的火焰還要危險。「我那時待的是哥利亞號，」勞倫斯繼續說，「東方號著火，像火把一樣燒起來的時候，我們離它還不到半哩，已經轟掉它的甲板砲，把它桅杆上的狙擊兵清得差不多了，讓龍可以隨意攻擊它。」他沉默下來，回憶起往事——船帆全燒了起來，拖著羽狀的黑色煙霧。橘黑相間的巨獸俯衝而下，從口中又吐出更多火焰，雙翅把火搧得更大；可怕的吼叫那時因爲爆炸，終於停止，在那之後幾乎一整天，四下一片死寂。他在孩提時代去過羅馬，在梵蒂岡看過米開朗基羅畫的一幅地獄圖，圖中有龍向著受到天譴的靈魂吐出火焰，當時東方號上的景象和那個畫面十分神似。

餐桌上一片寂靜，沒去過現場的人也想像著當時的畫面。波利特清了清喉嚨說：「我想幸好吐毒液或是酸液的能力在龍之中還比較常見，那對他們自己也是滿可怕的武器就是了。」

「是啊，老天爺，」威爾斯接著他的話說，「我看過龍的唾沫不到一分鐘就腐蝕掉整個主帆，不過至少不會讓彈藥室起火，讓你的船在腳下爆成碎片。」

「無畏以後會吐酸液嗎？」巴特西聽了這些經歷有點驚訝，而勞倫斯突然恢復自覺，他就像從前受邀到軍官室進晚餐時一樣，坐在萊利右手邊。一時之間，他差點忘記這已經不是他的船艙房，忘記自己只是受邀而來的客人，而這再也不是他的船。

幸好波利特先生回答，勞倫斯因此有機會掩飾自己的狼狽。波利特說：「他的品種在我的書上沒有紀錄，我們要等上岸之後，再請專家辨識。即使他是那種龍，在成長完成之前，那樣的能力也很可能不會顯現。他要再好幾個月才會完全長大。」

「謝天謝地。」萊利說，大家笑著同意。全桌舉杯敬無畏時，勞倫斯勉強也舉杯笑了。

用完餐之後，勞倫斯在艙房裡道過晚安，步履有些踉蹌地走回船尾，無畏獨自躺在那兒，十分壯觀。他長大以後，船員大多時候就讓他占據那裡的甲板了。他在勞倫斯靠近時睜開一隻眼睛看了看，然後抬起一邊翅膀表示歡迎。勞倫斯看了他的動作有些意外，不過還是拿起鋪蓋，鑽入舒適的溫暖中。他攤開鋪蓋坐上去，靠在龍身軀旁邊，無畏又放下翅膀，在他周圍造出溫暖遮蔽的空間。

「你覺得我以後可以噴火，或是吐毒液嗎？」無畏問，「我不曉得要怎麼知道。我試過了，可是只能吐出空氣。」

「你聽到我們聊天了嗎？」勞倫斯訝異地問。船尾窗戶開著，而甲板上也能聽得見談話內容，不過他居然沒想過無畏可能會聽見。

「是啊，」無畏說，「打仗那部分很精采，你參加過很多戰役嗎？」

「嗯，大概吧，」勞倫斯說，「有很多人參加過更多。」這不全然是眞的，在他光榮的經歷中，戰役比一般人還多，因此相較之下，他算很年輕就上了報紙，更被任命爲戰艦的艦長。「不過我們就是在戰役中找到你的，那時候你還在蛋裡，在我們俘虜的船艦上。」他說著指向友誼號，這時在左弦二十二點五的方向可以看到它的船尾燈。

無畏饒富興味地看著友誼號。「你們在戰役中贏得我的啊？我不曉得呢。」他聽到這些話，似乎很高興。「我們很快就會遇到別艘船嗎？我好期待喔。我還不能噴火，不過一定可以幫上忙的。」

勞倫斯對他的雄心報以微笑。大家都知道龍很好戰，所以他們在戰爭中更有價值。他說：「在我們進港前不太可能遇上，不過，我敢說那之後一定會看個夠的。英國的龍並不多，所以等你長大以後，應該會常常派我們去作戰。」

他仰首看著無畏的頭，無畏正抬頭望向海洋。勞倫斯不再爲了餵食他的問題著急，此時能思考無畏的力量有什麼意義了。無畏的體型已經大過其他品種的一些成年龍，而且依他的經驗判斷，無畏長得很快。他不論會不會噴火，對空軍、對英國都會十分寶貴。無畏絕不會對恐懼退縮，這讓他有點得意；要是他遇上困境，很難要求比無畏更值得的夥伴。

「你可以多跟我說一些尼羅河的戰役嗎？」無畏低頭問，「參戰的只有你的船和另一艘船，還有那隻龍嗎？」

「老天啊，何止這樣！我們這邊有十三艘戰艦，還有空軍第三師的八隻龍支援，另外還有土耳其的四隻龍。」勞倫斯說，「法軍有十七艘戰艦，十四隻龍，所以我方勢單力薄，不過納爾遜司令❷讓他們完全措手不及。」他繼續說著，無畏低下頭，又向他身邊靠緊了點，傾聽的時候，大大的眼睛在黑暗中閃閃發亮。他們就這樣低聲交談，直到深夜。

譯註：

❶：尼羅河戰役，發生於一七九八年八月一日至二日，拿破崙為牽制英國在印度的貿易，而預備侵入埃及。從土倫出發的法國艦隊躲過納爾遜率領的英國艦隊，駐守至尼羅河出海口的阿布吉爾灣。英國艦隊發現法國艦隊的蹤影後，兩軍遭遇，法軍以十三艘戰列艦和三艘巡防艦對上英軍的十四艘戰列艦，最後幾乎全軍覆沒。

❷：納爾遜（Horatio Nelson，一七五八～一八〇五），著名的英國艦隊司令，擅長靈活運用戰術，在拿破崙戰役中屢創佳績。

# 第三章

由於路上有暴風雨加速，他們到達馬德拉首府芬查耳❶的時間，比勞倫斯原先預計的三星期還少一天。從這座島出現在視野的那一刻起，無畏就坐在船尾心急地張望，直到他們進港。龍通常不會乘著小型巡防艦進港，因此他一出現，立即在陸地上造成一股轟動，他們進港時，已經有一小群湊熱鬧的人聚集在碼頭，只是怎麼也不敢靠船艦太近。

克勞夫特司令的旗艦在港灣裡，信賴號名義上歸他管轄，萊利和勞倫斯私下同意兩人應該一同向他秉報這不尋常的狀況。他們才剛下錨，就看到嘉獎號打出「艦長上船報告」的旗語，勞倫斯耽擱了一下，擔憂地對無畏說：「切記，你要待在船上等我回來。」無畏從來沒有刻意違背命令，卻容易因爲各種新奇有趣的事物而分心，他周圍有個全新的世界可以探索，勞倫斯對他的自制力沒什麼信心。「我保證，等我回來，我們會在整個島上飛一圈，讓你看個過癮。等等威爾斯先生會帶新鮮的小牛肉和羔羊肉給你，你沒嘗過羔羊呢。」

無畏輕輕嘆了口氣，但是仍點頭說：「好的，不過拜託快一點。」然後加了句。「我想去那邊山上，而且我吃那些動物也行。」他說著，望向站在附近的一隊拉車馬。馬兒不安地踱著步子，好像聽到他說的，而且完全了解他的話。

「噢，無畏，不行，你不能在街上看到什麼吃什麼。」勞倫斯警告他說，「威爾斯馬上就會帶東西給你了。」他轉過身，喚起三副的注意，然後告訴他這個緊急狀況。接著不放心地又看了一眼，才走過跳板，下船和萊利會合。

克勞夫特司令顯然聽說了騷動，正不耐煩地等候他們。他的個子很高，外表醒目，臉上還有一道疤痕橫過，左臂基部接了隻假手，要用彈簧和鉤子操作鐵手指。他才升上旗艦艦長沒多久就失去了那隻手，在那之後體重增加了不少；兩人走進艙房時，他並沒有站起來，只皺起眉頭，揮手示意他們坐下。「好，勞倫斯，解釋一下目前的情況，我想和你們那裡那隻野龍有關吧？」

「長官，那隻龍叫無畏，不是野龍。」勞倫斯說，「三個星期前的一天，我們俘虜了一艘法國船——友誼號，在他們貨艙裡找到他的蛋。我們的醫師對龍有點概念，他警告我們蛋不久就會孵化，所以我們安排了——總而言之，我馴服了他。」

克勞夫特猛然坐起來，瞇著眼望向勞倫斯，再看向萊利，這時才發覺他們制服上的變化。「什麼，你自己馴服嗎？所以你——老天啊，怎麼不讓見習官來做？」他問道，「勞倫斯，你有點負責過頭了，海軍軍官為了空軍決定跳船，眞妙啊！」

「長官，我和我的軍官抽過籤。」勞倫斯壓抑內心的憤慨，他不需要人家讚揚自己爲責任犧牲，但是因此指責他，就有點過分了。「我希望不會有人質疑我對海軍的奉獻。我認爲我也有可能被選中，這樣對他們才公平。馴服的時候，我雖然沒有抽中籤，但是沒有別的辦法；他對我有好感，我不馴服他，而他再拒絕其他船員就糟了。」

「唉，該死。」克勞夫特一臉不悅，倒進椅子裡，露出緊張的習慣，右手手指在左手的金屬手掌上輕輕敲著，除了指甲在鐵手上打出的叮叮聲，他完全沉默。一分一秒緩緩過去，勞倫斯既擔心自己不在無畏身邊，他可能惹出數不清的麻煩，又擔心克勞夫特會怎麼處置信賴號和萊利。

最後克勞夫特像大夢初醒般驚跳了一下，然後揮揮他完好的那隻手，開口說：「這個嘛，一定會有某種獎金的；反正他們給馴服的龍的獎金，不會低過給野龍的獎金。」然後接著說：「我想那艘法國巡防艦是艘軍艦，不是商船吧？嗯，看起來應該是，它一定會爲我們服役的。」他的心情顯然恢復了，而勞倫斯雖然放心，卻有點不高興，他終於明白這男人剛剛只是在計算他身爲司令能分到多少好處。

「是的，長官，那艘船的狀況很好，有三十六門砲。」他吞下其他未說的話，禮貌地說。雖然他自己再也不用向這男人報告，不過萊利仍然前途未卜。

「嗯，勞倫斯，我相信你做了該做的事，只是失去你有點可惜。我想你會喜歡當飛行員的。」從克勞夫特的口氣，可以聽出他並沒有那麼想。「不過我們本地沒有空軍駐紮，即使郵務龍一星期也只來一次。我想，你得帶他去直布羅陀。」

「是，長官，不過要等他再長大一點才能動身，他可以輕鬆地在空中待一個多小時，不過我還不想冒險長途飛行。」勞倫斯堅持地說，「而且在這同時要餵他吃東西，我們靠捕魚才撐了那麼久，不過他當然不能在這裡打獵。」

「唉，勞倫斯，這就不是海軍該操心的事了。」克勞夫特說。但勞倫斯還沒因為他的官僚說法退縮，這男人似乎就明白這句話有多難聽。「不過我會跟總督談談的，我相信我們可以安排安排。輪到信賴號還有友誼號了，我們要想想這兩艘船的事。」

「其實自從我馴服龍之後，萊利先生就負責指揮信賴號了，管理、表現得非常優秀，帶它度過為期兩天的暴風雨，平安進港。」勞倫斯說，「我們贏得巡防艦的那場戰，他也打得十分英勇。」

「哦，一定的，一定的。」克勞夫特說著，又用手指畫著圓，「友誼號上的是誰？」

「我的大副，吉伯斯。」勞倫斯說。

「對了，當然囉，」克勞夫特說，「唉，勞倫斯，要知道，想藉這機會讓你的大副和二副都得到職位，這有點過分，上好的巡防艦並不多呢！」

勞倫斯幾乎無法保持鎮定。這男人想替自己找理由，希望他偏愛的人能得到職位。「長官，」勞倫斯說，「我不太了解你的意思，希望你不是指我為了空出職缺，所以去馴服龍。我保證我的唯一動機是為英國保住一頭珍貴的龍，我想法官大人他們也會同意。」

對於自己的犧牲，他最多只能強調到這個程度；他擔心危及萊利的前途，原來並不想說這麼直。不過他的話很有效，提醒的話似乎嚇到克勞夫特，加上還提到海事法庭，至少讓克勞夫特支支吾吾地讓步，沒再提到要除去萊利的職務。

他們走向船後方的時候，萊利說：「長官，我眞的虧欠你很多。他的影響力一定很大，但願你對他施壓，不會惹上麻煩。」

他們已經回到自己的碼頭，勞倫斯當時只覺得鬆了一口氣，還沒有別的情緒。無畏還坐在船的甲板上，但這時下顎附近的黑色龍皮染成血紅色，看起來很像屠夫。那群看熱鬧的人已經逃離現場了。「湯姆，如果這整件事有什麼好處，那就是我再也不用擔心影響力了。影響力對飛行員應該沒什麼關係吧。」他回答說，「請別爲我擔心，我們可以走快一點嗎？我想他已經吃完了。」

飛行讓他氣消了大半。其實他不可能生得了氣，整個馬德拉島在眼前延伸，風吹拂過他的頭髮，無畏還興奮地指出他有興趣的新玩意兒，像是動物、房子、貨車、樹木、岩石，還有其他林林總總能抓住他目光的東西。他最近找到辦法，可以一邊飛，一邊轉頭，所以在飛行時能和勞倫斯講話。他們倆同意著陸的地方之後，他停到一條深谷邊緣空無一人的路上；谷坡向南，翠綠的坡上有厚厚的一層雲貼著地面，翻騰飄下，十分特別。他驚喜地坐下來看著雲移動。

勞倫斯爬了下來。他還在漸漸習慣駕馭無畏，在天上待了一小時之後，很高興能伸展一下雙腿。他欣賞景色，又走動了一會兒，接著心想隔天早上他們飛行的時候，他要帶點東西吃喝。要是有杯紅酒和三明治就好了。

「我想再吃一隻羊，」無畏的想法和他很像，「那些羊看起來好可口。我可以吃那裡的羊嗎？他們看起來更大隻呢！」

山谷另一端有很大一群羊，襯著綠地，白色的身軀十分醒目。勞倫斯說：「無畏，不行，那些是山羊，是羊肉，不像羔羊那麼好吃，而且我想他們一定屬於某個人，不能就這樣抓來吃。明天你想再來的話，也許可以看看，能不能請牧羊人分一隻羊給你。」

「好奇怪啊，海裡面滿滿都是魚，想吃就吃，可是陸地上好像一切都有主人了。」無畏失望地說，「感覺不太對，他們自己又不吃那些羊，而我肚子餓了，卻不能吃。」

「照這樣下去，我想我會被控灌輸煽動的想法給你。」勞倫斯饒富興味地說，「你聽起來眞有革命思想。想想看，也許擁有羊的人，就是我們今晚要請他給你小肥羊當晚餐的人；如果你偷了他的羊，他不太可能送小羊給你。」

「我寧願現在有隻小羊吃。」無畏喃喃說道，不過沒去抓羊，卻回頭觀察雲朵。「我們可以飛到雲上嗎？我想看看爲什麼雲會那樣移動。」

勞倫斯遲疑地望向掩蔽的山邊。他越來越不喜歡在非必要的時候對龍說「不」了，然而他常常得這麼做。「你想的話，我們可以去看看。不過感覺有點危險；可能很容易飛到山腰，然後被背風吹落。」

「噢，我會在山腰下面降落，然後我們可以走上去。」無畏說著伏下來，脖子趴到地上，讓勞倫斯爬回他背上，「總之會比較好玩。」

和龍一起散步的感覺有點怪，而走得比龍快，就更奇怪了。無畏走一步的距離是勞倫斯的十步長，但是他走得非常慢，忙著前前後後比較地面上方雲霧覆蓋的程度。勞倫斯最後超前他一段距離，於是一屁股坐到山坡上等他。幸好他從經驗中學到，飛行時要穿油布雨衣和厚重的衣物，因此即使在厚厚的霧裡也很舒服。

無畏繼續慢吞吞地爬上山坡，研究雲的過程常因爲看野花或小石頭而中斷。勞倫斯驚奇地看到他在某處停下來，由土裡挖出一小塊石塊，但是石塊太小撿不起來，因此顯然很興奮地用爪子尖推著小石塊給勞倫斯看。

勞倫斯撿起那塊他拳頭大小的東西。的確很特別，是黃鐵礦和石英、岩石嵌合而成的石塊。「你怎麼發現的？」他好奇地問，在手裡翻動石塊，擦去上面大部分的塵土。

「它露了一點出來，在地面上閃閃發光。」無畏說，「那是黃金嗎？我好喜歡它的樣子。」

「不是，這只是黃鐵礦，不過很漂亮吧？你大概也是那種喜歡收藏東西的生物。」勞倫斯說著，歡喜地仰頭看無畏，很多龍天生就喜歡寶石或貴重金屬。「恐怕我這個夥伴不夠富有，沒辦法給你一堆黃金在上面睡覺。」

「即使黃金睡起來會很舒服，和一堆黃金比起來，我還是比較喜歡你。」無畏說，「睡甲板也可以。」

他說這句話時很自然，一點也沒有讚美的意思，而且說完就回頭去看他的雲。勞倫斯一個人在背後看著他，感到既驚奇又欣喜。他很難想像類似的感覺；在他過去生命中，大概要信賴號開口說希望他當它的艦長，他的感覺才能與之相比——那是讚美，也是親暱的表現，出自最崇高的情感。這時一股決心油然而生，他決定要讓自己配得上無畏的讚美。

「先生，恐怕我幫不上忙。」老傢伙由他眼前厚重的書本中直起身子，搔著耳根說。「我有十幾本講龍品種的書，可是我在書裡找不到他。他長大一點，體色或許會改變吧？」

勞倫斯皺起眉頭。他們在馬德拉靠岸一星期了，這是他請教的第三位自然學家，而三個人都沒辦法幫他辨別無畏的品種。

「不過呢，」書商繼續說道，「我可以給你一點希望。皇家學會的艾德華．豪爾爵士正在這座島上遊水，他上星期才來過我店裡。我想他應該待在蒙尼茲港❷，就是島上西北角那邊，相信他可以幫你判斷龍的品種；他寫過幾篇美洲和東方稀有品種的專題論文。」

「眞的很謝謝你，很高興聽到這消息。」勞倫斯因爲這個消息而輕鬆了起來。他對這名字很熟，在倫敦見過一、兩次那位男士，因此甚至不用倉卒地自我介紹。

他心情愉快地帶了張島上的地圖，還有一本幫無畏買的礦物學書籍走出店裡，回到街上。這天天氣很好，龍在城外一片爲他整理出來的牧場裡，剛剛大吃一頓，正在慵懶地伸展四肢曬太陽。

也許因爲港口有隻經常感到飢餓的龍讓當地居民很焦慮，所以總督比克勞夫特司令還樂於幫忙。他撥出公款，持續地供應無畏羊隻和牛隻。食物改變了，但無畏欣然接受，繼續長大；他不再適合待在信賴號的船尾，何況他也快比船還大了。勞倫斯租下牧場旁的一棟小農舍，由於主人突然急著不想待在牧場附近，所以租金便宜得很。他們倆這時過得很愉快。

每當有時間思考時，他會後悔最後離開了船旅生涯。不過讓無畏有事忙就很辛苦了，而且他總是可以下到城裡吃晚餐。他時常和萊利或他其他的軍官碰面，而且在城裡也有些海軍的熟人，所以晚上很少單獨度過。雖然因爲農舍距城裡很遠，必須提早回去，但是晚上也很舒服。他也在當地找到一個僕人，名叫費納歐——雖然面無笑意、沉默寡言，但至少不怕龍，做的早餐和消夜都還不錯。

炎熱的白天，勞倫斯不在時，無畏通常在睡覺，太陽下山時才醒來。勞倫斯吃完消夜，會出去坐在他身邊，就著提燈的燈光讀書給他聽。勞倫斯自己一向不太讀書，不過無畏非常喜歡書籍，甚至影響了他。勞倫斯雖然對礦石沒興趣，但想到新書裡詳盡地介紹寶石和開採過程，龍應該會喜歡，就感到得意。他從沒想過會過這種生活，不過至少到目前爲止，他還沒感覺到地位變化有什麼實質影響，而無畏也成爲他少有的好同伴。

勞倫斯在一間咖啡廳待了一會兒，寫了封短箋給艾德華爵士，附上地址，簡短地解釋他的狀況，徵求允許他登門拜訪。他將這封信的收件地址寫上蒙尼茲港，之後請軍隊的郵差送去。他多給了半個克朗硬幣，讓信送快一些。當然他直接飛過整座島會快很多，但覺得帶一隻龍直接造訪別人之前，應該事先知會一下。他有時間等，至少還有一星期的空閒，之後直布羅陀的回應才會送來，指示他要怎麼去報到。

但是郵務騎士隔天就會到了，這念頭讓他想起被遺忘的責任——他還沒寫信給父親。他的境況發生變化的消息，不能讓雙親先從第二手傳聞聽到，而公報上不久會印上啓示，他也不能讓他們先從公報裡讀到。他不情願地決定盡義務，於是要了壺新煮好的咖啡，重新坐下寫這封必要的信。

很難思考該寫什麼。阿連德勳爵並不是特別溫柔的父親，而且做事一絲不苟。小兒子不爭氣，不進教會，反而加入陸軍和海軍，他已經很不認同了；在他看來，送兒子去空軍，和送去經商一樣糟糕。他不會支持，也不會允許勞倫斯加入空軍的。勞倫斯很清楚他和父親對職責的看法不同，他父親一定會告訴他，應該負起對家族姓氏的責任，離那隻龍遠一點，別扯到爲軍隊效力這種受誤導的思想。

他更擔心母親會有什麼反應。她眞心疼愛他，知道這個消息以後，想必會爲他難過。況且她和蓋曼夫人很要好，信的內容一定會傳到伊蒂絲耳裡。而他沒辦法在信中要他母親或伊蒂絲放心，同時又不激怒他父親，因此只輕描淡寫地寫封正式的信，什麼也不抱怨，只平鋪直敘說明真相。他知道這是唯一的辦法，但仍有點不滿地封好，親自送到郵局。

完成了討厭的任務後，他回到租了房間的旅館。這天晚上，他請了萊利、吉伯斯和其他幾位熟人一起晚餐，以答謝他們先前的招待。這時不到下午兩點，商店都還開著，他經過店家時望著櫥窗，讓自己分心，不再想他家人和好友得知消息後可能會有的反應。走著走著，他在一家小當舖前停了下來。

那條金鍊重得很誇張，沒有女人會戴，男人戴起來又太俗氣，厚厚的方塊與平平的圓盤相連，之間有小顆珍珠交錯垂掛。不過光是看鍊子上的金屬和珠寶，他就知道金鍊一定很貴。他對自己買的公債很小心，以後再也不能指望獎金了，所以很可能不該花那麼多錢。話雖如此，他還是走進店裡問價錢——果然太貴了。

「不過，先生，這條也許不錯？」老闆建議著，給他看另一條鍊子。這條看起來差不多，只是沒有圓盤，而鍊子也許細一點點。這條的價錢幾乎只要第一條的一半，還是很貴，不過他仍然買了，然後覺得自己有點蠢。

但勞倫斯那晚仍然把金鍊送給無畏。看到無畏收到時那麼歡喜，他有點意外。無畏抓著鍊子，愛不釋手；勞倫斯讀書給他聽的時候，他就照著燭光把玩，翻來轉去，讚嘆黃金和珍珠上的光澤，直到睡覺時，金鍊子還纏在他的爪子上。第二天，勞倫斯逼不得已把金鍊固定到鞍具上面，無畏才肯飛。

他們晨間飛行回來時，發現艾德華爵士的信已經等著他了。無畏對首飾的反應很特別，讓勞倫斯更高興艾德華爵士熱情地邀請他們去。他們著陸時，費納歐將短信帶到牧場去給他，於是勞倫斯大聲讀給無畏聽：不論他們什麼時候去，這位先生都樂意招待，在海邊浴池附近可以找到他。

「我還不累。」無畏說，他和勞倫斯一樣，很想知道自己的品種。「你要的話，我們可以現在去。」

他的耐力的確越來越好了。勞倫斯決定，如果有需要大可停下來休息，因此衣服也沒換，就直接爬回龍背上。無畏使出少見的力氣，大力揮動翅膀，島嶼便在他雙翼拍動之下迅速向後飄移。勞倫斯低低地伏向他的頸子，在風中瞇起眼睛。

起飛後不到一小時，他們便盤旋降落到海岸著陸，當下海邊的澡客和小販落荒而逃。勞倫斯不高興地看著他們離開，然後皺起眉頭。要是他們蠢到以為馴服過的龍會傷人，那根本不是他的錯，他拍拍無畏的頸子，解開綁腿滑下龍背。「我去看看能不能找到艾德華爵士，你在這裡等著。」

「好。」無畏心不在焉地答道。他已經興致勃勃地盯著岸邊的深池子看，那池子外面圍著怪異的岩石，池水清澈。

艾德華爵士並不難找。勞倫斯走了四分之一哩時遇見他，那時他是唯一一個舉目能見到的人，他發現逃竄的人群正朝他們走來，他們握手寒暄，不過兩人都急著談目前的正事。勞倫斯冒昧提議應該走回無畏身邊，艾德華爵士馬上熱切地同意。

他們折回去的路上，艾德華說：「他的名字很不尋常，眞迷人啊。」勞倫斯聽了，心沉了下去，不過艾德華倒是沒發現。「他們通常會用很誇張的羅馬名字。話說回來，大部分的飛行員馴服龍的時候都比你年輕很多，通常喜歡故作聲勢。溫徹斯特龍才兩噸重，就取個名字叫王者，實在很荒謬。咦，勞倫斯，你怎麼教他游泳的？」

勞倫斯嚇得抬頭看，霎時大吃一驚——他不在的時候，無畏跑到水裡，這下正划著水游來游去。「天啊，我沒教他，我以前從來沒看過他游泳。」勞倫斯說，「他爲什麼不會沉下去？無畏！拜託上岸來。」他有點焦急地喊道。

艾德華爵士好奇地看著無畏游向他們，爬回岸上。「眞是特別啊！他們身體裡有氣囊，所以才能飛，氣囊大概也讓龍天生有浮力，而且像他這樣在海上長大，可能天性不怕水。」

他提到的氣囊對勞倫斯來說是新知識，不過這時龍加入了他們，於是他撇開腦子裡冒出的問題說：「無畏，這位是艾德華．豪爾爵士。」

「你好，」無畏和觀察他的人一樣好奇，低頭看著他，「很高興見到你。你能告訴我，我是什麼品種嗎？」

他問得很直接，而艾德華爵士不以爲意，鞠躬回答：「我很希望能給你一些資訊。可以請你往岸上走一段距離，也許走到那邊那棵樹下展開翅膀，讓我們看清楚你的全身嗎？」

無畏樂意地走過去，艾德華觀察著他的動作。「嗯，他翹著尾巴的方式和典型的表現完全不同，眞不尋常。勞倫斯，你說他的蛋是在巴西找到的？」

「這點我恐怕沒辦法說仔細。」勞倫斯說著，研究起無畏的尾巴。他看不出有什麼不同的地方，不過，他當然也沒有比較的基準。無畏的尾巴抬離地面，走路時輕輕地劃過空中。

「我們從俘虜的法國軍艦上得到他的，而由那艘軍艦上一些水桶得知軍艦最近去過里約熱內盧，除此之外就不敢說了。我們攻下軍艦時，航海日誌已經被丟到海裡，艦長自然拒絕透露蛋是在哪裡發現的。不過照旅程長短來看，我推測應該不會從更遠的地方來。」

「噢，這就難說了。」艾德華爵士說，「有些亞種在蛋裡成熟的時間會長達十年，而一般平均是二十個月。老天爺啊——」

無畏剛剛才展開翅膀，翅膀還在滴水。「怎麼了？」勞倫斯滿懷希望地問。

「我的天啊，勞倫斯，那對翅膀！」艾德華爵士喊著，就這樣穿過海灘，向無畏跑過去。勞倫斯大感意外，跟著他跑，到龍旁邊才跟上他。隔開翅膀區塊的脊骨總共有六個，艾德華爵士輕輕撫摸著其中一個脊骨，滿心渴望地凝視著。無畏彎起頸子想看，不過身軀還是保持不動，似乎不在意別人撫摸他的翅膀。

「那你認出來了嗎？」勞倫斯遲疑地問道，這男人看來喜不自禁。

「認出來？如果認出來是指以前看過同類，那我並不認得。現在看過他同類而且還活著的人，歐洲大概不出三個。不過照這樣一瞥，我已經得到足夠的資料，可以寫信給皇家學會了。」艾德華爵士答道，「翅膀絕不會看錯，爪子的數量也很標準——他是隻中國帝王龍。不過是哪個家系，我看不出來。噢，勞倫斯，好個戰利品啊！」

勞倫斯困惑地注視那對翅膀。他先前沒想過翅膀上扇形的區塊不尋常，也不覺得每隻腳上爪子的數目哪裡特別。「帝王龍？」他遲疑地笑著說，納悶了一下，艾德華爵士不是跟他開玩笑。在羅馬人馴服歐洲的野生龍種以前，中國人飼養龍已經有幾千年的歷史，他們對自己的成果極度保護，即使次級品種的成年龍，都很少獲准離開國家。三十六門砲的法國巡防艦運送一顆帝王龍的蛋橫跨大西洋，一聽就覺得不合理。

「這個品種好嗎？」無畏問道，「我以後能噴火嗎？」

「親愛的龍，這是天下所有品種裡面最好的了，只有天龍比帝王龍更稀有、更珍貴。我想，如果你是天龍，我們馴服了你，中國會和我們開戰的，所以幸好你是帝王龍。」艾德華爵士說，「雖然我不敢說得太絕，但是你大概不能噴火。中國培育龍最重視的是智慧和優雅，他們在空中有壓倒性的優勢，所以在家系裡不需要噴火這種能力。在東方龍裡面，最可能有攻擊能力的是日本龍。」

「哦。」無畏悶悶不樂地應了聲。

「無畏，別想不開，這可是天下最棒的消息啊！」勞倫斯終於開始相信爵士的話了，玩笑不會開這麼大的。「爵士，你很確定嗎？」他忍不住問道。

「當然了。」艾德華爵士說，他這時又研究起翅膀來。「只要看看那翼膜有多精細，全身的顏色多麼一致，還有他眼睛和斑塊的色澤多麼協調就知道了。我看到他那時候，就該立刻認出他屬於中國的品種；他實在不可能是野生的，而且歐洲或印加的培育者都沒有能力培育出這樣的傑作。何況……」他補充道，「也難怪他能游泳了——要是我記得沒錯，中國龍通常很會喜歡水。」

「帝王龍啊。」勞倫斯低聲說著，驚奇地摸著無畏身體側邊。「太奇怪了，他們應該用半數的艦隊護送他，或是派馭龍者去中國，而不是把蛋運到法國。」

「也許他們不曉得他們得到的是什麼。」艾德華爵士說，「中國龍的蛋除了質地像精緻的瓷器之外，一向很難用外觀辨識。我想過了這麼久，你們應該沒留著蛋殼了吧？」他盼望地問。

「我沒有留，不過有些船員可能留了些。」勞倫斯說，「我很樂意幫你問一問，我受惠於你甚多。」

「別在意，應該是我要感激你才對。想想看，我看見了一頭帝王龍——還和他說過話呢！」他說著向無畏一鞠躬，「其實我可能是英國人裡最幸運的，不過法國的貝胡斯伯爵❸在日誌裡寫到，他在朝鮮的王宮裡跟一頭帝王龍說過話。」

「我想讀他的日誌。」無畏說，「勞倫斯，你能弄一本來嗎？」

「我會找找看的。」勞倫斯說，「還有，爵士，請你建議一些相關的書籍，我希望多了解這個品種的習性和行為。」

「哦，恐怕現有的資源少之又少，我想你馬上就會比其他任何歐洲人更專業了。」艾德華爵士說，「不過我當然會幫你開清單，我有幾本書，包括貝胡斯的日誌，很樂意借給你。

無畏不介意在這裡等的話，或許我們可以走回我旅舍拿，我想他進村子裡會不太自在。」

「我一點也不介意，我要再去游泳。」無畏說。

勞倫斯和艾德華爵士喝了茶，拿了幾本書，在村裡找到肯賣他羊的牧羊人，好在回程之前餵過無畏。他迫不得已，自己一個人拖著羊下到海邊，這個牲畜還沒看到無畏，就瘋狂地咩咩叫，努力想掙脫，最後勞倫斯只好親自抱著牠。將要被丟到迫不及待的龍面前之際，羊對勞倫斯做了最後的報復，在他身上拉了一坨羊糞。

無畏大快朵頤的時候，他脫光了衣服，在水裡拚命清洗，然後趁和無畏一起洗澡時，把濕淋淋的衣物晾在溫暖的岩石上曬乾。勞倫斯自己的游泳技術並沒有特別高明，不過仗著有無畏在，所以冒險游到龍能游泳的水深處。無畏在水中開心的情緒很會感染人，最後連勞倫斯都跟著調皮了起來，向龍潑水，還鑽到水裡從無畏的另一側游上來。

海水暖暖的很舒服，有不少露出水面的岩石可以爬上去休息，有些甚至大到容得下他們倆。勞倫斯總算帶無畏上岸時，已經過了幾個小時，太陽正快速地落下。其他沐浴的人躲得遠遠的，他有些愧疚，不過也覺得慶幸——要是別人看到他像孩子一樣嬉鬧，他會很不好意思。

他們展翅飛過島嶼，朝芬查耳飛回去，太陽照得他們的背暖烘烘，而寶貴的書包用油布包起來，捆在鞍具上，他們倆都滿心歡喜。「晚上我會讀日誌給你聽。」勞倫斯正說著，卻被前頭一陣巨吼打斷。

無畏驚訝地在空中停下來，在原處飛了一陣子。然後他吼回去，猶豫的聲音聽起來很怪。他繼續向前飛，不一會兒，勞倫斯看到了吼聲的來源——是一頭淺灰色的龍，龍腹上有白色的斑紋，翅膀上也有白色的條紋，襯著空中的雲朵，幾乎讓人察覺不到。牠的高度比他們高很多。

那隻龍以極快的速度俯衝而下，飛到他們身邊。他看得出這隻龍比無畏目前的體型還小，不過拍一下翅膀，他能滑翔的時間就比無畏長了許多。騎龍的人身穿和他體色相襯的灰色皮衣，戴了厚重的兜帽；他拆開帽上幾個鉤鉤，推開兜帽讓帽子掛在腦後。「在下詹姆士隊長❹，坐騎瞬翼，負責郵務。」他說著，盯著勞倫斯看，毫不掩飾好奇的態度。

勞倫斯猶豫了一下，顯然他必須回應，不過不太曉得要怎麼自稱，他目前並沒有正式從海軍除籍，也還沒正式進入空軍。最後他終於說：「皇家海軍鑑長勞倫斯，坐騎無畏，目前未派職務。你要飛去芬查耳嗎？」

「海軍？對，要去芬查耳。聽你的介紹，我想你也要去那裡吧。」詹姆士說，他有張討喜的長臉，不過勞倫斯先前的問題讓這張臉深深皺了眉。他問勞倫斯道：「那隻小龍多大了？你怎麼得到他的？」

「我孵出來三週又五天了，勞倫斯是在一場戰役裡贏得我的。」無畏搶在勞倫斯之前回答，又問對方的龍：「你是怎麼遇見詹姆士的？」

瞬翼眨著淡藍色的眼睛，以開朗的聲音說：「我是孵出來的！蛋裡來的！」

「哦？」無畏遲疑地說，轉過頭向勞倫斯露出訝異的表情。勞倫斯連忙搖了搖頭，要他安靜。

「先生，有問題的話，還是等到地面上再說吧。」他有點冷淡地向詹姆士說，他不太喜歡那人語氣中霸道的感覺。「我和無畏就待在城外，你們願意跟我們飛，還是我們跟著到你們的降落場呢？」

詹姆士一直驚訝地看著無畏，這時稍微熱情了些，回答勞倫斯：「那就去你們那裡吧。我一正式降落，就會被要寄包裹的群眾圍住，不會有機會聊天。」

「好的。那是芬查耳西南邊的一座牧場。」勞倫斯說，「無畏，請帶路。」

勞倫斯覺得無畏暗地裡想拉開他和灰龍的距離，不過灰龍毫不費力就跟上了；瞬翼顯然是爲了速度培育的，而且培育得很成功。英國的培育者擅長用爲數不多的家系得到特定的結果，不過看得出爲了得到這項特長，犧牲了智能。

他們一同降落在牧場，送來給無畏當晚餐的牛隻不安地悲鳴。「無畏，對他友善一點。」勞倫斯低聲說，「有些人的理解力沒那麼好，你記得信賴號上的比爾．史瓦羅吧？有些龍也一樣。」

「哦，記得，」無畏同樣小聲地說，「我曉得了，我會注意的。你覺得他會想吃一頭我的牛嗎？」

兩人一同爬下龍，在地上碰頭，勞倫斯問詹姆士：「他想吃點東西嗎？無畏今天下午已經吃過了，他可以讓一頭牛出來。」

「哦，你們真好，」詹姆士明顯地變隨和了，「我敢說他一定會很愛的，對吧？你這無底洞。」他親暱地拍了拍瞬翼的頸子。

「牛耶！」瞬翼睜大了眼盯著牛隻。

「來跟我一起吃吧，我們可以去那裡享用。」無畏對小灰龍說，然後坐起身，伸過牛欄捉了兩頭牛。他把牛放在牧場一片乾淨的草地上，然後讓開，瞬翼急急忙忙走過去。

勞倫斯帶詹姆士進農舍時，詹姆士說：「你真是太慷慨了，他也是，我沒看過大型龍像那樣分享東西。他是什麼品種？」

「我本身不是專家，得到他的時候也不知道他的來歷，不過今天艾德華．豪爾爵士才辨識出他是帝王龍。」勞倫斯有點不好意思地說。他的話感覺像在炫耀，不過當然只是平鋪直敘相關事實，而且他沒辦法瞞著不說。

詹姆士聽到他的話，在門檻絆了一跤，差點就撞上費納歐。「你在——噢，天啊，你不是在開玩笑。」他說著恢復鎮定，把他的皮外套遞給僕人。「可是你是怎麼找到他的，又是怎麼馴服他呢？」

勞倫斯覺得他這般無禮地質問主人太誇張了，不過仍掩飾自己對詹姆士的不滿。這時的情境的確讓人比較放鬆。「我很樂意告訴你。」他說著，領著那個人進到客廳，「說實在，我還需要你給點建議，告訴我應該如何進行。你要喝點茶嗎？」

「好，不過你有咖啡的話，還是喝咖啡好了。」詹姆士將一張椅子拉向火邊，他倒進椅子裡，一腳還跨在椅子扶手上。「媽的，能坐一下眞好，我們在天上飛了七個小時。」

「七個小時？你們一定累慘了，我還不知道他們可以在空中待那麼久呢。」

「噢，老天保佑你，我還飛過十四小時呢。」詹姆士說，「不過要是我，不會用你那隻飛的。天氣好的時候，小翼可以待在空中，一小時只拍一次翅膀。」他打了一個大呵欠。「不過碰到海上的氣流，還眞不是鬧著玩的。」

費納歐端著咖啡和茶進來，倒給兩人之後，勞倫斯便簡短地爲詹姆士描述他們如何得到無畏，還有馴服他的過程。詹姆士一臉驚訝地聽他說，同時喝下五杯咖啡，吃光了兩盤三明治。

最後勞倫斯說：「所以你也看得出來，我現在正覺得迷惑。克勞夫特司令寫了封公文給直布羅陀的空軍，請求他們對我的情形給予指示，相信你會帶走那封公文。不過我得承認，我非常希望能知道該預期什麼狀況。」

「只怕你問錯人了。」詹姆士愉快地說著，喝下第六杯咖啡，「我沒聽過這種事，而且對你的訓練，我也不能給什麼建議。我十二歲時被分派作郵務，十四歲騎上小翼；可是你卻會帶著你的寶貝搏命作戰。不過呢，我會讓你不用再等了，我會快快飛到著陸點拿郵件，今晚就帶走你司令的公文。如果明天晚餐前就有資深空校來見你，我也不會意外的。」

「不好意思，你說資深的什麼？」勞倫斯迫於無奈地問他。隨著一杯杯咖啡下肚，詹姆士說起話來已經越來越隨便了。

「資深空軍上校。」詹姆士說著。他笑了，收起翹著的腳，由椅子中爬出來，站著伸展四肢。「你會當上飛行員的。我差點忘了自己不是在對飛行員講話。」

「謝謝，眞是動聽的恭維。」勞倫斯這麼說，不過暗自希望詹姆士用心一點，記得他不是飛行員。「不過你不會連夜飛行吧？」

「當然會，這種天氣，沒必要賴在這裡。咖啡又讓我復活了，小翼吃了一頭牛，可以飛到中國再飛回來。」他說，「況且我們在直布羅陀睡的地方比較舒服。我走嘍。」他說完，就走出客廳，由衣櫥拿走自己的外套，然後吹著口哨走出門。勞倫斯楞住了，遲疑一下才跟上他。

小翼拍著翅膀，短短跳了幾步，蹦到詹姆士身前，興奮地向他嘮叨牛和「喂」的事。無畏的名字，他只發得出這樣的音。詹姆士拍拍他，爬回他背上。「再次謝謝你。你如果在直布羅陀受訓，我送郵件時會再見面的。」他說著揮揮手，然後灰色的翅膀一揮，他們立刻就成了微亮空中極速縮小的形影。

無畏站在勞倫斯身旁看著他們離去，過了一會兒才說：「他吃了牛好高興啊。」

勞倫斯笑著無畏薄弱的讚美，溫柔地伸手搔搔他的頸子。「很遺憾你第一次和龍見面不太順利。」他說，「不過，他和詹姆士會爲我們把克勞夫特司令的訊息帶到直布羅陀，再過一、兩天，我們應該就會遇見更合得來的龍了。」

詹姆士的估計顯然沒太誇張。隔天下午勞倫斯才動身進城，就看到巨大的影子橫越港口，他抬頭看見一隻紅金相雜的龐然大物掠過頭頂，朝城郊的著陸點而去。他預期會有通知送到嘉獎號，立刻向嘉獎號走去，希望剛好趕上。才走到半途，他就被一位氣喘吁吁的年輕見習官攔住，轉告他克勞夫特司令要找他。

克勞夫特的特等艙裡有兩名飛行員等著他——波特蘭隊長是個身材高瘦的男人，表情嚴肅，長著鷹勾鼻，本身看起來就有點像龍；而戴伊斯上尉則是幾乎不到二十歲的年輕人，淺褐色的辮子配著淡淡的眉毛，表情並不友善。他們的態度就跟傳言中飛行員的態度一樣冷漠，而且他們不像詹姆士，沒有對他露出隨性的樣子。

勞倫斯剛經歷了官樣的介紹，克勞夫特就說：「唉，勞倫斯，你這傢伙眞好運，結果我們得讓你回信賴號了。」

勞倫斯這時正在打量兩位飛行員，聽了他的話停了下來，問道：「不好意思，你說什麼？」

波特蘭迅速向克勞夫特投以輕蔑的一瞥。話說回來，克勞夫特說這算好運，即使沒有冒犯到飛行員也實在不智。波特蘭轉向勞倫斯說：「你為空軍執行了單次任務，」他的語調生硬，「不過我想你不用繼續在空軍服役了，戴伊斯上尉是來解除你職務的。」

勞倫斯困惑地看著戴伊斯，戴伊斯回望他，眼裡藏著一絲敵意。「隊長，」勞倫斯不明白，於是緩緩地說，「我以為駕馭龍的人，是不能解職的——龍孵化的時候他就要在場。我弄錯了嗎？」

「在一般情況下，你說的沒錯，能那樣最好。」波特蘭說，「不過馭龍者有時會生病或受傷，不能再飛行，這時我們通常就能說服龍接受新的飛行員。無畏比較年輕，應該能夠接受新的人，甚至很樂意換別的飛行員。」他說那名字的聲音，帶了微微的不屑。

「我了解。」勞倫斯說。除此之外，他說不出別的話。三個星期前，這消息會讓他喜出望外，這時聽來居然沒什麼感覺。

波特蘭或許覺得該客氣一點，因此對他說：「我們當然很感激你。不過他在受過訓練的飛行員管照下會比較好，而且我相信，海軍也不能簡簡單單就把這麼忠誠的軍官交給我們。」

「您過獎了。」勞倫斯地說著，向他一鞠躬。波特蘭的讚美聽起來並不自然，不過感覺得出其餘的話夠誠懇，而且言之有理。無畏在受過訓練的飛行員手上當然比較好，那樣的傢伙會妥善照顧他；就像船在眞正的水手手裡比較好。無畏會選他，完全是意外，而這時勞倫斯知道他不是普通的龍隻，因此，無畏的確該擁有技術相當的同伴。「你們當然會希望這位置盡量由受過訓練的人擔任，要是我有幫上忙的地方，那是我的榮幸。我要現在帶戴伊斯去見無畏嗎？」

「不行！」戴伊斯尖銳地說，但波特蘭瞥了他一眼，於是沉默下來。

波特蘭的回應比較禮貌：「上校，不用了，謝謝你。其實我們打算當作馭龍者死亡的情形處理，我們發展出讓龍習慣新馭龍者的標準程序，會盡量照著程序進行。你再也別見那隻龍最好。」

這句話就像青天霹靂。他很想爭論，但最後還是閉上嘴，向他們再次鞠躬。如果這麼做能讓換飛行員的過程更順利，那麼離龍遠一點，就是他的責任。

不過想到再也見不到無畏，他就很難過。他沒向無畏道別，沒機會在道別時說溫柔的話，就這樣不再去見他，像遺棄他一樣。他離開嘉獎號時，只感到沉重的悲傷，悲傷持續了一晚。晚上他和萊利與威爾斯晚餐，他走進他們等待的旅館接待室時，費力地對他們一笑，說道：「嗨，兩位先生，看來你們還是甩不掉我。」

他們露出驚訝的神情，不一會兒兩人就熱情地恭喜他，舉杯敬他重獲自由。「這是我下午到現在聽到最好的消息。」萊利說著舉起酒杯，「長官，祝你健康。」他雖然會因此無法升爲艦長，但祝賀的語氣仍然非常眞誠，讓勞倫斯深受感動。他意識到他們眞心的友誼，至少開心了一點，而他終於能以近乎平常的風度敬他們酒了。

稍後，勞倫斯對他們敘述會面過程，威爾斯聽了皺眉說：「他們處理這件事的方法還眞奇怪。長官，幾乎像侮辱呢，侮辱了海軍，好像他們覺得海軍軍官不夠好似的。」

「不對，不是這樣。」勞倫斯說著，不過心裡其實不太確定自己的解釋。「我確信他們是為無畏著想，也是為空軍著想，這是應該的。他們當然不樂於看到未經訓練的傢伙騎在珍貴的龍隻身上，我們也不想看到陸軍軍官號令一艘一級戰艦啊。」

他是這麼說的，心裡也這麼相信，但是並沒有因此覺得寬慰。晚間的時光消逝，雖然有佳餚和友伴，他並沒有好過一點，反而越來越為了離別而悲傷。他已經習慣晚上和無畏一起讀書，和他聊天，或是睡在他身邊了，突然分開實在痛苦。他曉得自己沒有掩飾好內心的感覺，萊利和威爾斯憂心地看著他，為了彌補他沉默不語，兩人越來越多話。然而他沒辦法逼自己裝出愉快的心情，讓他們放心。

布丁端上來，他正努力吃著布丁，突然有個男孩跑進房裡，帶了張紙條給他——短信是波特蘭隊長寫的，以急迫的筆調要求他到農舍去。勞倫斯連忙由桌子旁站起來，勉強解釋幾句，還不等下人拿來外套就衝出旅館。馬德拉的夜晚溫暖，他匆匆走了幾分鐘後，就更不在意沒穿上外套一事，只希望到農舍有藉口拆掉領帶。

他的農舍靠近牧場，為了讓波特蘭隊長他們方便，所以提議讓他們使用。這時農舍裡點了燈，費納歐為他開門，他走進屋裡，發現戴伊斯坐在餐桌旁，兩手抱著頭，身邊圍著幾位身穿空軍制服的年輕人，而波特蘭則站在壁爐旁望著爐火，眼神嚴厲而不滿。

「發生了什麼事嗎？」勞倫斯問，「無畏生病了嗎？」

「沒有。」波特蘭簡短地說，「他拒絕接受更換馭龍者。」

戴伊斯猛然推開椅子，由桌旁站起來走向勞倫斯，吼道：「他不該生下來的！一隻帝王龍交給沒受訓練的海軍笨蛋——」他朋友在他吐出其他話之前阻止他，但是他的表情還是很不禮貌，勞倫斯瞬間抓住劍柄。

「先生，我要求決鬥，」他憤怒地說，「你說得太過分了。」

「住手，空軍不准決鬥。」波特蘭說，「安德魯斯，看在老天的分上，讓他上床去，灌他一點鴉片酊。」抓住戴伊斯左臂的年輕人點點頭，便和其他三人拉著不斷掙扎的上尉離開會客室，留下勞倫斯和波特蘭兩人，還有費納歐面無表情地站在角落，托盤裡還端著波特酒。

勞倫斯轉向波特蘭說：「紳士不能容忍這種話。」

「飛行員的生命不只屬於自己，更屬於空軍，我們不容許這麼無謂地讓他的生命被危及。」波特蘭淡淡地說，「空軍不准決鬥。」

他重複的話中帶著威嚴，勞倫斯不得不承認他說的有道理。他的手稍微放鬆一點，不過臉上仍然有慍色。「隊長，那他應該對我和海軍道歉，他的話太無禮了。」

波特蘭說：「難道你沒說過對飛行員或空軍這麼無禮的話，也沒聽別人說過嗎？」

波特蘭聲音中毫不遮掩的諷刺，讓勞倫斯沉默了下來。他從來沒想過飛行員當然會因為聽到那樣的話，而痛恨海軍；他們受到職責規範，不能提出決鬥，因此這時更了解他們的憎恨有多麼強烈。他最後終於小聲說道：「隊長，即使我在場時，有人有那樣的言論，我也從來不用為此負責，而且我一有機會都會嚴厲地駁斥他們。我從來不希望聽到對皇家任何軍種的毀謗之詞，以後也是。」

這次換波特蘭沉默了，雖然語調不太情願，但仍說：「我對你的指控並不公平，在此致歉。希望戴伊斯平靜一點之後，也會向你道歉。他會那麼說，也是因為剛剛受到挫折，太痛心了。」

「照你說的，我知道會有一定的風險。」勞倫斯說，「他不該期望那麼高。他應該能馴服孵出的幼龍吧。」

「他接受風險，」波特蘭說，「用掉晉升的機會。除非在戰火下再得到機會，否則他不准再次嘗試，而那樣的機會也不太可能出現。」

所以戴伊斯的處境和萊利在他們最後一次出航時相同，只不過英國的龍很少，或許他的機會比萊利更渺茫。勞倫斯仍然不能原諒他的侮辱，不過他已經比較理解戴伊斯的心情，並忍不住為那傢伙感到惋惜，他不過是個孩子。「我懂了，我很樂於接受他的道歉。」他最多只能這麼說。

波特蘭看來鬆了口氣。「很高興聽你這麼說。」他說道，「我想你現在最好去跟無畏說說話，他一定很想你，而且我們要求更換駕馭者，相信他很不高興。希望我們明天能再談談；我們沒有動過你的臥房，你不需要整理了。」

勞倫斯不太需要別人敦促他探望無畏，不一會兒便走向牧場。他走近時，可以由半月的月光看到無畏的身軀，他把自己蜷成一小團，幾乎動也不動，只用前爪輕撫頭上的金鍊子。勞倫斯走過柵欄，喚道：「無畏。」那威武的頭立刻抬了起來。

「勞倫斯？」他說道，聲音中遲疑的語調讓人聽了心痛。

「對，我來了。」勞倫斯說著，快快走向他，最後幾乎跑了起來。無畏由喉嚨裡發出一陣柔柔的哼聲，兩隻前腳和翅膀都圍在他身邊，輕輕地磨蹭他；勞倫斯撫摸他光滑的鼻子。

「他說你不喜歡龍，說你想回你船上。」無畏細聲說著，「他說你騎我飛，只是為了責任。」

勞倫斯氣憤得喘不過氣。要是戴伊斯在他面前，他會撲向那男人，狠狠揍他一頓。「無畏，他騙你。」他辛苦地說，已經氣得幾乎說不出話來。

「是啊，我覺得他在騙我。」無畏說，「但是聽了就難過，而且他想拿走我的鍊子，我好生氣。而且他還不肯走，最後我把他趕出去，但是你又沒來，我想也許他會不讓你來，我又不知道該去哪裡找你。」

勞倫斯靠向他，將臉頰貼在柔軟暖和的龍皮上。「真的非常對不起。」他說，「他們要我不要回來，讓他試著說服你，說這樣對你最好，我早該看出他是什麼樣的人。」

他們舒服地站著，無畏沉默幾分鐘，才開口說：「勞倫斯，我想我已經大到不能上船了吧？」

「是啊，差不多，不過還有運龍艦可以載你。」勞倫斯說著抬起頭，不懂無畏為什麼那麼問。

「如果你真的想回船上，」無畏說，「我會讓別人騎我，可是不是他，他說話不實在。我不會留著你的。」

勞倫斯手還放在無畏的頭上，就這樣站著不動好一陣子，龍溫暖的氣息圍繞在他身旁。最後他終於柔聲說：「親愛的，不要。」他知道自己說的是肺腑之言，「比起任何海軍船艦，我寧可要你。」

譯註：

❶：芬查耳（Funchal），葡萄牙馬德拉群島的首府。

❷：蒙尼茲港（Porto Moniz），位於馬德拉島西北角沿岸的偏僻村鎮，特色是沿海火山岩上礁石形成的海水池。

❸：貝胡斯伯爵（le Comte de la Pérouse，一七四一～一七八八）法國海軍軍官，也是探險家，探險隊途經阿拉斯加、日本、俄國和太平洋諸島，最後於太平洋島嶼失蹤，幸而失蹤前交出了探險日誌。

❹：歷史上當時並沒有空軍，而書中的空軍隸屬海軍部，官階與皇家海軍相同，因此將admiral譯爲上將；captain 譯爲馭龍者的職位時稱隊長，軍階則爲上校；lieutenant 譯爲上尉；ensign 譯爲少尉；midwingman 相對於海軍的 midshipman，譯爲見習官。

# II

# 第四章

「不對，胸膛還要推得更出來，看我做。」豐悅用後腳站立，示範了一次。她吸氣時，龐大的金紅色腹部隨之擴張。

無畏模仿她的動作。他不像母的皇銅龍有亮眼的斑紋，而且目前的體型不到她的五分之一，同樣的動作看起來沒那麼震撼，不過這回他吼得大聲多了。牛在牛欄裡狂亂地奔逃。

「噢，原來如此。」他前腳落回地上，高興地說。

「進步很多。」豐悅讚賞地頂頂無畏的背。「每次吃東西就練習，可以讓你增加肺活量。」

波特蘭和勞倫斯這時正在牧場旁邊，和兩隻龍即將造成的混亂保持距離。「我想你也知道，目前局勢不好，我們迫切需要他。」波特蘭轉身對著勞倫斯說，「拿破崙大部分的龍都駐紮在萊茵河沿岸，當然他在義大利也很忙，他分不出戰力，加上有我們海軍封鎖，勉強讓他不會來犯。不過歐陸的事情要是能安排到他滿意，一旦能撥出幾個空軍師，我們就要對土倫那裡的封鎖線說再見了❶；我們在地中海這裡的龍，完全不足以保護納爾遜的艦隊。納爾遜被迫撤退時，維耶納夫❷就會直攻英吉利海峽了。」

勞倫斯嚴肅地點點頭。打從信賴號進港開始，他就很注意報紙上登的拿破崙動向。「我知道納爾遜一直企圖誘騙法國艦隊退出戰局，不過維耶納夫即使不是海上行家，也不是傻子，想讓他離開安全的港灣，唯一的希望就是持續轟炸。」

「意思就是沒希望了，至少以我們能派出的火力不可能。」波特蘭說，「總部有幾隻長翼龍可能做得到，不過我們沒辦法派他們去。拿破崙會立刻撲向海峽艦隊的。」

「一般轟炸沒效嗎？」

「長程的精準度不夠高，而且他們在土倫也有下毒的榴霰彈砲，任何像樣的飛行員，都不會帶著自己的龍靠近他們的防禦圈。」波特蘭搖搖頭說，「這樣不行，不過現在有一隻年輕的長翼龍正在受訓，要是無畏能合作點，快點長大，那他們倆也許能一起代替殲滅和滅絕兩隻龍在海峽的位置，而他們其中一隻龍可能就足以對付土倫了。」

「無畏一定會盡其所能協助你的。」勞倫斯說著看向遠處，他們口中的那隻龍正在解決他的第二頭牛。「另外，我當然也會盡力而為。我明白你希望擔任這職位的人選不是我，這麼重要的角色，當然應該由有經驗的飛行員擔當。只希望海軍的經驗，在這方面不會完全無用武之地。」

波特蘭嘆了口氣，低頭看著地上說：「唉，該死。」他的反應很奇怪，不過看起來並沒生氣，只是焦急。過了一會兒，他才又說：「這樣行不通的，你不是飛行員，如果只是技術或知識的問題，困難是很困難，不過……」他沒再說下去。

勞倫斯聽那語氣，並不覺得波特蘭在質疑他的勇氣。這男人這天早上比之前友善多了，到目前爲止，勞倫斯覺得飛行員似乎把排外的行爲做到了極致，但是一旦讓人成爲他們的圈內人，冷漠的態度就會煙消雲散。因此他聽波特蘭這麼說，並不以爲忤，回道：「隊長，不知道你覺得還有什麼困難？」

「是啊，你不知道。」波特蘭靜靜地說，「唉，我也不想杞人憂天……他們可能決定不派你去拉干湖❸，乾脆送你到別的地方去。不過我太急了——眞正要緊的是，你和無畏要盡快到英國受訓；你們到那兒以後，空軍司令部就能妥善決定要如何處置你們。」

「可是這裡到英國之間沒有地方停下來休息，他到得了英國嗎？」勞倫斯擔心起無畏的事，「這之間的距離一定超過一千哩，他飛過最遠的距離，就是從這座島的一端飛到另一端。」

「這裡到英國大約兩千哩。不過就像你說的那樣，我們不會讓他冒險，」波特蘭說，「新斯科細亞❹有艘運輸艦開來，三天前才有三隻龍由那艘運輸艦加入我們這一師，所以它的位置很確定。我們會護送你到船上，如果路上無畏累了，豐悅可以支撐他，讓他稍作喘息。」

勞倫斯聽到他提出的計畫，鬆了口氣。不過兩人的對話卻讓他意識到，除非他能改善自己無知的情形，否則他的處境眞不愉快。即使波特蘭讓勞倫斯不再擔心，他也沒辦法自己判斷整件事。即使只有一百哩，還是很長的一段距離，他們至少要在空中待三小時。但至少他有信心可以飛那麼久，那天他們去拜訪艾德華爵士時，才飛過這座島長度三倍的距離，無畏看起來一點都不累。

「你建議什麼時候出發比較好？」他問道。

「越早越好，運輸艦已經調頭駛向我們了。」波特蘭說，「你半個小時內可以準備好嗎？」

勞倫斯楞了一下。「應該可以，只要把大部分行李都送回信賴號給他們運送。」他不太確定地說。

「何必呢？」波特蘭說，「小悅會負責載你全部的家當，沒必要讓無畏負擔過重。」

「不是，我只是說東西沒打包好而已。」勞倫斯說，「我已經習慣等潮期了。看來，從現在開始我得提前跟上世界的步調。」

波特蘭還是一副疑惑的樣子，二十分鐘後，他進到勞倫斯房裡，毫不掩飾地瞪著勞倫斯那個挪作新用的海員行李箱。短短二十分鐘，幾乎不夠勞倫斯裝滿半個箱子，他正將幾條毯子放到箱頂塡滿空間，這時停下動作問：「有什麼問題嗎？」說著低下頭看，他不覺得這箱子大到會讓豐悅不方便。

「難怪你要打包那麼久。你打包行李都這麼仔細嗎？」波特蘭說，「難道不能把其他東西丟到幾個袋子裡了事嗎？袋子繫到鞍具上很方便。」

勞倫斯吞下他直覺的反應。飛行員在別人看來總是衣著凌亂，他從前一向以爲那是因爲做了特殊的飛行特技弄亂的，這時才明白那副外表是怎麼回事。「不用麻煩，謝謝。費納歐會把其他東西帶到信賴號，我有這裡這些就夠了。」他說著把毯子放進去，接著用皮帶捆牢，鎖上箱子。「好了，我準備完成。」

波特蘭叫他的幾位見習官進來搬箱子，勞倫斯跟他們出去，首次見識到飛行隊全體人員運作的情形。無畏和他都好奇地待在一旁，看著豐悅耐心站在一群忙碌的少尉之間，任由他們在她身邊上下，輕鬆地攀著腹帶或爬到她背上。那群男孩正抬起兩個帆布包裹的物體，一個搬到上面，一個放到下方，模樣就像不對稱的帳篷，骨幹是纖細有彈性的金屬條。帳篷主體是前方的面板，爲了減小風阻，做得又斜又長，帳篷的側面和後方則是網狀的。那些少尉看來都不到十二歲，見習官跟船上的一樣，年齡範圍比少尉更大。這時四名較年長的見習官，蹣跚地將一條包上皮革的沉重鎖鏈拖到豐悅前方。龍抬起鎖鏈，放到她自己的肩胛之間，落在帳篷前方，少尉連忙上前，用一堆皮帶和小鏈子將鎖鏈固定到鞍具上。

他們用這條鎖鏈在豐悅腹部下方連上用鏈子做的吊床狀網袋。勞倫斯看著自己的箱子，和其他袋子與包裹一同丟到網袋裡。他們毫不在意拋擲行李，他看了皺起眉頭，同時更加慶幸自己打包得夠仔細——他確信他們即使把他的箱子翻來覆去十幾次，裡頭的東西也不會亂掉。

行李雜物的最頂端鋪上一大塊皮革與羊皮編成的墊子，幾乎有手臂那麼厚。接著他們拉起網袋邊緣，努力讓網袋平攤，分散網袋中行李的重量，讓行李貼近龍的腹部。勞倫斯看了他們處理的過程，覺得不滿意，暗自打算等他和無畏也必須帶行李時，他會找到更好的辦法安頓這些東西。

不過他們的程序相對於海軍的準備工作，仍然有一大優勢——從頭到尾只過了十五分鐘，一隻輕裝的龍就出現在他們眼前。豐悅以後腳立起，展開雙翅拍了五、六下；風強到勞倫斯幾乎站不穩，但是裝好的行李沒什麼移位。

「沒問題。」豐悅說著前腳落地，撼動了地面。

「守望員就位。」波特蘭說。四名少尉爬上龍，分別到龍的肩部和臀部上側、下側的位置，接著將自己鉤上鞍具。「龍背員、龍腹員就位。」八名見習官分作兩群爬上了龍，一群進到上頭的帳篷裡，一群到龍腹下——勞倫斯這時才驚訝地發覺帆布帳篷實際上很大，原先看起來小，只是和豐悅龐大的體積對比下的錯覺。

隨後登上龍的是十二名步槍手，先前其他人安置裝備的時候，他們都在檢查、裝備槍枝。勞倫斯注意到帶領他們的是戴伊斯上尉，因此皺起了眉頭。他在百忙之中，已經忘了這個傢伙。戴伊斯沒對他道歉，何況他們很可能會好一段時間都見不到彼此了。也許這樣最好吧。勞倫斯聽了無畏說的事，可不確定自己能不能接受道歉，而且也不可能命令他別道歉，情況有可能變得很難堪。

步槍手就位了，波特蘭在龍身邊和龍腹下方繞了一圈巡視。「很好，地勤人員就位。」地上剩下的五名人員爬上腹間的索具，將自己固定好；這時波特蘭自己才由豐悅直接把他舉起來，爬上龍。他在龍背上又視察一番，和年輕的少尉一樣靈活地在鞍具上來回走動，最後才來到位在龍頸根的位置。「我想我們準備好了。勞倫斯隊長？」

勞倫斯太專心看全員就位的過程，沒登上龍，這時才發覺自己還站在地上。他轉過身，但還沒來得及爬上鞍具，無畏就模仿豐悅的動作，小心地把他放到背上。勞倫斯暗自笑了，拍拍龍的頸子。「無畏，謝謝。」他說著，固定好身體。波特蘭判斷他改造過的鞍具在這旅程堪用，不過對這樣的鞍具還是不以爲然。他向波特蘭喊道：「隊長，我們準備好了。」

「那就起飛吧，小隻的先升空。」波特蘭說，「到空中我們再領頭。」

勞倫斯點點頭。無畏奮力一躍，世界便落到他們下方。

空軍司令部坐落於查塔姆❺東南的鄉間，和倫敦相距不遠，方便每日與海軍部、陸軍部商討大計，而且由多佛❻港飛去很輕鬆，路上熟悉的翠綠鄉野有如棋盤一般在下方延展開來，遠方依稀可見的高塔所在之處，是灰紫朦朧的倫敦。

雖然公文早在他之前就到了英國，上級應該在等他了，不過勞倫斯直到隔天早上才被傳喚到海軍部。他到了海軍部，還在波伊斯司令的辦公室外等了將近兩個小時，最後辦公室的門終於開了，他走進門，不禁好奇打量著波伊斯司令和坐在辦公桌右邊的柏登司令。方才在走廊上雖然聽不清確實的字句，不過難免聽到兩人大聲爭執，這時柏登司令依舊面紅耳赤，皺著眉頭。

「對，勞倫斯隊長，請進來。」波伊斯伸著肥肥的手指，招手要他進來。「無畏眞壯觀啊！我早上看到他進食，一定快要九噸了吧。你的表現很好，你頭兩個星期都餵他吃魚，運輸的過程也是嗎？了不起，實在了不起，我們要考慮修改一般飲食了。」

「是啊，是啊，不過這不是重點。」柏登不耐煩地說。

波伊斯對柏登皺起眉頭，也許太過坦白地說：「總之，他可以開始受訓，而我們也要盡量讓你達到標準。我們當然已經確定你的軍階，你是馭龍者，當然是上校。不過你要做的事還多著，十年的訓練不是一天能補完的。」

勞倫斯一鞠躬說：「長官，無畏與在下都聽您差遣。」他語帶保留，在兩人的言行中，他察覺他們一說到他的訓練，態度就和波特蘭一樣不自然。在運輸過程的兩個星期中，勞倫斯想過很多可能的理由，大多都不太討人喜歡。年僅七歲的男孩，在個性發展完全之前就離家，因此能輕易強迫他們接受成人不可能忍受的對待，而飛行員自己經歷過這個過程，當然會覺得是必須的。勞倫斯想不到其他原因，能讓所有人逃避這個問題。

波伊斯又開口說：「好吧，我們該送你去拉干湖了。」這話讓他的心又沉了下去，因爲這就是波特蘭提過，而且深表不安的地方。「我們不能否認，那是最適合你的地方。」波伊斯繼續說，「如果無畏的體重在夏末就達到重量級，也是意料中的事，我們要讓你們倆盡快準備好出任務，分分秒秒都不能浪費。」

「長官，不好意思，在下從沒聽過拉干湖，請問是在蘇格蘭嗎？」勞倫斯希望能讓波伊斯直話直說。

「是的，在印弗內斯郡❼。拉干湖是我們最大的掩蔽所之一，也是加強訓練最好的地方。」波伊斯說，「格林上尉在外面，他會告訴你怎麼飛，幫你指出路上可以過夜的掩蔽所，相信你可以順利到達。」

他的話顯然是要勞倫斯解散，而勞倫斯也知道不能再問問題了，然而他還有個很緊急的要求。「長官，我會去找他的，不過如果您不反對，我希望到我家在諾丁罕郡❽的宅邸過夜，那裡有地方讓無畏待，也有鹿讓他吃。」每年這個時候，他雙親會在城裡，不過蓋曼家通常會待在鄉間，也許有機會能見到伊蒂絲，即使時間不長也行。

「哦，當然好，應該去的。」波伊斯說，「很抱歉不能讓你休假久一點。你當然應該休假，只是我不覺得我們花得起那種時間——畢竟一星期就可能讓世界完全不同。」

「長官，感謝您，我完全能了解。」勞倫斯說完，鞠躬告退。

格林上尉給了一張詳細的地圖，勞倫斯立刻開始準備上路。他覺得帽盒圓筒的外形靠著無畏比較好，因此在多佛花了點時間買到一批帽盒，這時正將行李移到帽盒裡面。他搬著十幾個女用帽盒走到無畏那裡時，明白自己成了奇觀，不過將這些盒子繫上無畏的腹部，看到盒子對無畏的外觀沒什麼影響，不禁覺得有點得意。

「這樣很舒服，我幾乎沒什麼感覺。」無畏向他保證，並且照豐悅在馬德拉的做法，以後腳站起來，搧動翅膀，確定盒子固定了。「我們不能弄個帳篷來嗎？你騎的時候不用吹風會舒服很多。」

「親愛的，可是我不知道怎麼搭那種帳篷。」他的關心讓勞倫斯會心一笑，「他們給我一件皮外套，這樣就夠了，我很溫暖。」

柏登神不知鬼不覺地加入他們，插嘴說：「不管怎麼說，帳篷要用鎖鏈鎖固定，所以要等你有適當的鞍具才能裝。勞倫斯，所以你快準備好要出發了嗎？」他走到勞倫斯旁邊，也站到無畏胸前，微微彎腰檢視帽盒。「嗯，看得出你為了自己方便，致力於把我們的傳統徹底顛覆過來。」

「不，長官，希望我沒破壞傳統。」勞倫斯克制著自己的脾氣——可不能和這人處不好，他是空軍的上級司令，可能影響無畏要接受的職位。「不過，我的海員行李箱他載起來很怪，時間匆促，這是我能找到最好的替代品。」

「這樣也行。」柏登說著，站直起來，「勞倫斯，希望你能像丟掉行李箱一樣，順利拋開其他的海軍思想，你該成為飛行員了。」

「長官，我現在是飛行員，而且很榮幸成為飛行員。」勞倫斯說，「不過，我不能裝作我會把這輩子養成的習慣和思考方式都丟到一邊；即使我打算拋開，說不定也丟不掉。」

幸好柏登不以為意，不過仍然搖搖頭：「沒錯，是丟不掉。我也是這麼告訴——嗯，我得把一件事講清楚：你必須服從命令，不能和空軍之外的人討論你訓練的內容，國王陛下認為我們的頭腦該用來在任務中達到最好的表現，我們不喜歡為了別人的看法討好他們。這樣說清楚嗎？」

「很清楚。」勞倫斯憂慮地答道。這番不尋常的話，讓他最糟的懷疑有了根據。但是，他們如果都不願意坦白，他很難表示什麼異議。眞是太討厭了。他決定打破砂鍋問到底：「長官，我很希望知道該預期什麼狀況，若您能好心告訴我，為什麼在蘇格蘭的掩蔽所比這裡更適合訓練我，我會由衷感激。」

「你奉令到那裡去，所以那就是唯一適合的地方。」柏登尖銳地說。不過話說完，他似乎軟化了，用比較溫和的語氣補充道：「拉干湖的訓練官很擅長快速訓練沒經驗的馭龍者。」

「沒經驗？」勞倫斯茫然地問，「我以為飛行員要在七歲就入伍，您的意思應該不是有孩子在那年紀就開始駕馭龍吧？」

「不是，當然不是。」柏登說，「不過，你不是第一個體制外產生的馭龍者，或是訓練不足的人。偶爾會有幼龍暫時錯亂，我們就得接受任何能讓它接納的人。」他突然哼著笑了聲，「龍是很古怪的生物，實在難以理解，有些龍還會喜歡上海軍軍官呢。」他啪地拍了一下無畏身邊，也沒道別，就像來的時候一樣唐突地離開，不過顯然心情比較好一點；而勞倫斯卻比之前更迷惑了。

飛向諾丁罕郡的旅程花了數個小時，他有太多時間煩惱蘇格蘭等著他的是什麼狀況。柏登、波伊斯和波特蘭都很肯定他不會喜歡那裡，但究竟是爲了什麼，他不願想像，更不想思考如果自己受不了該怎麼辦。

在海軍服役的年間，只有一次實在討厭的經驗——他那時十七歲，剛升上中尉，被派到歸岸號的巴斯圖艦長手下。巴斯圖年紀大了，是舊時海軍遺留下來的人物；而從前的海軍並不要求軍官是紳士出身，他是一位小康商人和平庸女子的非婚生子，從小就搭父親的船出海，以一般水手的身分被迫加入海軍。巴斯圖在戰爭中表現英勇，頭腦精於運算，因此最初升爲船長助手，之後晉升爲上尉，甚至走運升到上校，但他背景帶來的粗俗卻從未消失。

更糟的是，巴斯圖也知道自己缺乏社交風度，而且厭惡讓他意識到自己有缺陷的人。這樣的厭惡其來有自——有很多軍官輕視他，私下對他有怨言。而勞倫斯在他面前表現得從容自若，他向來認爲勞倫斯的態度是有意的侮辱，因此毫不留情地處罰勞倫斯。巴斯圖在航程開始三個月後死於肺炎，這可能救了勞倫斯一命，至少讓他不用再頭昏眼花地值兩、三輪哨，只靠船上的餅乾和水過活，還得冒險領導一群船上最拙劣的砲手。

勞倫斯回想起那段經歷，仍然不由得感到恐懼，他完全不想再聽令於那樣的男人。再說柏登說了不吉利的話，提到空軍會接受任何幼龍願意接納的人。他由話中得到暗示，他的訓練者或受訓同伴可能就是這種人。勞倫斯不再是十七歲的男孩了，但是他必須顧慮到無畏，還有他們共同的責任。

他抓住韁繩的手不自覺地握緊，無畏回頭問：「勞倫斯，你還好吧？你好安靜喔。」

「很抱歉，我只是在發呆，」勞倫斯說著，拍拍無畏的頸子，「沒什麼事。你有點累了嗎？需不需要停下來休息一下？」

「不用，我不會累，可是你沒說實話——我聽得出來你不快樂。」無畏擔心地說，「我們要開始訓練了，不好嗎？在想念你的船嗎？」

「我好像完全被你看透了呢。」勞倫斯難過地說，「我一點也不想念我的船，是眞的，不過我承認有點擔心我們的訓練情形。波伊斯和柏登對整件事的態度很奇怪，我不確定在蘇格蘭他們會怎樣對待我們，不知道我們會不會喜歡。」

「不喜歡的話，我們可以一走了之嗎？」無畏說。

「沒那麼簡單，我們不是自由之身了，知道嗎？」勞倫斯說，「我是國王的軍官，而你是國王的龍，我們不能想怎樣就怎樣。」

「我從來沒見過國王。我不像船，不是他的財產。」無畏說，「要是我眞的屬於誰，就該屬於你，而你也屬於我。你在蘇格蘭不快樂的話，我就不要待在那裡。」

「哎呀。」勞倫斯說。無畏表現出讓人擔心的獨立思想，這已經不是第一次了。看來他長大、醒的時間增加，這種念頭也越來越強烈。勞倫斯自己對政治哲學沒什麼興趣，發覺很難解釋自己視爲理所當然的事，感到很遺憾。「其實那並不算擁有，我們必須向國王效忠，而且啊……」他又說，「要是國王不出錢爲你打點食物、讓你吃飽，可要傷腦筋了。」

「牛很可口，不過我不介意吃魚。」無畏說，「我們也許能弄艘大船，像運輸艦那樣，然後回去海上。」

勞倫斯想到那情景，不禁笑了出來：「要我變成海盜王，在西印度劫掠，在掩蔽所爲你堆滿西班牙商船搶來的黃金嗎？」他說著摸了摸無畏的頭子。

「聽起來好刺激，」他顯然激起了無畏的想像力，「可以去嗎？」

「不行，我們生得太晚，現在已經沒有眞正的海盜。」勞倫斯說，「上個世紀，西班牙人就在龜島❾外海把最後的海盜幫燒了，現在那裡最多只有幾艘獨立的船隻或是御龍隊，總是生活在被擊落的危險中，何況你不會喜歡爲貪欲而戰鬥，那和爲國王、爲國家盡忠職守，知道你在保護英國並不一樣。」

「英國需要保護啊？」無畏低頭問，「在我看來，它很平靜呢。」

「是啊，那是因爲我們和海軍負責維持安寧。」勞倫斯說，「如果我們不盡本分，法國人就會渡過英吉利海峽；他們就在東方不遠那邊，而拿破崙有十萬大軍，只要我們讓他有機可乘，他們就會渡海來襲。所以我們才要盡我們的責任，就像信賴號上的船員一樣，不能完全隨心所欲，不然船就無法航行。」

無畏聽了他的話，沉思了起來，從腹中發出沉沉的哼聲；勞倫斯感覺聲音在他自己的身體中迴響。無畏的速度放慢了些，他滑行一下，接著振翅迴旋攀升，就像人來回踱步一樣。他又回過頭說：「勞倫斯，我一直在想——如果我們一定要去拉干湖，那目前就不需要做什麼決定。我們不曉得那裡會有什麼問題，所以現在不可能想出解決辦法。你就別擔心了，等我們到那兒看看情況再說。」

「老天啊，眞是明智的建議，我會盡量聽你的。」勞倫斯又加了句：「不過我可不確定能不能做到，很難不去想這件事。」

「你可以再跟我說一遍西班牙無敵艦隊的事，還有法蘭西斯·德烈克⑩爵士和焰噬摧毀西班牙艦隊的經過。」無畏提議道。

「還要聽一遍？」勞倫斯說，「沒問題，不過你這麼快就要再聽一遍，我開始懷疑你的記憶力有問題了。」

「我記得很清楚，」無畏有尊嚴地說，「可是我喜歡聽你說這個故事。」

無畏求他重複最喜歡的段落，問了許多龍和船艦的問題，勞倫斯覺得即使是學者都答不出來。因此剩下的飛行時間，勞倫斯都無暇煩惱了。他們接近家族在伍拉頓莊園的家時，天色已晚，微光中只見一扇扇窗戶透出光輝。

無畏瞳孔睜得大大的，好奇地在房子上空盤旋了幾回。勞倫斯自己也向下看，算了算亮著的窗戶數目，明白房子不會空著。倫敦社交季⑪進行得如火如荼，想當然耳，他覺得房子會是空的，不過這時要幫無畏找別的歇腳處已經來不及了。「無畏，這裡東南邊的穀倉後面應該有一塊空的小牧場，你看得到嗎？」

「看到了，周圍有柵欄圍著。」無畏邊看邊說，「要在那邊降落嗎？」

「對，麻煩你了。恐怕得請你待在那裡，靠近馬廄的話，馬匹一定會受到驚嚇。」

無畏降落之後，勞倫斯爬下來，撫摸他溫暖的鼻子，抱歉地說：「家父家母真在的話，我和他們談過話，會馬上安排給你吃東西，不過可能要花點時間。」

「我在出發前吃過，而且現在睏了，你今晚不用帶食物給我，我早上會去吃那邊的鹿。」無畏說著安頓下來，將尾巴捲在腿邊。「你該待在屋裡的，這邊比馬德拉冷，我不希望你生病。」

「眞有趣，一隻六週大的龍扮演保母呢。」勞倫斯驚奇地說。話是這麼說，他卻幾乎無法相信無畏才這麼小。無畏才由蛋裡出來，似乎各方面都已大致成熟了；而自從孵化之後，他就熱切地吸收世上的知識，以驚人的速度補足理解力上的不足。勞倫斯不再將他視為自己負責照顧的生物，而是親密的朋友，甚至是生命中最親愛的朋友，可以無條件信賴的朋友。無畏已經打起瞌睡來，勞倫斯抬頭看著他，感到將來的訓練沒那麼可怕了，而巴斯圖則被他當作討厭的東西，從記憶裡撇到一邊去。未來無論發生什麼事，他們都能一同面對。

不過此刻他仍然要獨自面對家人。他從馬廄到達宅邸的側面，看得出空中得到的第一印象沒有錯——會客室裡燈火通明，許多臥房裡也亮著燭光。時節雖然不對，不過這幢房子顯然正在舉行宴會。

他派了位男僕告知父親他回家了，接著上到他在後方樓梯那兒的房間更衣。他很想洗個澡，不過爲了禮貌，他覺得還是立刻下樓比較好，多做什麼都像是在逃避。於是他勉爲其難，只在洗手盆裡洗臉、洗手，幸好還帶了禮服。看著鏡中的自己身穿深綠色的空軍外套，肩上的肩章由金色橫槓取代，感覺很怪；外套是在丹佛買的，原先已經爲別人做了一半，倉卒地幫等著拿的勞倫斯修改，不過已經夠合身了。

會客室裡除了他父母親外，還聚了十來個人。他進會客室時，閒聊聲安靜了下來，接著又跟在他身後低聲響起。他母親走過來迎接他。她臉色鎮定，不過表情有點凝重，他彎下身吻她臉頰時，感覺到她在緊張。「很抱歉我未經告知，突然造訪。」他說，「我沒料到會有人在家。我只是來這裡過夜的，早上就要前往蘇格蘭了。」

「噢，親愛的，聽你這麼說眞遺憾，不過即使時間很短，我們還是很高興你能來。」她說，「你見過孟塔古小姐了嗎？」

在場的人大都是他雙親長年的朋友，他不太熟。不過他預料鄰居可能出席，他們的確在開宴會，而伊蒂絲．蓋曼也和她父母出席了。他不曉得該高興還是該難過，只覺得自己見到她應該開心，如果不是目前這樣的情況，他還要很久才見得到她。不過眾人的眼神投向他時，都竊竊私語，讓人困窘，他覺得自己根本沒準備在這麼公開的場合面對她。

他握著她的手鞠躬時，從她的表情讀不到任何感覺——她的個性本來就不太會發怒，即使她聽到他回來的消息時感到驚訝，現在也已經恢復鎮定了。「威爾，很高興見到你。」她以那平靜的語調說著，他在她聲音裡找不到特別的熱情，但覺得至少看起來沒生氣或不高興。

不幸的是，他這時沒機會和她私下說話，她先前已經和柏特萊姆．伍爾維在聊天了，她一向很有禮貌，因此一打完招呼就回去繼續談話。伍爾維恭敬地向他點頭，不過沒打算把伊蒂絲讓給勞倫斯。他們父母雖然在同個圈子活動，但伍爾維是他父親的繼承人，對政治沒興趣，因此他家不要求他從事任何職業。他的時間都用來到鄉下打獵，或在城裡賭大錢。勞倫斯覺得他言談無味，兩人從來沒成爲朋友。

不論如何，他還是必須向其餘的賓客問好。公然的瞪視很難冷靜面對，但是最難忍受的不是許多人言語中的責怪之意，而是其他人語調中的同情。他來到父親在玩惠斯特牌的那桌旁邊時，顯然是最痛苦的一刻。阿連德勳爵十分不滿地看著勞倫斯的外套，對自己兒子一言不發。

房裡這一角籠罩著不安的寂靜，非常尷尬。最後勞倫斯因爲母親而獲救了，他母親要他幫另一桌湊滿四人，他感激地坐下，埋頭在複雜的遊戲中。他的牌友都是年長的紳士，是他父親的朋友和政治上的盟友，而其中一位是蓋曼勳爵。他們都是認眞的玩家，除了有風度的對話之外，沒有說什麼煩他。

他忍不住不時望向伊蒂絲，但是聽不到她說話的聲音。無趣的伍爾維繼續與她爲伴，勞倫斯看到他和她靠得那麼近，說話的樣子那麼親密，心裡不由得不高興起來。他的分心拖延了牌局，蓋曼勳爵還得禮貌地將他的注意力喚回牌桌上。勞倫斯有些慚愧地向各家道歉，再次埋首在手上的牌中。

「你要前往拉干湖，是嗎？」麥肯儂上將問著，一邊給他時間重新熟悉牌局發展。「我小時候住的地方離那裡不遠，那時有位朋友住在拉干村附近，我們常會看到龍飛過頭頂。」

「是的，先生，我們要到拉干湖受訓。」勞倫斯說著出牌，接著由他左手邊的赫爾子爵出牌，由蓋曼勳爵收起這輪的牌。

「那裡的人都是怪傢伙，有半村的人會進入空軍服役，不過當地人會上去，飛行員通常不會下來，除非有時到酒吧去找女孩子。至少比在海上容易見到女孩子了，哈哈！」麥肯儂說了粗俗的話，才記起他身處何處，有點羞愧地回頭看小姐、女士們有沒有聽到，然後閉口不談這話題。

伍爾維帶著伊蒂絲去用餐了。勞倫斯加入餐桌之後，男性就比女性還多，他只好坐到遠端，痛苦地望著兩人對話，卻沒有榮幸能加入討論。孟塔古小姐坐在他左手邊，人雖然漂亮，卻板著臉，只和她另一側的男士對話，忽視勞倫斯到幾乎無禮的程度。那位男士勞倫斯並無私交，只聽過姓名和名聲。如此受人冷落，對他而言是不愉快的新體驗。他知道自己不再是可以託付終生的男人，但是沒料到別人對他的態度會受到這麼劇烈的影響，而且發覺自己的身價甚至低於蓬髮麻臉的紈褲子弟，更覺得震驚。他右手邊的赫爾子爵只對盤裡的食物有興趣，因此勞倫斯發覺自己幾乎沒說話。

勞倫斯不能用談話引開自己的注意力，無奈又在無意中聽到伍爾維鉅細靡遺地說起戰況，說英國已經準備好抵抗任何侵略，他說的大多偏離事實，勞倫斯聽了更不高興。伍爾維熱中到荒謬的程度，說要是拿破崙敢把他的軍隊帶過來，民兵會讓他嘗到教訓。勞倫斯被迫把視線固定在自己的食物上，好掩飾表情。拿破崙這位歐陸之王，有十萬人馬供他運用，會因爲民兵而受挫？這完全是無知的話。當然，國防部爲了維持士氣而鼓勵這種蠢念頭，但是看到伊蒂絲讚賞地聽著這番言論，實在很不痛快。

勞倫斯覺得她可能故意轉頭不看他，至少她不打算和他四目相交。大多時候他都將自己的注意力放在盤子裡，呆呆地吃著東西，陷入少有的沉默中。晚餐似乎永無止境；幸好女士離席後不久，他父親便起身回到會客室。勞倫斯立刻趁機向母親告退，藉口準備旅行，逃開那裡。

不過有位僕人上氣不接下氣地趕在他門口攔住他——他父親要在圖書室見他。勞倫斯遲疑了一下，他可以派人道歉，延後會面時間，但是事情遲早要發生，沒理由拖延。他慢慢走下樓，不過手在門上猶豫得太久了——就在這時候，一位女僕經過門前。他不能再懦弱了，只好推門進去。

門關上的那一剎那，阿連德勳爵開口說：「眞不知道你爲什麼來。」語氣中沒有一丁點喜悅，「我眞不了解你爲什麼要來這裡？」

勞倫斯拘謹了起來，但仍平靜答道：「我正要去接受新任命的職位，只是想在旅途中歇腳。父親大人，我沒預料到你們會待在這裡，也不知道有客人，很抱歉打擾到你們。」

「原來如此。原來你以爲我們看了新聞，一連九天驚奇疑惑，還會留在倫敦嗎？好個新任命的職位啊。」他輕蔑地打量勞倫斯的新外套，勞倫斯只覺得自己似乎像小時候在花園玩耍，剛被帶進門時那樣衣衫不整、外表邋遢。「我不會自找麻煩責備你。我對整件事有什麼看法，你清楚得很，而且一點也不在意——很好，先生，今後要是你從照料動物中抽身，居然還有時間來這個城市，就拜託你避開這棟房子，還有我們在倫敦的住處。」

勞倫斯感到身上一陣寒冷，他突然覺得很累，完全沒心情爭論。他聽著自己的聲音彷彿由遠方傳來，不帶感情地說：「好的，父親大人，我會馬上離開。」他必須帶無畏到公有地睡覺，想必會嚇到村裡的百姓。早上看看能不能用自己的錢買幾頭羊給他，買不到羊就得請他空著肚子飛了。不過他們會有辦法的。

「別蠢了。」阿連德動爵說，「我沒要和你斷絕關係；你被斷絕關係是你自找的，不過我不會爲這世界演出鬧劇。你就照你說的，今天晚上留下來，明天再走；這樣就行了。我想沒別的事；你走吧。」

勞倫斯盡快回到樓上，在身後關上臥房的門，感覺肩上的重擔隨著門關上，落了下來。他原來想叫人準備讓他洗澡，但是覺得自己太難過，沒辦法跟任何人說話，即使是女僕或男僕都不行，他只想靜靜地獨自待著。他安慰自己，想著他父親住鄉下時，通常要十一點之後才起床，他和無畏一大早離開，就不用再忍受和這些人正式用餐，也不用再和父親說隻字片語。

他又注視著床鋪片刻，接著突然從衣櫃裡拿出舊外套和舊褲子，換下晚禮服，然後走出屋外。無畏已經睡著了，好好地蜷曲起自己，不過勞倫斯還來不及溜走，無畏就半張了一隻眼，本能地抬起一邊翅膀歡迎他。勞倫斯途中從馬廄拿了一條毯子，他在龍寬厚的前腿上伸展身體的時候，感覺舒服而滿足。

「還好嗎？」無畏溫柔地問，另一隻前腿圍在勞倫斯旁邊護著他，把他圍得更靠近龍的胸膛，翅膀微微抬起來，想要蓋住他。「你有事情煩惱，我們要不要現在就走？」

這個念頭很吸引人，不過沒意義。他和無畏最好都安靜休息一晚，早上吃一些早餐再走，而且不管怎麼說，他可不想像做了虧心事一樣，偷偷摸摸離開。「不要，不要。」勞倫斯說著撫摸他，直到他的翅膀再次放下來。「我跟你保證沒那個必要，我才跟家父說過話。」他揮不去和他父親會面時的記憶，還有他父親輕視的態度，於是陷入沉默。他的肩膀駝了下來。

「我們來這裡，他生氣了嗎？」無畏問。

勞倫斯過來的時候，無畏一下就接納了他，而無畏聲音裡的關心，對勞倫斯疲倦難過的心情就像一劑補藥，因此勞倫斯說的比原先預期的還坦白。「其實我們已經爭執很久，他希望我能像二哥一樣進教會，他從來不認爲海軍是高尙的職業。」

「所以飛行員更糟糕囉？」無畏這下太敏感了。「所以你才不想離開海軍嗎？」

「空軍在他眼中可能比海軍更糟糕，可是在我來說不是這樣，當空軍有很美好的事可以彌補。」他伸手撫摸無畏的鼻頭，無畏親暱地蹭回去。「不過說眞的，他從來不贊同我選擇的事業，小時候還得逃家才讓我去當海軍。我和他對責任的看法不一樣，我不能被他的意志左右。」

無畏哼了聲，呼吸在寒冷的夜裡化作兩道細細的白煙。「可是他不讓你在房子裡睡覺嗎？」

「噢，不是。」勞倫斯有點不好意思坦承，自己是因爲軟弱，才想出來向無畏尋求慰藉。「我只覺得我寧願和你在一起，也不想自己一個人睡。」

不過無畏沒有察覺他的言外之意。「只要你暖和就好。」他說著，小心地挪動身體，把雙翅向前移一點，爲他們倆擋住風。

「非常舒服，請別擔心。」勞倫斯說，在無畏寬大結實的前肢上伸伸懶腰，拉毯子蓋在身上。「親愛的，晚安了。」他突然好累好累，不過這次是身體疲勞，刺骨又痛苦的疲倦感已經消失了。

他很早就醒來，剛好在日出之前。無畏的肚子咕嚕叫，聲音大到吵醒了他們倆。「噢，我餓了。」無畏醒來時雙眼亮晶晶，熱切地望著群鹿在庭園遠方的牆邊緊張打轉。

勞倫斯爬下他的腳。「我去找我的早餐，你就吃你的早餐吧。」他說著在無畏身邊又拍了一下，才轉身走回屋子。他這個樣子被人看到很不體面，幸好時間很早，客人都還沒出來，他回到房間路上沒碰到會讓他名聲更糟糕的客人。

他快速盥洗完畢，穿上飛行裝束，由男僕打包他唯一的行李，一等到他覺得時間差不多就走下樓。女僕仍在將第一批早餐的菜餚放到餐具櫃上，咖啡壺也才剛擺上桌。他原先希望可以避開所有人，卻驚訝地發現伊蒂絲已經坐在早餐桌旁了。她從前都不早起的。

她表情看似平靜，衣服整整齊齊，頭髮盤成一絲不苟的金色髮髻，但是放在膝上的雙手卻絞在一起，洩露了心情。她還沒吃任何食物，只盛了一杯咖啡，而咖啡也只放在她面前沒動過。「早安。」她話中愉快的語調並不真心，說話時還看著僕人，「需要爲你倒咖啡嗎？」

「謝謝。」除了這之外，他不能說什麼，並坐到她身邊的位置。她爲他倒了咖啡，加了半匙糖、半匙煉乳，完全合他的胃口。兩人拘謹地坐著，沒吃東西也沒說話，直到僕人準備完成，離開餐廳。

「我希望在你離開前，有機會和你談談。」她急著說，終於看著他了，「威爾，我真的非常遺憾，我想那時沒有其他辦法吧？」

他過了一下，才想到她指的是馴養龍這件事。他雖然因爲訓練而焦慮，卻已經忘了要將他的新處境視爲壞事。「沒有，我的責任很清楚。」他簡短地說。他容許父親批評他的職位，但不接受其他人的批評。

不過這時伊蒂絲僅僅點頭說：「我一聽到，就知道應該是那樣了。」她又低下頭，互相扭絞的雙手這時靜止下來。

勞倫斯等到她顯然不再說話，才開口說：「我的處境雖然不同了，但是感覺仍然不變。」他覺得由她冷冰冰的態度，已經明白她的回答，但是他把話說清楚，她之後就不能說他違背了諾言；他們之間的共識，要由她來終結。「如果妳的感覺變了，只要說句話，就能讓我放棄。」他說著，不禁感到一股怨恨，而且聽到自己聲音裡冒出了不熟悉的冷酷——對求婚來說，眞是怪異的語調。

她驚訝地猛吸口氣，有點激動地回道：「你怎麼能這麼說？」片刻間他又燃起希望，不過她隨即繼續說：「我愛錢嗎？你選擇的事業危險又不舒適，但是我責怪過你嗎？如果你進了教會，他們會爲你安排各種好出路，那麼現在我們就能舒適住在自己的家裡，兒女成群，我也不用花那麼多時間擔心你在海上的安危。」

她說得很急，臉上浮現兩朵紅暈，他沒看她這麼激動過。他很明白她說的有道理，因此爲自己的憤怒而羞愧。他的手正要伸向她，她就接著說：「我沒抱怨，對吧？我等著你，我很有耐心，可是我等待的不是獨居，不是遠離親友陪伴的生活，而且只能分得你一點點的注意。我的感覺和以前完全相同，但是面對所有可能的困境，我沒那麼莽撞、感情用事，我不會只靠感覺來保障幸福。」

她說到這裡，終於停了下來。「請原諒我。」勞倫斯滿心慚愧地說，他只想到自己被錯待了，此時她一字一句的指責，似乎都有道理。「伊蒂絲，我不應該那麼說的，我應該請妳原諒我，竟然讓妳陷於那麼痛苦的處境。」當然，此時他不能再待在她身邊，於是站起身向她一鞠躬。「抱歉，我要告辭了，容我祝福妳幸福快樂。」

但是她也站了起來，搖搖頭說：「不行，你要留下來吃完早餐，你的旅程還很長，而且我一點也不餓。不，眞的，我要走了。」她微笑著伸手讓他致意，笑容只有微微顫抖。他覺得她可能想禮貌道別。但是如果她眞的這麼想，可就功虧一簣了。「請別怪我……」她聲音低低地說，加緊腳步離開。

她其實不用擔心，他根本沒辦法怪她。相反地，他對她冷酷了片刻，加上沒盡到對她的責任，因此內疚不已。他們一方是將有大筆嫁妝的紳士之女，一方是領不到多少遺產，但是前途光明的海軍軍官，兩人之間的共識是以這樣的身分達成的。他自作自受，讓自己變得沒立場。而且就這件事來說，他不得不承認全世界都會反對他對職責的看法。

況且她要求得到的比飛行員能付出的多，也算合理。勞倫斯想到他能付出多少關心，還有無畏需要的關照，就明白他能留給妻子的關心少之又少，即使他偶爾有空的時候也一樣。他向她求婚，請她爲了成爲他的慰藉而犧牲幸福，眞是自私。

他沒胃口，也沒心情吃早餐，卻又不想半途而廢，因此他在盤子裡盛滿食物，然後逼自己吃。他在那裡不是獨自一人；伊蒂絲離開沒多久，孟塔古小姐就穿著太過優雅的騎馬裝下樓來，那身衣服比較適於在倫敦騎馬慢跑，不太適合在鄉間騎行，不過仍然襯托了她的身材。她進餐廳時掛著笑臉，看到餐廳只有他一個人，隨即皺起眉頭，選了餐桌遠端的位置坐。不久，伍爾維也進了餐廳，一樣也穿了騎馬裝。勞倫斯爲了禮貌而向他們點頭打招呼，沒注意他們在閒聊什麼。

他剛吃完早餐那時，他母親下樓來了，看起來衣服穿得很匆促，眼旁看得到疲倦的痕跡，她焦急地望著他的臉。他報以微笑，希望讓她放心，但是他知道不太成功——他爲了對抗父親的不滿，還有一般人的好奇，用冷漠武裝自己，他再努力也瞞不住臉上的冷淡和不高興。

「我馬上就要出發了，妳要不要來見見無畏？」他問道，心想他和母親一走過去，至少能私下相處幾分鐘。

「無畏？」阿連德夫人茫然地問，「威爾，你的意思該不是說你的龍在這裡吧？老天啊，他待在哪邊？」

「他當然在這裡了，不然我要怎麼旅行呢？我讓他待在外面，馬廄後頭的牧鹿場那裡。」他說，「我告訴他可以隨意用那些鹿，他現在應該已經吃過了。」

「噢！」孟塔古小姐無意間聽到了，而好奇心顯然勝過對飛行員的厭惡。「我沒看過龍，我們可以去看嗎？眞是太好了！」

勞倫斯想拒絕，但實在沒有辦法推辭，所以叫僕人帶著他的行李，他們四人就一起走向牧場去。無畏正用後腳蹲著，看著晨霧緩緩由霧氣籠罩的鄉間散去；他的身影襯著灰色的天空，即使從好一段距離之外看到，都顯得十分巨大。

勞倫斯在馬廄停了一下，拿水桶和抹布，接著帶著他的同伴繼續前進，只是同伴們突然變得有點不情願，伍爾維和孟塔古小姐刻意拖著步子。他母親也有警覺，不過沒表現出來，只是在勞倫斯手臂上攙得更緊了，在離無畏幾步遠的地方就停下來，讓勞倫斯自己走向無畏身邊。

無畏好奇地看著陌生人，同時低頭給勞倫斯清洗，地上有三、四對鹿角，他的上下顎都沾滿鹿的血肉，還張開口讓勞倫斯清掉嘴裡的血。「我原來想在池子裡洗澡，可是水太淺了，泥巴跑到我鼻孔裡。」他抱歉地對勞倫斯說。

「噢，他會講話耶！」孟塔古小姐驚叫道，緊摟著伍爾維的手臂。他們倆看了閃亮亮的白牙齒，就退到遠處——無畏的門牙已經比男人的拳頭大了，而且邊緣還呈鋸齒狀。

無畏一開始覺得震驚，接著瞳孔卻變寬了，非常溫柔地說：「是啊，我會講話。」接著問勞倫斯：「她想不想爬到我身上，看看周圍呢？」

勞倫斯克制不住無禮的敵意，說：「她一定很想呢。孟塔古小姐，請過來，我知道妳不是那種膽小怕龍的傢伙。」

「不，不用了，」她連忙說，一邊向後退，「我占用伍爾維先生太多時間，我們該去騎馬了。」伍爾維結結巴巴地說了些一樣明顯的理由，匆忙中踉踉蹌蹌地和她離開了。

無畏有點訝異地眨著眼，看他們離去。「噢，他們只是害怕而已。」他說，「一開始我還以為她像小翼，頭腦不太好。我不太了解他們為什麼這樣，他們又不是牛，而且我又才吃完早餐。」

勞倫斯掩飾自己得意的情緒，拉著他母親走過去，溫柔地對她說：「別害怕，一點也不用擔心。」接著他對龍說：「無畏，這位是家母——阿連德夫人。」

「哦，是母親耶，真特別啊，不是嗎？」無畏說著，低頭更仔細地注視她，「很榮幸見到您。」

勞倫斯扶著她的手放到無畏的口鼻處，她才剛遲疑地碰到溫柔的龍皮，立刻開始更大膽地撫摸龍。「啊，我也很榮幸。」她說，「而且好軟啊！我從來不知道這麼軟。」

無畏聽了她的讚美，加上被摸得舒服，沉沉地哼了一聲。勞倫斯看著母親和龍，心情恢復了不少。他心想，他最重視的生命能肯定他，而且他明白自己盡忠職守，那麼世界上其他一切都不重要了。「無畏是隻中國帝王龍呢，」他掩不住得意地對母親說，「帝王龍是最稀有的品種之一，無畏是整個歐洲唯一的一隻。」

「真的嗎？太棒了，親愛的，我還記得聽過別人說，中國龍非常與眾不同。」她說。不過她看龍的眼神依舊帶著焦慮，而且眼神中隱含著疑問。

「是啊。」他試著回應她的疑問，「我向您保證，我認為自己非常幸運。也許哪天比較有時間的時候，我們可以帶您去飛行。」他補充說，「飛行很棒呢，什麼都比不上。」

「飛行哦，是啊，你明明知道我連馬都騎不好，在龍背上我可不知道該怎麼辦。」她不高興地說，不過心裡似乎很滿意。

「您可以像我一樣，牢牢用皮帶綁住。」勞倫斯說，「無畏不是馬，不會讓你跌下去的。」

無畏認真地說：「是啊，而且即使妳掉下去，我敢說我會抓住您。」他安慰人的話也許不太讓人安心，不過討好的意思很明顯，因此阿連德夫人還是抬頭對他笑了。

「你眞好心，我還不知道龍這麼有禮貌呢。」她說，「你會好好照顧威爾的，對吧？比起其他的孩子，他總是讓我加倍操心，老讓自己惹上麻煩。」

勞倫斯聽她這麼形容自己，有點生氣，無畏還火上加油地說：「我向您保證，我絕對不會讓他受到傷害。」

「看樣子我耽誤太久了。不用多久，你們兩個就會把我包在棉被裡，餵我喝稀粥。」他說著，彎腰親吻她的臉頰。「母親，我們會在空軍位於蘇格蘭拉干湖的掩蔽所受訓，您可以寄信給我。無畏，請你坐起來好嗎？我要把這個帽盒再掛起來。」

「可以把鄧肯的那本書拿出來嗎？」無畏說著，坐了起來，「那本《海軍三叉戟》？我們還沒讀完光榮的六月一日戰役⑫，上路的時候，你可以唸給我聽。」

「他會唸書給你聽啊？」阿連德夫人驚奇地問無畏。

「是啊。其實書太小，我自己拿不起來，而且不太能翻頁。」無畏說。

「你誤會了！她驚訝的是你居然有辦法讓我翻開書本，小時候她總是想讓我坐下來看書。」勞倫斯在另一個帽盒裡翻找那本書，「母親，您知道我變得像書癡會很意外的，他永遠不知滿足啊！我準備好了，無畏。」

無畏把勞倫斯舉到背上時，她笑著走到牧場邊緣，站在那兒看著，在他們升空時一手遮著陽光。她最後成為小小的人影，隨著巨大的翅膀一下下鼓動而漸漸消失，接著宅邸的庭園和樓塔就落在丘陵之後了。

譯註：

❶：土倫（Toulon）位於法國南部，是地中海沿岸的大型軍港，也是法國主要的海軍基地。當時主要的法國海軍軍力分布在布列斯特和土倫，拿破崙的計策是讓地中海的法國艦隊和西班牙在卡地斯的艦隊突破英國封鎖，在西印度群島會合，接著一起前往布列斯特，和當地的艦隊一起突破封鎖，擊潰英國的海峽艦隊，讓運輸艦載著法軍攻向英國本土。

❷：維耶納夫（Villeneuve，一七六三～一八〇六），原為法國貴族。一八〇四年升為海軍中將，成為駐守土倫的法國艦隊司令。

❸：拉干湖（Loch Loggan），位於蘇格蘭高地南部的一座淡水湖泊。

❹：新斯科細亞（Nova Scotia），原意為「新蘇格蘭」，是今日加拿大東南岸的一個省分，為

狹長的半島，當時仍爲英國殖民地。

❺：查塔姆（Chatham），英國東南的大城，在倫敦東南方，緊臨麥德威河東岸的海軍造船廠。

❻：多佛（Dover）是英格蘭東南部的大港，隔英倫海峽最狹處的多佛海峽，和法國相望。

❼：印弗內斯郡（Inverness-shire），爲蘇格蘭北部的歷史郡，首府爲印弗內斯。

❽：諾丁罕郡（Nottinghamshire），位於英格蘭中部的郡，首府爲諾丁罕。

❾：龜島（Tortuga）是加勒比海群島的一個小島，屬於今日海地的一部分；十七世紀時，是加勒比海海盜活動的主要中心。

❿：法蘭西斯·德烈克（Sir Francis Drake，一五四〇～一五九六），伊莉莎白時代的海盜、航海家、奴隸販子，也是政治家。探險之餘，更幫助英國打劫騷擾西班牙商船，擴展英國在海上的勢力；在英國與西班牙無敵艦隊的戰役中擔任艦隊的副司令。

⓫：倫敦社交季，聖誕節後至仲夏的這段期間，上流社會舉辦無數的社交和慈善活動，是初入社交界的貴族女子亮相的場合。在此期間，貴族通常會由郊區的宅邸遷至倫敦市內。

⓬：光榮的六月一日戰役，或稱「阿善特戰役」，英國皇家海軍和革命時期的法國在一七九四年六月一日，於大西洋海上的戰役，也是法國革命戰爭首度的大規模海戰。法方損失慘重，艦隊撤退，但是商船護航隊順利通過英國封鎖，因此英法雙方都宣稱自己戰勝。

# 第五章

拉干湖上的天空滿布珍珠灰的雲朵，倒映在黑色的湖水上。春天還沒來臨，岸上一層冰與雪，冰雪之下還有上一個秋季黃沙的漣漪，森林中飄來松樹和新砍木材清新的氣息。湖的北邊，一條碎石路蜿蜒通往隱蔽所的建築，無畏轉向，隨著道路飛向低矮的山巒。

在靠近前方高起的幾塊空地上，有塊地立著幾間木造的庫房，庫房在前端有開口，外觀看起來有點像馬廄，屋外有人在處理金屬和皮革——顯然是地勤人員在維修保養飛行員的裝備。無畏飛向總部的時候，飛龍的影子掠過他們工作的地方，他們習以爲常，根本不抬頭看。

主建築是非常古老的堡壘——厚厚的石牆連接四座樸實的樓塔，在前方形成一片非常大的院子和空地，門廳則嵌入山頂，好像直接由山裡長出來一樣，完全把院子給比下去了。一隻年輕的皇銅龍正趴著打盹，體型是無畏的兩倍大，一對比瞬翼還小隻的褐紫色溫徹斯特龍就睡在他背上；三隻中型的黃色收割者正在院子另一端蜷成一團睡覺，白色斑紋的腹部規律地起伏。

勞倫斯飛下去時，發現龍為什麼選擇在那裡休息了——鋪石地面很溫暖，就像石板被加熱了一樣。勞倫斯才卸下無畏身上的東西，無畏立刻就快樂地咕噥著，在黃色收割者身邊伸展四肢。

幾位僕人由屋子裡出來迎接他，從他手中接下行李。他們帶他穿過氣味陳舊、狹窄又昏暗的走廊，來到建築的後方，最後進到另一座開闊的院子裡。那個院子是由山邊冒出來的，邊緣沒有欄杆，陡峭的山壁下是另一片積雪遍布的山谷。空中有五隻龍在飛翔，像一群鳥兒一樣在盤旋時形成優雅的隊形，其中支隊的隊長在橙色的翅膀尖端有黑色和白色的斑點，沿翅膀而上，橙色在他們修長的身軀上化為藍灰色，一眼就能看出是隻長翼龍。一對黃色收割者飛在他側翼，後面左邊跟著一隻淡綠色的灰銅龍，右邊則是一隻銀灰色，身上有藍色和黑色斑紋的龍；勞倫斯沒辦法立刻辨認出他的品種。

雖然五隻龍的翅膀拍動頻律不一樣，龍與龍之間的相對位置卻幾乎沒改變，最後長翼龍身上的見習信號官揮著旗子，五隻龍像舞者一樣流暢地散開，反轉隊形，讓長翼龍飛在最後。他們隨著勞倫斯沒看到的旗語同時向後振翅，飛成完美的圓圈，恢復成原來的隊形。他立刻發現這樣的動作，讓長翼龍在接近地面時，能用最快速度掠過地上，同時周圍的龍也能繼續保護他；長翼龍自然是隊伍中攻擊能力最強的龍隻。

「燦輝，你做動作時的位置還是太低，繞圈飛的時候換成六次振翅式吧。」說話的聲音由上方傳來，是低沉共鳴的龍聲。勞倫斯轉過身，看到一隻全身淡綠，泛著金色色澤的龍，他的翅膀邊緣呈深橘色，有收割者的特徵——這隻龍正趴在院子右邊一塊凸起的岩石上。龍的身上沒有龍騎士，也沒有鞍具，只在頸子上帶了寬寬的金項鍊，上面嵌著一圈圈淡綠色的玉石。

勞倫斯感覺十分意外。這時，在山谷之外，飛龍又繞著飛行一圈。「好多了。」那隻龍讚美道，接著轉頭看向下方。「勞倫斯隊長嗎？」他說，「波伊斯司令說你會來，你來的時間剛好。我是迅捷，這裡的訓練官。」他展翅一振，輕鬆地躍到院子裡。

勞倫斯楞楞地一鞠躬。迅捷是中量級的龍，體型大概是皇銅龍的四分之一；無畏目前還沒成熟，體型就比他大了。他靠近勞倫斯，低頭打量他，發出「嗯」的一聲，深綠色的虹膜似乎在收縮的瞳孔旁旋轉縮小。「嗯……你比大部分馭龍者年長很多，不過我們必須加緊訓練年輕的龍，這種時候，馭龍者年紀大一點通常比較好，就無畏的情況，我想必須快一點。」

他抬起頭，又向山谷喊道：「百合，繞圈的時候記得伸直脖子。」他回頭對勞倫斯說：「據我所知，他還沒有表現出特別的攻擊能力囉？」

「沒有，長官。」那隻龍的口吻和態度，都明白表示他的地位，勞倫斯雖然驚訝，但習慣使然，自動就冒出那樣的回答和稱呼。「而且艾德華．豪爾爵士，就是辨識出他品種的人，認爲他不太可能會發展出攻擊能力，雖然並不是絕對——」

「知道了，知道了，」迅捷打斷了他，「我讀過艾德華爵士的作品，他是東方品種的權威，在那方面比起我自己，我更相信他的判斷。只不過很可惜，要是有一隻日本的噴毒龍或是旋風龍——那就能對付法國的噴火龍品種——光榮之焰了。不過照我看，他是重量級的吧？」

「他孵出來快六個星期了，現在大概九噸重。」勞倫斯說。

「很好，太好了，他應該能長到兩倍大。」迅捷說著，心事重重地以爪子側揉揉前額。「好了，都和我聽到的一樣。很好，我們會讓無畏和巨無霸搭配，他是正在這裡訓練的皇銅龍。他們兩隻勉強可以一起支援百合的編隊——百合就是那隻長翼龍。」他伸頭向勞倫斯示意在山谷盤旋的編隊。勞倫斯驚訝的感覺還沒消失，這時轉身看了編隊一會兒。

龍繼續說：「當然我要先看過無畏飛，才能決定你們個別的訓練內容。請葛蘭比上尉帶你認識環境，告訴你進食區在哪裡。你可以在軍官俱樂部找到他。明天黎明後一個小時，再帶無畏一起來。」

他的話是命令，而勞倫斯必須回答確認。「是，長官。」勞倫斯掩飾表現正式時不自然的感覺，幸好迅捷似乎沒注意到，他已經跳回他的制高點了。

勞倫斯很高興自己不知道軍官俱樂部在哪裡，他很想有整整一個星期安靜地調整思緒，而不是只用十五分鐘找到一個僕人，爲他指點正確的方向。從前聽過所有和龍有關的事都顛倒了——他一直以爲龍沒有馭龍者就毫無用處，沒有人馴養的龍只能拿來繁殖。他這才了解飛行員爲什麼會焦慮——要是世人知道訓練、命令飛行員的竟然是飛行員該控制的猛獸，他們會怎麼想？

當然，要是理性地思考一下，無畏本身已經證明龍有智慧，也能獨立，但這些表現是慢慢顯露出來的，而他不知不覺知道無畏是有心智的個體，卻沒有體會到其他龍也是一樣。最初的訝異過去了，讓他接受指導者是龍並不困難，但是對於沒有相似體驗的人，想必大多不能接受這個眞相。

沒多久以前，也就是法國大革命發生，讓歐洲又陷入戰亂前不久，英國政府才提案要處死沒人馴養的龍隻，不再以國家經費豢養作繁殖之用；他們的理由是當時沒有必要，而且指出後龍隻頑強的性格很可能只會對戰鬥用的血統有害。議會計算出每年度能省下一千萬英磅，這個想法經過仔細考量，但後來突然就放棄了，也沒有公開解釋放棄的原因。不過謠傳說，駐紮地在倫敦附近的所有空軍司令都一同去會見首相，告訴他如果通過那條法案，整個空軍都會叛變。

他私下聽到這件事的時候，覺得難以置信。難以置信的不是法案，而是上級軍官（或是任何軍官）竟然會做出那種事。他總覺得那個提案很荒謬，不過官僚常常短視近利。那種蠢材會覺得應該在帆布上省下十先令，卻不在乎危及整艘六千英磅的船艦。回想起來就覺得慚愧，當初他居然對這種事漠不關心。他們當然會叛變了。

他還沉浸在自己的念頭裡，沒注意自己已經穿過軍官俱樂部的拱門，一顆球突然扔向他的頭，他反射性地接住了。剎那間，歡呼與抗議的呼聲交雜響起。

「我們投得很準，他不是你隊裡面的！」一個比男孩大不了多少的金髮年輕人抱怨著。

「才怪呢，馬丁，他當然是我們隊的，對吧？」另一名參賽者開朗地笑著走向勞倫斯把球拿回，他是個高瘦的傢伙，一頭黑髮，顴骨曬得發紅。

「當然了。」勞倫斯覺得有趣，把球還給他。一群軍官在室內玩小孩的遊戲，而且還這麼沒秩序，他看了有點訝異。他穿著外套，繫著領帶，衣著比在場的任何人穿得都還正式；他們有些人甚至連上衣都脫掉了。房間的擺設被胡亂推到旁邊，地毯也被捲起來丟到房間一角。

「在下是約翰．葛蘭比上尉，目前未派職務。」黑髮的男人說，「你剛到嗎？」

「是的，在下威爾．勞倫斯，坐騎是無畏。」勞倫斯說，接著看到葛蘭比臉上的笑容不見，明顯的熱情也隨即消失了。勞倫斯覺得意外，又有點不高興。

「帝王龍！」幾乎所有人都喊著，房裡半數的男孩和男人匆匆忙忙經過他們，跑向院子。勞倫斯嚇了一跳，吃驚地看著他們離去。

「別擔心！」金髮的年輕人看了勞倫斯警戒的神情，上前來向他自我介紹。「我們知道不該騷擾龍，他們只是去看看而已。不過軍校生可能比較麻煩，我們這邊有二十幾個學生，根本就把折磨人當使命。我是見習官以西結．馬丁，名字聽過就算了，叫我馬丁就好。」

他們的相處方式顯然都不拘小節，勞倫斯並不覺得受到冒犯，但仍然不習慣。「謝謝你警告我，我會確定無畏不會被他們騷擾的。」他說道。他由馬丁打招呼的樣子，看出馬丁的態度不像葛蘭比那麼討厭，因此鬆了口氣。他希望能只請兩人中比較友善的馬丁介紹環境，但並不想違背命令（雖然是一隻龍下的令），所以只好轉向葛蘭比，嚴肅地說：「迅捷要我請你介紹環境，你方便嗎？」

「當然。」葛蘭比同樣嚴肅地說，語調聽起來既冷漠又不自然。「請這邊走。」

葛蘭比帶頭走上樓梯時，馬丁加入了他們，勞倫斯很欣慰，這位見習官輕鬆的對話沒有馬上停止，讓氣氛舒服多了。「所以，你就是那個從法國人口中搶下帝王龍的海軍囉！老天啊，這件事超有名的，法國佬想到一定咬牙切齒扯頭髮。」馬丁歡喜地說，「聽說你從百門砲的軍艦搶來那顆蛋，那場仗打了很久嗎？」

「恐怕謠言把我的成就誇大了。」勞倫斯說，「友誼號並不是一級艦，只是三十六門砲的巡防艦，而且船上的人幾乎都口渴得快昏倒了。它的艦長發動的攻勢很猛烈，但是我們勝之不武，霉運和天氣已經幫我們做了很多事。我只是幸運而已。」

「噢！不過也不能輕視幸運啊！如果運氣不好，事情就不能成功。」馬丁說，「眞是的，他們以前都把你藏在哪啊？你以後會大出風頭的。」

勞倫斯進了圓塔的房間，高興地看著他的新宿舍。對於習慣待小船艙的人來說，房間感覺很寬敞，而且大大的圓拱窗更是一大享受。他們探出頭看下面的湖，湖上下起一陣灰濛濛的毛毛雨，打開窗戶時，飄入濕冷的味道，除了沒鹹味之外，簡直就像在海上。

他的帽盒有點隨便地堆在衣櫃旁邊。他感到有點不滿，不過他的東西收得夠乾淨了。房裡有一張簡單舒適的床，除此之外，還有一張寫字桌和椅子。「感覺好安靜，一定會很棒的。」他說著把配劍解下，放在桌上；他覺得脫掉外套不太好，但至少能減少一點拘束的感覺。

「現在可以帶你去看進食區了吧？」葛蘭比不自然地說。這是他們離開俱樂部之後，他說的第一句話。

「噢，我們應該先帶他看溫泉澡堂的，還有餐廳。」馬丁說，「溫泉澡堂很值得一看。」他向勞倫斯解釋道：「你知道嗎？那是羅馬人建的，我們會選在這個地點，就是因爲有溫泉澡堂。」

「謝謝，我很樂意去看。」勞倫斯說。上尉顯然不想去，勞倫斯想放他走，但是這時候請他走只會冒犯他。葛蘭比沒禮貌，但是勞倫斯不想輕賤自己而做出同樣的行爲。

他們路上經過餐廳，馬丁喋喋不休，告訴他上校和上尉會在比較小的圓桌用餐，見習官和少尉則坐在長桌。「還好軍校生會提早來吃，不然我們用餐時從頭到尾一直聽他們吵吵鬧鬧，一定什麼都吃不下。」他說完，終於停下來。

「你們會單獨用餐嗎？」勞倫斯問。對軍官來說，一起用餐的感覺很怪，而且他悵惘地想，他一定會懷念請朋友到他餐桌用餐的情景，自從他領的獎金負擔得起之後，那就是他最大的樂趣。

「當然囉，如果有人生病了，就會用托盤送食物上去。」馬丁說，「噢，你餓了嗎？應該還沒吃午餐吧。喂，托利。」他喊道，一位僕人正拿著一疊亞麻巾穿過餐廳，聽到他的呼喊，轉過身抬起眉毛看向他們。「這位是勞倫斯隊長，他才剛飛來，你可以幫他準備點東西嗎？還是他要等晚餐才有得吃？」

「不用了，謝謝。我不餓，只是好奇問問。」勞倫斯說。

「噢，不麻煩。」名叫托利的男人竟然直接回答他，「我敢說有廚師可以幫你切個幾片肉，裝一點番茄。我會問問尼恩。塔上三樓的房間，對吧？」他點點頭，然後不等他們回答就繼續走了。

「好了，托利會照顧你的。」馬丁顯然習以為常。「他算是數一數二的傢伙，詹金斯老是不願意幫忙，馬弗會照做，不過會不停抱怨直到你後悔問過他。」

「不會怕龍的僕人，應該不好找吧。」勞倫斯已經慢慢習慣飛行員間隨性的稱呼，不過僕人也差不多隨便，他還是很意外。

「噢，他們都是附近村莊裡出生長大的，對龍和我們都習慣了。」馬丁說著，一行人穿過長廊。「托利應該從小就在這裡工作了，即使皇銅龍發脾氣，他也不會眨一下眼。」

通向溫泉澡堂的樓梯隔著一扇金屬門，葛蘭比推開門，一陣溫暖濕潤的空氣湧了出來，在比較冷的走廊上形成霧濛濛的水蒸氣。勞倫斯跟他們走下狹窄迴旋的樓梯，樓梯繞了四個彎，豁然進入一間大澡堂，牆上搭著突出牆面的石架，還有褪色的壁畫，有些石壁已經剝落了——這顯然是羅馬時代的遺跡。一側的架子上放著一堆堆摺好的亞麻巾，另一側的架子是幾堆脫下的衣物。

「把東西放在架子上就好。」馬丁說。「澡堂是圓形的，我們會回來這兒。」他和葛蘭比已經開始脫衣服了。

「我們現在有時間洗澡嗎？」勞倫斯有點懷疑地問。

馬丁靴子脫了一半，停下來說：「噢，我想我們只是晃過去而已，不是嗎？葛蘭比。不過也不用急；還要幾個小時才吃晚餐。」

「除非你有急事。」葛蘭比對勞倫斯說。他的話太不禮貌，馬丁聽了驚訝地看著他們，似乎這時才注意到兩人之間氣氛緊張。

勞倫斯抿著嘴，壓抑住難聽的話，他不能和所有對海軍抱著敵意的飛行員作對，而且他在某種程度上，其實能了解這種憎恨。他只能好好表現讓他們接受自己，就像剛上船的見習官一樣。他僅僅回答：「沒什麼事。」他不確定參觀澡堂爲什麼要脫光，不過仍然像他們一樣脫了衣服，只是整理得比較仔細，堆成整整齊齊的兩疊，最後把外套蓋在上面，免得摺起來會皺掉。

接著，他們由左邊的走廊離開房間，穿過走廊末端的另一扇金屬門。一進門，他就了解爲什麼要脫衣服了。門後的房間充滿蒸氣，能見的距離不超過一隻手臂長，他全身立刻就濕淋淋的。要是還穿著衣服，外套和靴子就毀了，而其他的衣物都會濕透。蒸氣包在赤裸的肌膚上眞是一大享受，熱度有點刺激，而他長途飛行緊張的肌肉，則愉快地放鬆了。

地板鋪著石磚，每隔一段距離，牆上就建了突出的石椅，有幾個人躺在蒸氣中。葛蘭比和馬丁帶頭走過房間，一路上和兩、三個人點頭打招呼。接下來，他們走到後面一間洞穴狀的空間，這裡更溫暖，但是很乾燥，一條又長又淺的水池幾乎縱貫整個地方。「我們現在就在院子的正下方。」馬丁說著指向房裡，「這就是空軍選這個地方的原因。」

牆上每隔一小段距離，就挖了深深的洞，熟鐵做成的欄柵隔開洞和其他的空間，但是可以看見洞裡。大約一半的洞是空的，另一半的洞墊了布料，洞裡都有巨大的蛋。「你知道嗎？要讓蛋保持溫暖，但是沒空讓龍來孵蛋，也不能像自然情況下把蛋埋在火山之類的地方附近，所以才這樣做。」

「沒空間爲他們獨立建一間房間嗎？」勞倫斯驚訝地說。

「怎麼會沒空間。」葛蘭比唐突地說，馬丁看了他一眼，在勞倫斯反應過來之前，就急忙插嘴說：「知道嗎？很多人常在這裡進進出出，所以如果有蛋看起來有點硬了，比較容易發現。」

勞倫斯還在努力克制脾氣，所以沒回應葛蘭比的話，只向馬丁點點頭。他讀過艾德華爵士的書，知道龍蛋孵化直到最後一刻之前都很難預料，即使知道龍的品種，也只能把估計的時間變數縮短到兩個月，大型品種的龍孵化的時間長短，甚至會差上幾年。

「我們覺得那邊的角翼龍可能快孵化，那就太棒了。」馬丁指著金褐色的蛋說。蛋的側面微微泛著珍珠光澤，上面有朵朵淡黃的斑點。「那是梭巡者的蛋。她是英倫海峽帶領龍隻的旗龍❶，她剛受訓完的時候，我是她的信號官，同批訓練的龍沒有一隻飛行能力比得上她。」

兩名飛行員看著蛋，都露出期盼渴望的神情。當然每顆蛋都代表著難得的晉升機會，想贏得海軍部的賞識，還能靠討好上級或在戰場上表現英勇，而龍的好惡卻難以捉摸。勞倫斯問馬丁：「你在很多龍上服役過嗎？」

「只有梭巡者和淚斑。淚斑上個月在海峽小規模戰役中受傷了，所以我才待在地上。」馬丁說。「不過他再一個月就能出任務了，而且我因此得到晉升，所以也沒什麼好抱怨的。我剛當上見習官。」他又得意地說，「我們的葛蘭比服役過的龍更多呢，有四隻對吧？在豐悅之前是誰？」

「突圍、浮流和建勳。」葛蘭比簡潔地回答。

不過聽到豐悅就夠了，勞倫斯恍然大悟。這傢伙應該是戴伊斯上尉的朋友，至少他們倆直到最近都還是同隻龍上的人員，現在勞倫斯才知道葛蘭比對他帶著敵意，不只因爲他身爲飛行員，厭惡剛擠進空軍的海軍軍官。他的敵意還抱著私怨，可以說是戴伊斯原先侮辱的延伸。

比較起來，勞倫斯更受不了他因爲戴伊斯的事蔑視他，所以突然說道：「兩位，我們繼續吧。」剩下的路程他不再讓他們拖延，任馬丁繼續說話，但是自己卻不幫忙帶動談話。他們在溫泉澡堂繞了一圈，回到更衣間，穿上衣服之後，勞倫斯平靜而堅持地說：「葛蘭比先生，請你現在帶我去進食區，之後你就能去做自己的事了。」他必須對那個男人說清楚，他不會容忍別人對他不尊重；如果葛蘭比還想再對他不敬，他會制止葛蘭比。然而他們最好不要公然發生衝突。「馬丁先生，感謝你的陪伴和解說，非常受用。」

「別客氣。」馬丁遲疑地來回看著勞倫斯和葛蘭比，好像怕留他們兩個單獨在一起會發生什麼事一樣。但是勞倫斯的暗示很明顯，雖然用詞不正式，卻讓馬丁聽出這句話的分量幾乎和命令一樣。「我想我會在晚餐時見到你們，晚點見了。」

勞倫斯在沉默中和葛蘭比走到進食區，或者應該說是位於訓練山谷的另一端，俯望進食區的突出岩石。山谷另一端可以看見一個天然形成的谷地開口，勞倫斯看到幾名牧人在那裡工作，葛蘭比冷淡地解釋，只要山谷中沒有龍在訓練，由岩石這邊向他們打信號，他們就會選出一定數量的牲畜送到山谷給龍，龍就能獵食那些牲畜。

「我相信這樣很清楚了。」葛蘭比如此作結。他的語調聽起來不但令人討厭，且屬於越矩的行為，勞倫斯煩惱的事發生了。

「要加上長官。」勞倫斯靜靜地說。葛蘭比很訝異，一時猜不出他的意思。勞倫斯重複說：「要說『長官，我相信這樣很清楚了。』」

勞倫斯希望他的話對葛蘭比的警告夠重，不會再對他不敬。沒想到上尉回嘴說：「不管你在海軍習慣的是怎樣，我們這裡都不客套。」

「我習慣的是禮貌，如果不對我禮貌，那我堅持你至少要尊重長官。」勞倫斯說著脾氣火爆了起來，他暴怒地瞪著葛蘭比，感覺自己的臉紅了起來。「葛蘭比上尉，請你修正你的稱呼用詞，否則以上帝之名，我會讓你因爲不服從而降職。以你的行爲來看，我想空軍不會等閒視之的。」

葛蘭比刷白了臉，雙頰上曬紅的地方變得十分顯眼。「是的，『長官』。」他猛然立正說。

「上尉，解散。」勞倫斯立刻回答，然後轉過身，兩手背在腰間，看著下面的牧場，直到葛蘭比離開，他根本不想再看到那個傢伙。他理直氣壯的怒氣一消失，就覺很疲倦，而且別人那樣對待他，讓他很難過，他還得煩惱和那男人衝突會造成什麼後果。他們剛見面的時候，葛蘭比似乎友善又親切，即使他個性沒那麼好，至少還是飛行員，而勞倫斯是外來者，他的夥伴自然會支持他，他們的敵意只會讓勞倫斯的處境更難堪。

可是他不能任由葛蘭比公然不尊重他，而且葛蘭比也很清楚這樣的行爲太過分了。勞倫斯轉身走回室內，心情還很低落。他走到院子，發現無畏還醒著等他，這才高興了起來。「很抱歉丟下你這麼久。」勞倫斯靠在無畏身邊撫摸他，與其說在安慰無畏，還不如說是讓自己得到慰藉。「很無聊嗎？」

「不會，一點也不會。」無畏說，「一大堆人過來跟我說話，有些人幫我量身體，要做新的鞍具。我還和這裡的巨無霸說話了，他說我們要一起訓練呢。」

無畏提到皇銅龍的名字時，龍睜開一隻惺忪的睡眼表示聽到了，勞倫斯向皇銅龍點頭打招呼。巨無霸勉強抬起龐大的頭顱回應，然後頭又沉了下去。「你餓了嗎？」勞倫斯轉向無畏問，「迅捷要我們一早起來飛給他看——他是這裡的訓練師。」他補充說，「所以你早上可能沒時間吃東西。」

「好，那我現在要吃。」無畏說。他知道他的訓練師是龍，似乎一點也不意外，而勞倫斯看了他實際的反應，覺得自己當初那麼驚訝有點蠢。不過，無畏當然不會覺得有什麼奇怪的。

他們只是短短地躍到突出的岩石那裡，所以勞倫斯沒有多此一舉把自己完全綁回無畏身上。他在那裡爬下無畏，讓無畏狩獵的時候不用背著人。看著龍那麼優雅地翱翔、俯衝，那種單純的喜悅讓勞倫斯心裡平靜多了。不管那些飛行員對他的舉動有什麼反應，他的地位都很牢固，這是當艦長永遠不能夢想的；即使他的人員沒意願合作，他也有管理這種人的經驗，而且由馬丁的例子看來，至少不是所有飛行員一開始就對他有偏見。

他還有別的慰藉——無畏俯衝，俐落地從地上攫起一隻笨重的旄牛，停下來吃的時候，勞倫斯聽到興奮的低語聲，抬頭看到上面的窗戶裡探出一排小小的人頭。「長官，那是帝王龍，對不對？」其中一個黃褐色頭髮的圓臉男孩向他喊著問。

「對，他叫無畏。」勞倫斯答道。他一向努力教育手下的年輕紳士，而他的船被視為初入海軍的男孩最好的去處。他為了幫忙訓練許多親人和海軍朋友的子弟，所以對男孩子很有經驗，而且大多是好經驗。他不像許多成年人只要有男孩子在場就不自在，即使這些人比他大部分的見習官還年輕，他也能相處愉快。

「你看、你看，好厲害喔。」另一個男孩子個子小，膚色比較深，指著無畏喊道。無畏正在低空掠過地面，抓起三隻放給他的綿羊，才停下來繼續吃。

「我敢說對於龍的飛行，你們比我有經驗，他有什麼優點嗎？」他問他們。

「是啊，是啊……」孩子們熱烈地回答。黃褐色頭髮的男孩以專業的口吻說：「一眨眼間就能擋去退路，而且伸展靈活，沒有多拍一下翅膀。噢，太強了。」他說完，退縮回小男孩的樣子。這時無畏向後振翅，捕捉最後一頭牛。

「長官，您還沒選好您的傳令兵對吧？」另一位黑髮的男孩滿懷希望地問，他的話在其他男孩中馬上引起一陣喧鬧，每個孩子都開始講自己的好處，勞倫斯覺得他們說的傳令兵，或許是特別受賞識的軍校生能在御龍隊擔任的職務。

「還沒，而且我想選擇傳令兵的時候，會參考你們指導者的建議，」他裝出嚴肅的樣子說，「所以你們接下來幾個星期，應該好好聽他們的話吧。」這時無畏回到突出的岩石和他會合，直接平穩地降落在岩石邊緣。他問無畏：「好啦，你吃夠了嗎？」

「吃夠了，眞好吃！不過我身上都是血，我們可以去洗一洗嗎？」無畏說。

勞倫斯這才發現他認識環境的時候忘了這一點他抬頭看著男孩們說：「各位先生，我有事請你們指點，我能帶他去湖裡洗澡嗎？」

他們個個睜圓了眼，驚訝地盯著他。「我沒聽過幫龍洗澡耶。」一個男孩說。

黃褐色頭髮的男孩附和：「就是說，你能想像幫一隻皇銅龍洗澡嗎？會花上好幾年吧。他們通常像貓一樣，把龍顎和爪子舔乾淨。」

「聽起來不太舒服。即使洗澡很麻煩，我還是喜歡人家幫我洗。」無畏心急地看著勞倫斯。

勞倫斯壓抑住自己的感嘆，平靜地說：「麻煩是麻煩，但是其他很多該做的事情也一樣，我們馬上就去湖邊吧。無畏，在這裡等一下，我去拿點亞麻巾來。」

「噢，我去幫您拿！」黃褐頭髮的男孩從窗邊消失了，其他的男孩立刻跟了上去，不到五分鐘，五、六個男孩就拿了一疊摺得亂亂的亞麻巾湧到岩石上，只是亞麻巾是從哪來的，勞倫斯實在很懷疑。

他拿了亞麻巾，鄭重地感謝那群男孩，然後爬回龍背上，心裡暗自記下黃褐色頭髮的傢伙。他喜歡那麼主動的孩子，而且會考慮讓那樣的人當上軍官。

「我們明天帶我們的鐵鎖腰帶，就可以一起騎過去幫忙了。」那男孩又用非常誠懇的表情說。

勞倫斯看著他，懷疑男孩會不會太魯莽，不應該鼓勵他。男孩那麼熱心，他心底很開心，所以只堅持地說：「我們再看看吧。」

他們站在邊緣看，直到無畏飛到城堡附近。他們離開視線的時候，勞倫斯還能看到他們熱切的臉龐。飛到湖邊時，他讓無畏在湖裡游泳，清掉最髒的血漬，然後特別仔細地爲他擦拭。對於每天要用磨石磨甲板的人來說，想到要讓他們養的猛獸清理自己，實在不可思議。他擦著無畏光滑的背部，突然想到鞍具。「無畏，這個會磨到你嗎？」他碰著皮帶問。

「哦，現在不太會了。」無畏轉頭看著說，「我的皮變硬很多，眞的不舒服的時候，我讓鞍具移動一點點就會比較好。」

「親愛的，我好抱歉，」勞倫斯說，「不應該讓你一直戴鞍具的。從現在開始，只要載我時沒有必要，就不用戴鞍具。」

「可是鞍具不像你們的衣服一樣必須戴著嗎？」無畏說，「我不希望有人覺得我沒禮貌。」

「我給你大一點的項鍊戴在脖子上，那樣就行了。」勞倫斯說著，想到迅捷戴的那條項圈。「我覺得一直戴著鞍具不過是偷懶，我不想讓你因爲偷懶養成的習慣受罪。我在想，下次見到哪位司令，就要向他鄭重抱怨這件事。」

他言出必行，一降落到院子，就從無畏身上脫下鞍具。無畏有點緊張地看著其他的龍，他們倆一回來，無畏身上還滴著湖水，那些龍就好奇地望著他們，不過似乎都不驚訝，只覺得有趣。勞倫斯拆下黃金與珍珠的鍊子，將金鍊子像戒指一樣繞在無畏的一個爪子上，於是無畏完全放鬆，在溫暖的石板地上趴下來。「我以前都不知道，原來沒戴鞍具比較舒服。」

他小聲地對勞倫斯承認，抓了抓龍皮上一處扣環壓出繭的地方。

勞倫斯清理鞍具清到一半，停下來抱歉地摸著他。「請你原諒我，」他後悔地看著皮膚上擦傷的地方說，「我去找藥膏幫你治那些傷痕。」

「我的也要拿掉。」一隻溫徹斯特龍突然開口，從巨無霸的背後一飛而起，落在勞倫斯面前。「幫我拿掉好嗎？」

勞倫斯猶豫了，他覺得干涉別人的龍好像不太對。「我想只有你的馭龍者有資格把鞍具拿掉，」他說，「我不想得罪他。」

「他已經三天沒來了。」溫徹斯特龍難過地說，垂下小小的頭。他不過幾匹拉車馬大，肩膀勉強高過勞倫斯的頭。勞倫斯近一點看，才發現他的龍皮上有斑斑乾掉的血跡，鞍具看起來和其他龍的不一樣，不太乾淨，而且沒什麼保養。上面還有污漬和粗糙的斑痕。

「過來，讓我看看你。」勞倫斯輕聲說著，拿起由湖中回來還濕答答的亞麻巾，開始幫小龍清理。

「噢，謝謝。」溫徹斯特龍高興地靠著亞麻巾。「我叫做輕柔。」他害羞地說。

「我是勞倫斯，這是無畏。」勞倫斯說。

「勞倫斯是我的隊長。」無畏說著，語調中隱含著挑釁的意味。勞倫斯訝異地抬頭看他，停下清理的動作，拍了拍無畏的身子。無畏平靜了下來，不過看著勞倫斯繼續擦拭的時候，瞳孔還是縮成了兩條縫。

「要不要我去看看你的馭龍者怎麼了？」他擦完拍了一下輕柔。「也許他不太舒服，不過我想即使不舒服，應該很快就會復原的。」

「噢，我想他沒生病。」輕柔仍舊悲傷地說，然後加了句：「這樣已經好多了。」他感激地在勞倫斯的肩頭蹭了蹭。

無畏不高興地低吼了一聲，在石板地上彎起爪子。輕柔警戒地發出啾的一聲，立刻飛回巨無霸背後，窩成一小隻，再次靠著其他的溫徹斯特龍。勞倫斯轉向無畏說：「得了，你在嫉妒什麼？」他溫柔地說，「他的馭龍者沒好好照顧他，我只是幫他清理一下，你不會這麼小氣吧。」

「你是我的。」無畏固執地說。但是過了一下，他不好意思地低頭，降低聲音說：「他比較容易清理。」

「即使你有豐悅的兩倍大，我也不會放棄你分毫的龍皮。」勞倫斯說，「不過，或許明天我會看看有沒有男孩子想幫他洗澡吧。」

「噢，太好了。」無畏開心了起來。「我不太明白他的馭龍者為什麼沒來，你絕對不會離開那麼久，對吧？」

「絕對不會，除非有人以武力強迫我不能來。」勞倫斯說，他自己也不明白輕柔的狀況。他可以想像馴養的龍如果腦筋遲鈍，和龍為伴的馭龍者可能覺得那隻龍太笨，不過至少應該像詹姆士對待瞬翼那麼自在親暱。而且輕柔雖然比較小隻，顯然比小翼聰明了。或許空軍和其他軍隊一樣，飛行員之中也有不太認眞的人，但是龍已經不多了，還讓龍感到不快樂，感覺非常可惜，這樣一定會影響龍的表現。

勞倫斯帶著無畏的鞍具，離開城堡的院子，來到地勤人員工作的大庫房。雖然時間已經晚了，還是有幾個男人坐在門前愉快地抽菸。他們好奇地看著他，沒敬禮，不過也沒露出敵意。「哦，你是騎無畏的。」有個男人說著，伸手接過鞍具。「鞍具壞了嗎？我們再幾天就會做好標準的鞍具，不過現在可以幫你補補這條。」

「沒有壞，只是需要清理一下。」勞倫斯說。

「你還沒有鞍具師，要等知道龍要怎麼受訓，我們才能受派成爲你的地勤人員。不過我們會處理的。」那個男人說。庫房裡有位青年在處理皮革，男人喊著，引起青年的注意：「荷林，把這拿去磨磨吧？」

荷林將擦皮用的油脂抹在圍裙上，一雙看起來大又能幹的手把鞍具接過去。「沒問題，弄好以後要幫他戴上，他會不會找我麻煩？」他問道。

「不用了，謝謝，他不戴鞍具比較舒服，所以放在他旁邊就好。」大家聽他這麼說，都看向他。勞倫斯不理會他們的眼神說：「還有輕柔的鞍具也需要修理一下。」

「輕柔？等等，我想那應該是他的隊長要交代他們地勤人員做的事。」最先說話的男人說著，心事重重地吸著菸斗。

他說得一點也沒錯，但是這樣回答太沒種了。勞倫斯冷漠而堅定地看了眼那男人，讓沉默表達他的意思，男人在他憤怒的目光下不安地挪挪身體。勞倫斯非常輕聲地說：「如果責備那些地勤人員，他們才會盡職責，那就該責備，我想空軍裡沒有人會等龍的健康受影響才設法改善狀況。」

「我做完無畏的，會順便處理他的。」荷林連忙說，「我不在意，他那麼小隻，一下就做完了。」

「謝謝你，荷林先生，很高興我沒有看錯你。」勞倫斯說完，就轉身回城堡了。他聽到背後低聲的抱怨：「脾氣眞差，不敢想像當他隊員會怎樣。」這句話讓人聽了難過。從來沒有人覺得他是嚴苛的艦長，而且他帶領屬下靠的是手下尊敬他，而不是恐懼或壓迫，這點他一向很自豪，很多人自願成爲他的屬下。

他也有點罪惡感——他說話太強硬，的確，沒知會過輕柔的隊長就擅自主張，那個男人有權申訴。不過勞倫斯並不後悔，輕柔顯然受人忽略，讓這隻龍繼續不舒服，他覺得這是不負責的表現。這下空軍不拘禮儀的作風可能對他有利，他可能走運，因此提議不會被視爲直接干涉。不過對空軍來說，干涉的行爲也可能不像在海軍那麼嚴重。

他的第一天不太順利，只覺得疲倦又沮喪。他原來擔心會有難以接受的情況，結果沒有受不了的情形發生，但仍舊事事陌生又困難。他忍不住懷念在海軍事事要求嚴格的日子。他抱著不切實際的幻想，想和無畏再次回到信賴號的甲板上，遙望四周遼闊的海洋。

譯註：

❶：海軍艦隊司令所乘坐的船艦稱爲旗艦，而空軍司令的坐騎則稱爲旗龍。

# 第六章

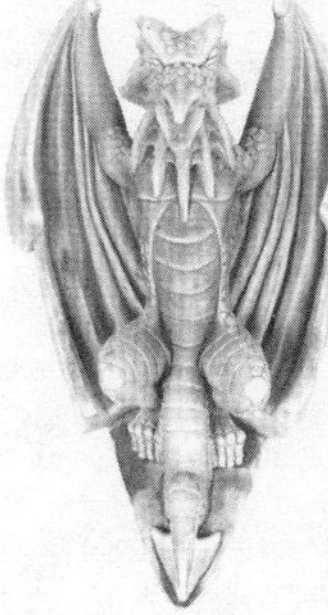

陽光由東邊的窗戶洩入，喚醒了勞倫斯。托利顯然很守信用，勞倫斯前一晚終於爬回房間時，都忘了午餐這件事，但此刻冷盤已經在那裡等他了。雖然有幾隻蒼蠅停在食物上，不過對海上人來說這不算什麼；他揮手趕走蒼蠅，把東西吃得精光。他原來只想躺一下，就去吃晚餐、洗澡。這時他楞楞地眨眼看著頭上的天花板，過了一下才搞清楚狀況。

接著他想起受訓的事，立刻匆忙起床。他穿著上衣和外褲睡覺，幸好還有一套衣物，而外套還算整潔。他提醒自己要記得在當地找一位裁縫，再訂製一件外套。一個人要套上外套有點麻煩，不過他還是穿好了，終於下樓時，覺得自己還算體面。

高級軍官的餐桌幾乎空了。葛蘭比不在那裡，不過餐桌靠下方那一端，有兩名年輕人斜著眼看他，讓勞倫斯感覺到自己出現帶來的影響。靠近餐廳前方有位身材壯碩的男人，臉色紅潤，沒穿外套，吃著盤子裡的一堆蛋、黑香腸和燻肉；勞倫斯猶豫地張望著，找尋餐具櫃的蹤影。

「早啊，隊長，要喝咖啡還是茶？」托利拿著兩只水壺，站在他身旁問。

「咖啡，謝謝。」勞倫斯感激地說。托利還沒轉身走開，他已經喝光咖啡，拿起杯子又要了一杯。「我們要自己拿菜嗎？」他問。

「不用，蕾西幫你拿蛋和燻肉來了，想要別的什麼就說吧。」托利說著，轉身離去。

女僕穿著劣質的粗布衣服，不像一般女僕沉默不語，反而歡喜地說：「早安！」勞倫斯看到友善的臉非常高興，發覺自己居然也向她打招呼。她拿的盤子熱得蒸氣騰騰，等他嘗了口可口的燻肉之後，根本忘了煩惱禮儀了——肉用稀有的木料燻製而成，而蛋黃幾乎是橙色的。他吃得很快，一邊注意著太陽照過高高的窗戶，在地上投下移動的方形光影。

「別噎到了。」壯碩的男人看著他說，接著吼道：「托利，加茶。」他的聲音大到可以穿過暴風雨。托利幫他加茶時，他問：「你是勞倫斯啊？」

勞倫斯吞下嘴裡的食物說：「是的，先生。你認識我，可是我還不知道你呢？」

「柏克力。」那個男人說，「喂，你在你那隻龍的腦袋裡灌輸了什麼啊？我的巨無霸整個早上都在嘀嘀咕咕想要洗澡，還拆掉了鞍具，眞荒謬。」

「先生，我不覺得爲了我的龍舒服著想，這樣叫作荒謬。」勞倫斯靜靜地說，握著餐具的手緊繃了起來。

柏克力直直地瞪著他：「搞什麼鬼，你是說我沒關心巨無霸嗎？沒人幫龍洗過澡，龍有龍皮，沾點灰塵他們不覺得怎樣。」

勞倫斯努力克制自己的脾氣與聲調。不過他已經沒胃口了，於是放下刀叉。「你的龍顯然不同意，你覺得自己比他了解什麼會讓他不舒服嗎？」

柏克力對他板起怒容，無禮地哼了一聲：「我還以爲你們海軍都嚴肅謹愼，原來你還眞是噴火龍啊。」他喝乾了茶，從桌旁站起來，「晚點見了，迅捷要巨無霸和無畏一起訓練速度。」他點點頭，不過顯然沒有友好的意味，接著就離開了。

柏克力突然這麼無禮，讓勞倫斯有點茫然。接著他才想起快要遲到了，沒時間再思考剛才發生的事。無畏焦急地等著他，而這下子勞倫斯發現自己自作自受，必須幫無畏把鞍具戴回去。他雖然叫了兩位地勤人員幫忙，到庭院裡時仍然差一點遲到。

他們降落在庭院的時候，迅捷還沒現身，但沒過多久，勞倫斯就看到這位訓練官出現在崖壁上挖出的洞口——那裡顯然是私人區域，也許是給比較年長或地位高的龍住的。迅捷揮開翅膀，飛下庭院，用後腳輕巧落地，接著從頭到腳打量無畏。「嗯，很好，胸膛很厚實。請吸口氣。對，對。」他四腳著地坐了下來。「好了，讓我們看看你吧。在山谷繞個兩圈，第一圈先水平轉彎，第二圈後振翅轉彎。用自在的速度飛，我要評估的是你的體格，不是速度。」他伸伸頭示意無畏開始。

無畏一躍，全速升空。「慢點。」勞倫斯大喊，扯扯韁繩提醒他，無畏不情願地減慢一點速度，他輕鬆地翱翔轉彎，繞完兩圈。他們飛完的時候，迅捷喊道：「再一圈，加速。」勞倫斯趴低貼近無畏，無畏的翅膀劇烈地在他身旁拍動，風尖聲呼嘯過耳邊，他飛得比以前都還快，很令人興奮。他們全速飛向轉彎處的時候，勞倫斯忍不住在無畏耳邊小聲地歡呼了一下。

這一圈繞完，他們飛回庭院；無畏的呼吸幾乎還一樣平穩。但是他們還沒飛過一半的山谷，頭上突然傳來一陣震耳欲聾的吼聲，巨大的影子落到他們身上——勞倫斯警覺地抬頭，看到巨無霸由上方向他們猛衝而來，似乎要衝撞他們。無畏倏然停下來，在原處拍著翅膀，巨無霸則飛過他們，掠過離地不遠的地方，重新向上爬升。

「柏克力，你那是幹什麼？」勞倫斯由鞍具上站起來高聲吼著，他勃然大怒，要不是手上握著韁繩，雙手一定會氣得發抖。「先生，你必須解釋一下這麼突然——」

「天啊！你怎麼辦到的？」柏克力就像沒做過什麼不尋常的事一樣，用對話的語氣向他喊——巨無霸沉穩地向庭院飛去。「迅捷，你看到了嗎？」

「看到了。無畏，請回來降落。」迅捷由庭院向他們喊道。無畏俐落地在庭院邊緣降落時，迅捷對勞倫斯說：「隊長，請別激動，他們是奉命飛向你們的。龍看不到上方，我們必須測試一隻龍受到上方來的驚嚇會有什麼自然反應。通常即使是訓練，也沒辦法改變這種本能。」

勞倫斯還是很不高興，連無畏也一樣——無畏責備巨無霸說：「那樣子眞的很討厭。」

「是啊，我知道，我們開始訓練的時候，我也被嚇過。」巨無霸沒有一點悔意，開心地說。「你怎麼能像那樣掛在空中啊？」

「我沒有特別想過，」無畏平靜了一點，彎起脖子打量著自己。「大概只是換個方式拍翅膀而已。」

勞倫斯摸摸無畏的頸子安撫他，而迅捷仔細查看無畏翅膀的關節。勞倫斯問他：「長官，我一直以為那是很平常的能力，所以這種能力不常見囉？」

「只不過我兩百年來都沒看過而已。」迅捷揶揄他，坐了回去。「角翼龍可以繞小圈圈飛行，但是不能像那樣停在空中。」他說著抓了抓前額，「我們要思考一下怎麼運用這種能力，至少能讓你成為很致命的轟炸龍。」

勞倫斯和柏克力進屋裡吃午餐的時候還在討論這件事，以及讓無畏和巨無霸互相配合的方法。那天剩下的時間，迅捷都讓他們一直練習，除了發掘無畏的飛行能力，也讓兩隻龍的步調更協調。當然，勞倫斯已經覺得無畏速度快得驚人，在空中很靈活了，不過聽迅捷這麼說，加上無畏能輕易地趕過更成熟、更大隻的巨無霸，還是讓他又高興又得意。

迅捷甚至建議，如果無畏在長成時的技巧越來越好，他們應該試著讓無畏用加倍的速度飛行，這樣一來，他才能沿著整個編隊的長度，照砲轟的路線飛行，接著即時回到自己的位置，跟著其他龍重飛一次砲轟路線。

有無畏在身邊繞著圈子飛，柏克力和巨無霸並不會不高興。當然，皇銅龍是空軍的一級戰龍，而無畏不管是重量或能力，永遠都不可能比得上巨無霸，所以沒有理由要羨慕他們。不過在緊張的第一天之後，勞倫斯已經打算將不帶敵意的表現視爲一大成就。以柏克力的年齡，當新任的隊長年紀有點大，他本身的個性也很怪，行爲又奇特，平常鈍鈍的，脾氣卻偶爾會爆發。

不過他雖然古怪，卻是認眞可靠的軍官，而且夠友善了。他們坐在餐廳等著和其他軍官一起午餐的時候，他突然告訴勞倫斯：「你不用等待好龍之類的事，一定受很多人嫉妒。我等巨無霸等了六年，等待很値得，不過要是巨無霸還在蛋殼裡，而你在我面前神氣活現的，我可不知道會不會恨你。」

「等？」勞倫斯問，「你在他孵出來之前，就指派給他了？」

「是在蛋冷卻到能碰的時候指派的。」柏克力說，「我們一代有四、五隻皇銅龍，空軍司令部不會把馭龍者是誰交給運氣。我在接下命令，說『願意，感謝您』的那一刻開始，就停飛了，坐在這裡盯著他待在蛋裡面，然後幫剛進空軍的孩子上課，巴望他不會媽的太久才孵出來，老天啊，結果還眞的那麼久。」

經過早晨的練習，勞倫斯已經很敬佩柏克力在空中的技術了，而且柏克力這個人感覺起來，的確可以託付稀有又重要的龍；他眞的很喜歡巨無霸，而且表現的方式很直率。他們在庭院裡和巨無霸、無畏道別的時候，勞倫斯聽到他一邊指示地勤人員卸下鞍具，一邊跟巨龍說：「你這混蛋，不幫你把鞍具拿下來的話，我大概不得安寧吧。」巨無霸親暱地推他一下，差點把他給推倒。

其他軍官開始魚貫進入餐廳，大部分的人都比他或柏克力年輕，他們很開心，而且聲調都很高，很快就讓大廳變得十分嘈雜。勞倫斯一開始有點拘謹，不過擔心的事沒有發生；有些上尉的確懷疑地看著他，而葛蘭比盡可能坐得離他遠一點，不過除此之外，其他人好像都不太注意他。

一位高個子、金髮、尖鼻子的男人輕聲說：「先生，不好意思。」接著溜進他另一邊的座位。所有高級軍官午餐時都穿上外套，打了領帶，不過這新加入的人卻與眾不同——領帶打得整整齊齊，外套還燙過。「在下是傑若米．蘭金隊長，請多指教。」他禮貌地說，同時伸手握手。「我想我們還沒見過吧？」

「沒有，我昨天才到。在下威爾．勞倫斯隊長，請多指教。」勞倫斯回答。蘭金的手勁很強，人愉快又親切。勞倫斯發覺他說話隨和，知道他是坎辛頓伯爵之子的時候，並不覺得意外。

「我的家族都會送第三個兒子進空軍，從前空軍還沒創立，龍還不是由君王擁有的時候，我的不知哪一代曾祖父就曾經養過一對龍。」蘭金說，然後低聲補充道：「所以我要回家沒有問題；我們還留有一小塊掩蔽所可以中途停留，即使在訓練期間，我也常常回家。希望多一點飛行員能享有這種好處。」他說著環顧餐桌。

勞倫斯不想說任何類似批評的話。蘭金是飛行員，要這麼暗示沒關係，不過由勞倫斯的嘴裡說出來，只會顯得像冒犯。「那麼早離家，對男孩子來說一定很辛苦。」他換了比較得體的說法。「我們海軍——應該說，他們海軍不會收十二歲以下的小夥子，即使滿了十二歲，航程與航程間都會送上岸，有時間待在家裡。隊長，您覺得辛苦嗎？」他說著轉向柏克力。

「嗯。」柏克力吞下食物，有點冷酷地看了蘭金一眼，才回答勞倫斯：「大概不會。我想有哭過，不過人都會習慣，而且我們會讓剛進空軍的學生忙東忙西，沒空想家。」他沒打算繼續對話，回頭面對他的食物，勞倫斯只好回頭繼續和蘭金討論。

「我來晚了嗎——噢！」說話的是位削瘦的男孩，還沒變聲，以他的年紀來說，說話音調很高。他衣著凌亂，一頭紅髮一半散在辮子外，匆忙趕來在餐桌旁停下，接著才不情願地慢慢坐到蘭金另一側，那是餐桌上唯一的空位。他雖然年輕，卻已經是上校了，穿著的外套在肩上有兩條金槓。

「嘆，凱瑟琳，沒晚啊，讓我幫妳倒點酒吧。」蘭金說。勞倫斯驚訝地看著男孩，還以爲自己聽錯，接著才發現他沒聽錯——這男孩其實是位年輕女子。勞倫斯茫然地張望桌上其他人，他們似乎都不覺得有什麼不對，而且她的性別顯然不是秘密——蘭金用禮貌而正式的口吻稱呼她，由淺盤裡爲她盛食物。

蘭金繼續說：「容我向妳介紹，這位是勞倫斯隊長，坐騎無畏。」他說著轉身，「這位是凱瑟琳．哈克特小姐──噢，不對，我忘了，是隊長，坐騎是……呃，百合。」

「你好。」女孩喃喃說著，沒有抬頭。

勞倫斯覺得自己臉紅了起來。她穿著褲子坐在那裡，腿部曲線畢露，襯衫上只繫了條領帶。他將視線轉到她頭頂上不會讓他不安的地方，努力開口：「請指教，哈克特小姐。」

這句話至少讓她抬起頭來了──「不對，是哈克特隊長。」她蒼白著臉，臉上點點雀斑十分顯眼，但是她顯然決定捍衛自己的權利，說話的時候還向蘭金投以奇怪的輕蔑之色。

勞倫斯不由自主用了那個稱呼。他並不想冒犯，不過確實得罪了她。「隊長，請妳見諒，我無意冒犯。」他立刻說著，低頭道歉。要稱呼她隊長眞不容易，這個職稱唸起來笨拙又奇怪，他很怕自己的聲調聽起來非常僵硬。這時他也認出龍的名字了。他前一天聽到這名字就覺得不尋常，不過當時要想的事情太多，這個細節就溜出他腦袋裡了。「我想妳的坐騎是長翼龍吧？」他禮貌地問。

「是啊，就是我的百合。」她說到龍的名字時，聲音中流入一股不自覺的暖意。

「勞倫斯隊長，也許你還不知道長翼龍只接受女性馭龍者，這是他們的癖好。我們該感謝他們的怪癖，不然就少了這麼迷人的同伴呢！」蘭金說著，頭側向女孩。勞倫斯聽了他話中嘲諷的語氣，皺起眉頭，女孩顯然覺得不自在，而蘭金也沒讓她好過一點。她又垂下頭，注視著自己的食物，蒼白的嘴唇不高興地抿成一條線。

「哈克特小──隊長，妳能擔起這個職務，眞的很勇敢。乾杯──應該說，祝妳健康。」勞倫斯最後一刻才改正過來，自己啜了一口酒。他覺得不應該逼一個瘦女孩喝光一杯酒。

「我做的事沒有比任何人多。」她越說越小聲，最後才端起酒杯回敬，「我是說——也祝你健康。」

他在心裡默唸她的職稱和名字。已經被糾正一次了，再犯同樣的錯很失禮。不過奇怪的是，他不太相信自己下次會說對。他努力不看她身體其他地方，只看她的臉。她的頭髮向後綁得很緊，讓她顯得更像男孩子，加上那身一開始讓他誤認的衣著，多少有點幫助。他認爲她就是爲了表現得像男子，才穿著男人的衣服走來走去，不過這樣很嚇人，又不合體統。

雖然他知道自己一定會想問東問西，但仍然很想和她談話。他沒辦法一直越過蘭金和她交談，只好一個人在心裡納悶——空軍中每一隻長翼龍都由女性擔任馭龍者，這個想法非常驚人。勞倫斯瞥了眼她的身影，想不透她是怎麼完成工作的。他飛了一天，只覺得疲倦又虛脫，標準的鞍具雖然可能減少壓力，但他還是很難相信女人能日復一日做這種工作。這樣問她很殘忍，但是長翼龍當然不得空閒，他們可以算是英國最致命的龍種，唯一可以相提並論的只有皇銅龍。如果沒有他們，英國的空中防禦就會脆弱得可怕。

他的思緒都被這件有趣的事，還有蘭金禮貌的對話占據了，因此在這裡的第一個午餐，過得比他基本上期望的愉快。雖然哈克特和柏克力隊長之間一直很沉默，從頭到尾不說一句話，但他離開餐桌時，依舊覺得振奮。他們起身離開餐桌時，蘭金轉向他說：「你沒有別的事的話，我想邀你到軍官俱樂部下點棋好嗎？我很少有機會下棋，而且我得承認，聽你說你會下，我就很想把握機會找你玩了。」

「謝謝你邀請我，我也很高興可以下棋。」勞倫斯說，「不過我得失陪一下，我要去照顧無畏，而且說好要唸書給他聽。」

「唸書給他聽？」蘭金好奇的神情並沒有蓋過他的訝異，「你對龍的奉獻很讓人敬佩，這在新手馭龍者很常見。不過容我保證，大致來說，龍有辦法自己生活，我知道我們有幾個傢伙會把所有空閒時間都花在他們的龍身上，但我不希望你拿他們當榜樣，覺得必須陪伴龍，或是覺得陪他們是你的責任，所以必須犧牲和人類做伴的樂趣。」

「感謝你的關心，不過我跟你保證，我的情況不是這樣。」勞倫斯說，「對我來說，我覺得沒有比無畏更好的同伴，我讀書給他聽，不但是爲了他，也是爲了自己。不過，晚一點我還是很樂意和你聚聚，除非你習慣早睡早起。」

「不論如何，很高興聽你這麼說。」蘭金說道，「我嘛，我不會早睡，當然我現在沒在受訓，到這裡來只是爲了信差的任務，所以我的作息不用照學生的時間表。說來不好意思，大多日子我都快中午才會下樓。話說回來，這樣我才能期待今晚見到你。」

他們說完就告別了。勞倫斯出去找無畏，他驚奇地發現三個學生正鬼鬼祟祟地待在餐廳門外——正是黃褐色頭髮的男孩和其他兩個孩子。他們各抓著一堆乾淨的白色抹布。「噢，長官。」男孩看到勞倫斯出來，跳起身來熱心地問道：「你還需要給無畏的亞麻巾嗎？我們看到他在吃東西，覺得你會用上，就帶了一些來。」

「夠了，羅蘭，你以爲你在那裡幹嘛？」托利從餐廳端了堆盤子經過，看到學童和勞倫斯攀談，於是停了下來。「你知道不該騷擾隊長的。」

「我沒打擾到您，對吧？」男孩說著，滿懷希望地看著勞倫斯，「我只是在想，我們也許能幫你們忙。因爲無畏很大隻，而且摩根、戴爾和我都有鐵鎖，我們可以掛著，一點也不麻煩。」他誠懇地說，同時展示一條勞倫斯從來沒看過的鞍具——那是條厚皮帶，緊緊地束在他腰上，附著兩條細皮帶，細皮帶末端乍看之下像一大條鐵鏈。勞倫斯彎腰仔細觀察，才發現鏈上有一塊可以摺起的機關，可以由這裡打開鏈子，鉤在別的東西上。

勞倫斯直起身子說：「無畏沒有標準的鞍具，我想你們不能用鐵鎖鎖到他的皮帶上。不過呢，」他看著他們失望的表情，藏起微笑，「還是一起來吧，我們看看能做什麼。托利，謝謝你。」他向僕人點頭說，「我可以應付得來。」

托利聽了他們的對話，大剌剌地笑了。他向勞倫斯說：「說得是。」接著繼續去工作。

勞倫斯走向庭院，三個孩子快步跟在後面。他問那個男孩：「你叫羅蘭嗎？」

「是的，長官，海軍軍校生艾蜜莉．羅蘭，請多指教。」她開心地轉向他的同伴，因此沒注意到勞倫斯驚訝的表情。她接著說：「這兩位是安德魯．摩根和彼得．戴爾，我們在這裡都待第三年了。」

摩根說：「對啊，眞的，我們都希望能幫忙。」戴爾比其他兩個都還小，睜著圓圓的眼睛，只點了點頭。

「很好。」勞倫斯回道。他悄悄低頭看那個女孩，她的頭髮和另外兩個男孩一樣剪成馬桶蓋，身材矮壯，而且聲音的音調幾乎不比其他兩人高，他會認錯也很正常。他思考一下這事情，就覺得很合理；孵出來的長翼龍需要女性，空軍當然要訓練一些女孩子，而哈克特隊長很可能也是這種訓練出身的。但是他忍不住納悶，是怎樣的父母會交出幼小的女兒，讓她們面對嚴苛的軍隊生活。

他們走到庭院裡，眼前是一幕喧鬧的景象——拍翅聲和龍的說話聲在空中交雜。絕大部分的龍都剛吃完飯，這時正由隊裡的人員照顧，清理鞍具。蘭金雖然說沒必要陪著龍，但是勞倫斯看到大部分隊長都待在龍的身邊撫摸他們，跟他們說話。這顯然是龍和馭龍者沒值勤的時候，一天之中普通的插曲。

他沒有馬上找到無畏，在熱鬧的庭院裡找了一陣子，才發覺無畏待在外牆的外面，像是要避開喧擾和噪音一樣。他在去無畏身邊之前，帶著學生去找輕柔。輕柔還戴著鞍具，不過似乎比前一天好多了——皮革看起來處理過，也上了油，變得比較柔軟，連接皮帶的金屬環都擦亮了。

勞倫斯這時猜想金屬環的作用，就是爲了拴上鐵鎖。雖然輕柔比無畏小，但仍然是龐然大物，勞倫斯覺得短程飛行應該能輕易承受三個學生的重量。龍很渴望得到關注，非常高興，聽到勞倫斯提議去洗澡時，眼睛亮了起來。

「好啊，我帶你們三個很輕鬆。」輕柔看著三個學生，他們也用同樣渴望的目光看著他。三人全都敏捷地像松鼠一樣，四肢並用爬到龍身上，各把鐵鎖扣上兩個不同的扣環，動作熟練，顯然練習得不錯。

勞倫斯拉一拉鞍具上一條條的皮帶，皮帶感覺夠牢固。「很好，輕柔，帶他們到岸邊，無畏馬上就會去和你會合。」他說著，拍了拍輕柔側身。

他看著他們飛走，才穿過其他的龍，向庭院門口走去。他第一次能清楚看到無畏的時候，無畏看起來很奇怪，十分悲傷，和早上練習完高興的態度截然不同。「你不舒服嗎？」勞倫斯問，並檢查無畏的雙顎。但是無畏看起來吃得不錯，一身骯髒的血跡。「你吃了什麼，肚子不舒服啊？」

「沒有，我非常好。」無畏說，「只是……勞倫斯，我是正常的龍，對吧？」

勞倫斯吃了一驚，無畏從來不曾發出這種沒自信的語氣。「你絕對是正常的龍。到底爲什麼問這種問題啊？有人對你說苛薄的話嗎？」光是想到有這個可能，他心裡就湧起一股怒火。飛行員輕視他，高興對他說什麼都沒關係，可是他不能容忍任何人批評無畏。

「噢，沒有。」無畏說，不過勞倫斯看著他否認的樣子，懷疑他並沒有說實話。「沒有誰對我不好，可是我們一起吃東西的時候，他們沒辦法不注意我和其他龍長得很不像。他們的顏色都比我鮮豔，翅膀沒有那麼多關節，而且啊，他們背上都有棘，我的背是平滑的，還有我腳上的爪子數目比較多。」他說到這些差異的時候，轉頭看著自己的身軀，「所以他們都覺得我有一點怪，不過沒有龍對我不好。我不一樣，因爲我是中國龍的關係吧？」

「是啊，沒錯，而且你要記得，中國人被視爲全世界最善於培育龍的人。」勞倫斯堅決地說，「要是眞的有差別，別的龍應該把你當作他們的理想，而不是你變成他們，希望你絕對不要懷疑自己。只要想一想迅捷今天早上怎麼稱讚你的飛行能力就好。」

「可是我不能噴火，也不能噴酸液。」無畏說著又坐了回去，還是顯得沮喪，「而且我又不像巨無霸一樣大。」他沉默了一下，接著又說：「他和百合先吃，我們其他的龍要等他們吃完才能成群去獵食。」

勞倫斯皺起眉頭，他沒想到龍也有自己的階級系統。「親愛的，英國從來沒有你這品種的龍，所以你的地位還沒建立起來。」他一邊說，一邊思考能安慰無畏的解釋。「而且，這可能跟他們隊長的地位也有關，別忘了，我比這裡其他隊長都還資淺。」

「這樣很蠢呢！你比他們大多人年紀還大，而且經驗非常豐富。」無畏一想到勞倫斯會受輕視，不禁感到義憤塡膺，不快樂的心情也消失了一點。「你贏了很多戰役，他們大部分都還在受訓哩。」

「是啊，不過那是在海上，在空中情況很不一樣。」勞倫斯說，「不過階級和地位，的確和智慧或是好教養沒有絕對關係，請別那麼在意。我敢說等我們服役一、兩年以後，你會得到應有的重視。現在重要的是，你吃得夠嗎？吃不夠的話，我們馬上回進食區去。」

「噢，不用了，食物很夠。」無畏說，「我想要什麼都可以捉，其他龍也不太妨礙我。」

他沉默了下來，心情顯然還不太好。勞倫斯說：「來吧，我們要幫你洗澡。」

無畏一想到能洗澡就高興起來。

他在湖裡跟輕柔玩了大半個小時，由學生幫他擦洗一番以後，心情好多了。之後，他們在溫暖的庭院裡安頓下來讀書，他愉快地蜷曲在勞倫斯身邊，顯然快樂不少。不過，勞倫斯仍然注意到無畏看珍珠金項鍊的次數變多了，還會用舌尖碰金鍊子。勞倫斯開始明白，這些舉動代表無畏希望得到安慰。他努力以關愛的聲音讀書，撫摸無畏舒服的前腳。

那天稍晚，他進軍官俱樂部的時候，依舊心事重重，皺著眉頭。不過幸好他有心事，因此進俱樂部時現場安靜了一下，他才沒放在心上。葛蘭比站在門附近的鋼琴旁邊，刻意舉手向他行禮，說道：「長官，您好。」

他無禮的表現太奇怪，很難斥責他。勞倫斯決定裝作他是誠心敬了禮，於是禮貌回道：「葛蘭比先生，你好。」接著向房裡眾人點頭，以合理範圍內最快的速度走開。蘭金坐在房間遠處角落的小桌子旁邊讀報紙，勞倫斯加入他。過沒多久，蘭金由一座書架上拿下棋盤，他們倆就開始擺棋盤了。

交談聲又變得嘈雜，棋步的空檔，勞倫斯盡量以不明目張膽的方式仔細觀察房間。他已經知道空軍裡有女性，所以看得出俱樂部有幾位女軍官混雜在人群中。雖然有她們在場，但是大家並沒有因此表現得拘束；談話的內容雖然正派，但是用語不太經過修飾，而且不時有人插嘴，所以場面熱鬧而雜亂。

不過整個房間呈現一種和樂融融的氣氛，他沒有參與其中，覺得有點惆悵。他和他們的喜好不同，不覺得自己適合加入談話，因此感到一陣難過的寂寞。不過他馬上就揮開寂寞的感覺。海軍的艦長必須習慣獨自一人，而且他有無畏陪伴，艦長通常沒有類似的伴侶哩。況且，他這時還能有蘭金作伴，於是將注意力拉回棋盤上，不再看其他的人。

蘭金也許有點疏於練習，技巧還算不錯。而下棋又不是勞倫斯最喜歡的休閒嗜好，所以他們旗鼓相當。下棋的時候，勞倫斯向蘭金提到他擔心無畏，蘭金同情地聽著。「他們不讓他先進食，眞是不應該。不過我得勸勸你，這狀況要留給他修正。」蘭金說，「他們在野外的做法也是那樣子，比較致命的品種會要求享用最初獵到的獵物，比較弱的品種就會退讓，他要在其他龍之中維護自己的權利，才能讓別的龍更尊重他。」

「你是指挑戰別的龍嗎？不過看來不太明智。」勞倫斯聽到這個念頭就警覺了起來。他在古老的傳說裡，聽過野生的龍會彼此打鬥，在決鬥中殺死對方。「難道允許這種無比珍貴的生物，爲了這麼不重要的理由打架嗎？」

「很少會眞的打起來。他們知道彼此的能耐，而且我跟你保證，一旦他能確定自己的力量，就不會容許受到挑戰，而別的龍也不太會反抗他。」蘭金說。

勞倫斯不確定他說的正不正確，他知道無畏沒有爭取地位，並不是因爲沒勇氣。無畏很敏感，可惜卻因此感覺到其他龍不認同他。「我還是會找個辦法安慰他。」勞倫斯難過地說。他知道未來每次進食都會再一次讓無畏痛苦，然而又不能不吃東西；如果在不同時間餵食，他只會更覺得和別的龍格格不入。

「噢，給他一點廉價首飾，他就會安靜的。」蘭金說，「廉價的首飾就能讓他們恢復心情，眞神奇。每次我的龍生氣，我帶個漂亮的小玩意兒給他，他立刻就會開心得不得了，就像喜怒無常的情婦一樣。」

他開玩笑的比喻太荒謬，勞倫斯不由得笑了。「其實，我一直想給他一條項鍊。」勞倫斯比較正經地說，「像迅捷戴的那條，相信他一定會非常高興。不過這裡應該沒地方訂做這種東西吧。」

「至少這件事我可以幫你。我當信差，經常要爲了公事去愛丁堡，那裡有幾家很好的珠寶店。北方這裡在飛行距離內，有很多掩蔽所，所以部分珠寶店甚至有賣給龍的現成首飾。你願意跟我一起去的話，我很樂意載你到那邊。」蘭金說，「我下次出勤是這個星期六，早上出發的話，晚餐時間絕對可以送你回來。」

「謝謝，你幫了我一個大忙。」勞倫斯又驚又喜地說，「我會請迅捷准許我去。」

隔天早上迅捷聽了他的請求，皺起眉頭，瞇起眼睛望著勞倫斯說：「你想和蘭金隊長一起去？唉，那是你最後的自由日，之後有很長的時間要忙，在無畏飛行訓練期間，你時時刻刻都必須待在這裡。」

迅捷對這件事的態度有點嚴厲，他激動的樣子讓勞倫斯很驚訝。「我向您保證，我沒有任何意見。」勞倫斯吃驚地懷疑訓練官是不是以爲他想逃避責任，「說實話，我本來就知道訓練是那樣，我也很清楚無畏的訓練十分急迫。如果我這次缺席會造成任何困擾，請拒絕我的請求，不用遲疑。」

不知迅捷原來爲什麼不贊同，不過他聽了勞倫斯這番話，就平靜下來了。「反正那時候無畏的新鞍具做好，地勤人員也需要一天幫無畏裝備。」他說話的語氣沒那麼嚴厲了，「只要你不在的時候幫無畏裝鞍具，他不會大驚小怪，我想我們可以讓你離開吧。你可以出去最後一次。」

無畏向勞倫斯保證他沒關係，所以事情就決定了。之後幾個晚上，勞倫斯都花一些時間幫無畏量脖子，也幫巨無霸量，他覺得參考這隻皇銅龍的體型，可以知道無畏以後可能長多大。他瞞著無畏，說測量是爲了做鞍具。無畏仍然帶著默默的悲傷，他一向開朗的情緒也蒙上陰影；勞倫斯希望送禮物給他驚喜，能趕走陰霾。

勞倫斯畫出項圈可能的設計，蘭金興致昂然地看著圖。他們兩個已經習慣晚上一起下棋，坐在一起吃午餐。勞倫斯目前爲止和其他飛行員沒說什麼話，他覺得可惜，不過對即使沒有任何邀約的現狀也感到很自在。他看得出蘭金和他一樣，都沒過著一般飛行員的生活，也許是因爲他彬彬有禮的態度讓他不被接受。如果他們兩人都因爲同樣的理由遭受排擠，至少彼此陪伴的樂趣能彌補孤獨。

他和柏克力每天早餐和訓練時會見面，並越來越覺得這位隊長是位精明的戰術家。不過柏克力在午餐中或是人群裡都很安靜。勞倫斯不確定要不要和他深交，也不確定他願不願意讓人親近，所以只好對他客客氣氣的，只討論技術問題。到目前爲止，他們認識彼此也才幾天，未來還有時間進一步判斷他眞正的個性。

勞倫斯下定決心再見到哈克特隊長時要表現得體，只是她好像怕和他在一起，他幾乎只能在一段距離外看著她，不過無畏很快就會和她的龍——百合一起飛行了。一天早上，他到餐廳吃早餐的時候，她坐在餐桌旁，他試圖自然地和她說話，問到她的龍爲什麼會叫百合，心想百合可能和小翼一樣都是暱稱。她的臉又紅到了耳根，很拘謹地說：「我喜歡這個名字，請問你是怎麼想出無畏的名字呢？」

「老實說，我那時候對於該怎麼幫龍命名完全沒概念，也不可能查出標準的做法。」勞倫斯發現自己做錯了，沒有人評論過無畏這個不尋常的名字，她讓他努力思考，他這時才猜到自己可能刺到她的痛處。「我用的是一艘船的名字——第一艘無畏艦是從法國人那裡奪來的，目前在服役的無畏艦，是一艘九十八門砲、三層甲板的戰艦，也是我們數一數二的戰列艦。」

勞倫斯吐露這番話之後，她似乎變得比較自在，也比較坦白。「噢，你都說出來了，那我也說實話吧。我自己也差不多，百合那時候預期最少還要五年才會孵化，而我還沒概念該取什麼名字。她的蛋殼開始硬化的時候，他們在半夜把我從愛丁堡的掩蔽所叫醒，由一隻溫徹斯特龍載我來，我差點來不及在她打破蛋殼之前趕到溫泉澡堂。她請我給她名字的時候，我完全楞住了，只想得出這個名字。」

「凱瑟琳，這名字很迷人啊，而且非常適合她。」蘭金說著，加入他們用餐，「早啊，勞倫斯，你看了報紙嗎？普佑大人終於把他女兒嫁掉了，費洛德手頭一定很拮据。」這個緋聞的人物哈克特完全不知道，自然被排除在對話之外。勞倫斯還來不及改變話題，她就藉口有事從餐桌溜開，而勞倫斯就這麼失去進一步認識她的機會。

那星期他們外出之前，剩下的幾天過得很快。目前為止的訓練，都還是以測試無畏的飛行能力為主，並且研究他和巨無霸該怎麼編入以百合為主力的編隊。迅捷讓他們在訓練的山谷一圈圈永無止境地飛，有時候要他們盡量減少拍翅膀的頻率，有時要以最快的速度飛，而且一直都要他們保持在一直線上。一個難忘的早上，他們從頭到尾都頭上腳下地飛，後來勞倫斯只覺得自己滿臉通紅，頭昏眼花。最後一輪飛完，柏克力身體比較壯，邊喘氣邊踉蹌地從巨無霸背上爬下來；勞倫斯軟了腿，向前踉蹌幾步，讓自己坐到地上。

巨無霸在柏克力頭上晃來晃去，難過地咕噥著。僕人急忙搬來椅子，柏克力跌坐進椅子，對他說：「巨無霸，別再抱怨了，你這種體型的動物卻表現得像老母雞一樣，大概是世界上最荒謬的事。啊，謝謝。」他說著接下勞倫斯遞來的一杯白蘭地，啜了一口。勞倫斯鬆開他的領帶。

柏克力不再紅著臉喘氣時，迅捷說：「抱歉必須讓你們這麼辛苦。這些訓練通常會分散在半個月完成，也許我逼得太急了。」

「胡說，我一眨眼就沒事了。」柏克力立刻回答，「迅捷，我很清楚我們一刻也不能浪費，所以不要因爲我而放慢速度。」

那天午餐後，他們又在庭院牆外安頓下來讀書，無畏問道：「勞倫斯，爲什麼這麼緊急啊？馬上就要有大戰，需要我們參加嗎？」

勞倫斯用一根指頭夾在讀到的地方，闔起書來。「不是呢。抱歉讓你失望了，我們的經驗不夠，不會選我們直接加入重要的軍事行動。不過，納爾遜很可能仍舊需要一、兩個現在駐紮在英國的長翼龍編隊，才能摧毀法國艦隊，我們的任務就是要取代他們的職位，讓他們離開。的確會有大戰發生，我們雖然不會直接參加，不過我跟你保證，我們絕對很重要。」

「聽起來眞的不太吸引人，不過沒關係。」無畏說，「可是法國人侵略我們的話，也許就必須作戰了？」他的聲音裡居然滿是期盼。

「希望不會。」勞倫斯說，「如果納爾遜摧毀他們的艦隊，就能阻止拿破崙帶著他的軍隊渡海峽而來。雖然我聽到他有大概一千艘船可以載士兵，不過都只是運輸艦，如果他們沒有艦隊保護，想渡海過來，海軍可以擊沉大部分的運輸艦。」

無畏嘆了口氣，低下頭靠著前腳，說了聲：「哦。」

勞倫斯笑了，摸摸他鼻子。「你眞嗜血啊。」他興味十足地說，「別擔心，我保證等訓練結束，你會看到很多軍事行動的。英倫海峽衝突不斷，何況我們也可能被派去支援海軍作戰，也許還會單獨派去騷擾法國商船。」無畏聽了大爲振奮，心情變好，於是把注意力轉回書本上。

星期五他們都在做耐力測試，看看兩隻龍能在空中待多久。編隊中最慢的成員是兩隻黃色收割者，所以測驗中，無畏和巨無霸必須保持他們的速度，沿著訓練山谷一圈圈永無止境地飛，在他們上空，編隊其餘的龍則在迅捷的監督下操練。

雨下個不停，他們下方的景致全都模糊成單調的灰色，讓這項任務變得更為沉悶。無畏常常回過頭，帶點哀怨地問他們飛了多久，勞倫斯幾乎每次都告訴他，距離他上次問的時間才過不到一刻鐘。勞倫斯至少還能看著色彩鮮豔的編隊，襯著淺灰的天空轉彎俯衝，可憐的無畏必須直直揚著頭，才能保證最佳的飛行姿勢。過了大約三小時，巨無霸開始落後，他的大翅膀振翅的頻率變慢，頭也垂了下來。柏克力駕他回去，只留無畏獨自一隻龍繼續一圈圈地飛。編隊其餘的龍盤旋而下，降落到庭院，勞倫斯看到龍隻都向巨無霸尊敬地低下頭致意。由於距離太遠，他聽不出他們說了什麼，不過很顯然他們隊長四處走動，還有迅捷要他們集合，檢討他們表現的時候，龍隻都能自如地彼此交談。無畏也看到他們，稍稍嘆了口氣，不過沒說什麼。勞倫斯彎向前摸摸他的脖子，然後在心底發誓，要為他帶回整個愛丁堡最美麗的首飾，即使要花掉他一半的財產也沒關係。

隔天一早，勞倫斯到庭院裡向無畏道別，準備和蘭金出遊。他剛要從門廊出去，卻停住了——一小群地勤人員正在幫輕柔裝上鞍具，蘭金站在他前面看報紙，幾乎不注意裝備的過程。「勞倫斯，早安。」那隻小龍高興地向他說，「你看，這是我的隊長，他終於來了！我們今天要飛去愛丁堡。」

「你有跟他說話啊？」蘭金抬頭問勞倫斯，「原來你沒誇張，你是眞的喜歡和龍相處，希望以後不會厭煩。」他轉向輕柔說，「你今天要載我加上勞倫斯。要努力飛快一點，表現給他看。」

「噢，我保證會飛快一點。」輕柔立刻回答，熱切地點著頭。

勞倫斯禮貌地回應幾句，快快走到無畏那裡以掩飾自己的困惑，他不知道該怎麼辦。這時候不跟他一起去的話會很失禮，可是他心裡很不舒服。過去幾天裡，他一再注意到輕柔受到忽視、很不快樂，他只覺得難過——那隻小龍焦慮地等著沒有出現的馭龍者；而要不是因爲勞倫斯鼓勵學生照料他，請荷林繼續照顧他的鞍具，他的鞍具就會被隨手擦擦了事。發現蘭金該爲這樣的疏於照料負責，讓他失望到了極點。而發現輕柔順從那一點冷酷的關注，還因此很感激，讓他更覺得痛苦。

勞倫斯發現蘭金忽視他的龍以後，才察覺蘭金之前對龍的評語都有些輕蔑；而且那出於一位飛行員之口，眞是奇怪又討厭。蘭金和他的軍官同伴疏離也很不尋常，而且顯然不是品味高尚的結果。其他所有飛行員自我介紹的時候，都很自然會說自己龍的名字，唯獨蘭金只覺得自己的姓氏比較重要，勞倫斯還是無意間才發現輕柔是派給他的龍。只不過勞倫斯什麼也沒看透，直到這時才驚覺自己完全沒戒心，居然和他無法尊敬的人變得那麼熟絡。

他摸摸無畏，說了些讓無畏安心的話，其實主要是爲了讓自己好過。「勞倫斯，發生了什麼事嗎？」無畏擔心地用鼻子蹭蹭他，「你看起來不太對。」

「沒事，我很好，眞的。」他努力讓自己的聲音聽起來正常，「你確定我離開沒有關係嗎？」他抱著微微的希望問道。

「一點也沒關係，而且你晚上就會回來對吧？」無畏說，「我們讀完鄧肯了，不知道你能不能多讀一點數學的書給我聽。你解釋說你在海上航行很久以後，要怎麼知道時間和一些方程式，就能曉得你在哪裡，我覺得這好有趣。」

勞倫斯努力把三角函數的原理灌輸到他腦子裡面以後，就很高興能不再碰數學了。「你想要的話，當然好了。」他說著，努力讓聲音聽起來不沮喪，「可是我在想，也許你想聽點中國龍的事？」

「噢，好啊，這個也好棒！那下次來讀中國龍。」無畏說，「有那麼多書，還有那麼多題材，眞好。」

如果能讓無畏有東西能想，讓他不再沮喪，勞倫斯甚至願意讓他練習拉丁文，讀原文的《數學原理》給他聽，所以勞倫斯只在心裡嘆了口氣。「好吧，那我就把你交給地勤人員囉，他們過來了。」

荷林帶領一行人走來，這位年輕的龍務人員用心處理無畏的鞍具，而且非常好心地照顧輕柔，所以勞倫斯向迅捷提起他，請求派他來帶領無畏的地勤人員。勞倫斯發現請求護准，非常高興。因爲目前訓練的內容還不太確定，他得到要求的地勤人員，顯然表示他們地位提高了。他向年輕人點點頭，問道：「荷林先生，麻煩你爲我介紹他們好嗎？」

勞倫斯得知其他人的名字，在心裡重複過，記起來以後，刻意一一直視他們的雙眼，堅定地說：「我確定無畏不會找你們麻煩，不過相信你們在調整的時候也會詢問他的感覺。無畏，如果感覺一點點不舒服，鞍具會限制行動的話，請不要保留地告訴這些人。」

輕柔的例子讓他看清如果隊長不注意，有些龍務人員可能會疏於照顧負責的龍的鞍具，別的事就更不用奢望了。勞倫斯雖然不擔心荷林工作不用心，但是他要讓其他人員知道，他不會容忍他們輕忽無畏的事。如果大家因爲他要求嚴格，就認爲他是嚴厲的隊長，那也無妨。也許他和其他飛行員比起來的確嚴厲，但是他不會爲了討人喜歡，就忽略他眼中的分內責任。

無畏回應他們調整的動作，低語著：「很好，就是這樣。」衆人挑起眉毛，交換眼神，不過勞倫斯視而不見。「你們繼續吧。」他說完點點頭，然後非常不情願地轉身離開，去找蘭金了。

他出遊的興致全沒了。蘭金責罵輕柔，命令他忍著難過，趴下來讓他們爬上去，那時候連站在旁邊都讓人受不了。勞倫斯盡快爬上去，盡量坐到他體重最不會影響輕柔的地方。

所幸飛行的過程很短，輕柔的速度很快，大地以驚人的速度在他們下方流過。他很慶幸以他們飛行的速度，兩人幾乎沒辦法交談，蘭金努力喊出的話，他勉強簡潔地回應。他們起飛不到兩個小時，就降落在愛丁堡城堡俯視下、高牆圍起的掩蔽所。

蘭金下到地面後，苛薄地對輕柔說：「安靜待在這裡，我回來的時候不想聽到你去打擾工作人員。」他把鞍具的鞭繩丟向一根柱子，好像輕柔是一匹要拴起來的馬一樣。「我們回拉干湖以後，你再吃東西。」

「我不會打擾他們，可以晚點再吃，可是我有點口渴。」輕柔小小聲地說，然後加了句：「我盡量飛快了。」

「輕柔，你飛得眞的很快，謝謝你，你當然需要喝點水。」勞倫斯快要忍不住了。地勤人員靠在空地邊緣，輕柔降落時，他們所有人全都動也不動。「喂，那邊的。」他對著地勤人員喊道，「馬上拿一桶乾淨的水過來，然後處理他的鞍具。」

那些人看起來有點驚訝，但是在勞倫斯嚴厲的目光下，還是動身去做了。蘭金沒有表示任何異議，不過他們由掩蔽所爬上階梯離開，進入城市的街道時，他對勞倫斯說：「我發現你對龍有點心軟。我不覺得意外，飛行員通常都這樣，不過我要告訴你，我覺得和一般常見的溺愛比起來，紀律有用多了。拿輕柔來說，他隨時要準備危險的長程飛行，習慣不受溺愛，對他比較好。」

勞倫斯覺得他的處境非常尷尬。他是蘭金的客人，晚上一定要和蘭金一起飛回去。然而他克制不住，還是說了：「總的來說，我不否認我對龍抱著溫柔的情感，到目前爲止，以我的經驗來說，我發現龍全都很討人喜歡，而且絕對值得我們尊敬。我不贊成你說的，也覺得給他們合理的一般照顧不等於溺愛。我的心得是，人如果平常沒有無緣無故受到輕視和苛待，必要的時候忍受困境的能力會比較強。」

「噢，龍可不是人好嗎？不過我不會和你爭論的。」蘭金神態自若地說。勞倫斯聽了，偏偏更生氣了。如果蘭金願意爲自己的行爲辯護，即使表現得執迷不悟，至少還算誠懇。然而顯然不是這樣——蘭金只顧自己高興，他說的那些話，不過是不用心照顧龍的藉口。

幸好他們走到了要分道揚鑣的岔路，蘭金要到城裡的各個軍事機關跑一趟，勞倫斯不用再忍受和這個男人在一起，而且在他們啓程之前，就約好回去掩蔽所碰面，因此勞倫斯就欣然逃開了。

接下來一個小時，他都在城裡不知方向、沒目的地遊蕩，勞倫斯這時才回憶起柏克力的沉默，哈克特明顯的不安，還有迅捷不以爲然的態度。他那時顯然喜歡和蘭金在一起，別人看了會覺得他贊同蘭金的行爲。他一想到這點就不高興。

所以他活該受其他軍官冷眼相待，一無所知可不是理由——他早該知道事實。他嫌學習新同袍的生活方式很麻煩，卻甘願地和他們輕視、閃避的人爲伴。他並不相信他們的判斷，也沒問過他們的看法，但這都不是藉口。

勞倫斯好不容易才讓自己平靜一點。這幾天因爲他輕率所造成的傷害，不會輕易復原，但是在這之後，他仍然可以改變自己的行爲，他會做到的。無論如何，對無畏盡心盡力就能證明他不贊同棄龍於不顧，而且自己也不會忽視龍。他對將來一起受訓的飛行員（例如柏克力和編隊中的其他隊長）謙虛有禮，就能讓他們知道，他不覺得自己比其他同伴高尚。他用這些小辦法，要花很長的時間才能彌補他的聲譽，但是也只有這些法子了。他能做的，只有下定決心，不管花多久時間都得堅持下去。

他終於從自我控訴中回過神來，找到方向，匆匆趕去皇家銀行的辦公室。他以前常合作的是倫敦的杜魯蒙德銀行，不過自從知道他要駐紮到拉干湖之後，他就寫信給他獎金的代理人，把俘虜友誼號得到的獎金轉到這裡。他才報出名字，就被指引到一間私人辦公室，受到格外恭敬的接待。可見代理人接到他的指示，照著做了。

一問之下，這位銀行家唐納森先生很高興地告訴他，友誼號的獎金中還包括無畏的獎金，而且價錢和同品種的龍蛋相同。「據我了解，我們並不知道法國人爲它付出多少，所以價錢並不容易決定，不過最後訂爲和一顆皇銅龍蛋相同的價值，我很榮幸告訴您，您得到獎金總額的八分之二，高達一萬四千英磅。」他說完，只見勞倫斯聽得楞在那裡。

喝了一杯上好的白蘭地，勞倫斯恢復正常，很快就了解克勞夫特司令努力促成這驚人的評估，其實也是爲了司令自己。不過，他很難反對司令的評估。他們簡短地討論一下之後，勞倫斯決定授權給銀行，將他大約半數的錢投資公債，接著熱情地和唐納森先生握手，取走了一大把鈔票和金幣，還有銀行慷慨提供的證明信函，可以展示給商人看，建立信譽。獎金的消息讓他的心情恢復一些，接著他買了一大堆書，看了幾件高貴的首飾，想像無畏收到首飾和書時快樂的樣子，心情又更好了。

他最後決定要買的，是一枚大到像胸甲的白金墜子，墜子中間是一顆巨大的珍珠，周圍鑲上藍寶石；墜子的設計是用鍊子掛在龍頸上，鍊子可以隨無畏長大而調整長度。儘管價錢貴到會讓他緊張地吞口水，不過他仍舊毫不遲疑地簽下支票，等小廝跑去跟銀行確認金額，以便當天就帶走包好的墜子。墜子太重了，還不太好攜帶。

買好項鍊，雖然離會合時間還有一小時，但是他就從珠寶店直接回掩蔽所。輕柔還躺在同一塊滿是塵埃的降落場，沒有人照顧，尾巴蜷曲在身旁，看來疲倦又寂寞。掩蔽所的畜欄裡有一小群羊，勞倫斯要他們幫輕柔殺一隻，然後和龍一起坐著，靜靜談話，等蘭金回來。

回程飛得比來時慢，他們降落時，蘭金對輕柔說話的語氣非常冷淡。勞倫斯再也不在乎會不會無禮，直接摸摸輕柔，用讚美打斷蘭金的話。這麼做根本不夠，蘭金進屋裡去以後，他看到小龍默默地在庭院角落縮成一團，只覺得悲哀。然而空軍司令部把輕柔給了蘭金，他又比勞倫斯資深，勞倫斯實在沒有權利糾正他。

無畏的新鞍具整整齊齊地架在庭院旁邊的幾張長凳上，寬寬的頸帶上面，用銀色的鉚釘拼出了他的名字。而無畏又在牆外，坐著望向平靜的湖泊谷地，眼神露出沉思和一點憂傷。傍晚太陽西斜，谷地漸漸遁入陰影中，勞倫斯立刻帶著重重的包裹走到他身邊。

無畏看到墜子高興得不得了，他和勞倫斯的心情都爲之一振。銀色的白金襯著黑色的龍皮，閃閃發光，他一戴上就心滿意足地用前腳撩起墜子，瞳孔睜得大大的，好看清楚那一大顆珍珠。「勞倫斯，我好喜歡珍珠哦。」他感激地蹭蹭他，「眞美！不過應該貴得嚇人吧？」

「看你帶起來這麼帥氣，每一分錢都値得。」勞倫斯的意思，其實是看到他這麼高興，每分錢都値得。「親愛的，友誼號的獎金入帳了，所以我荷包滿滿，知道嗎？其實這是你應得的，因爲有一大半是從法國人手中搶來你的蛋而得到的獎金。」

「唉，那可不是我的功勞，不過我很高興你們把我的蛋搶來。」無畏說，「不管是對哪個法國艦長，我喜歡他的程度，一定不及喜歡你的一半。噢，勞倫斯，我好高興、好高興，其他龍都沒有這麼棒的東西。」他滿足地深深嘆口氣，把自己蜷曲在勞倫斯身邊。

勞倫斯爬進無畏一隻前腳的彎處坐了下來，撫摸他，享受地看他安靜又心滿意足望著墜子的表情。當然，如果法國船沒有延誤那麼久，也沒被他們虜獲，那麼無畏這時應該歸法國飛行員所有，勞倫斯之前幾乎沒思考過那會怎麼樣。天曉得該擁有無畏的人，正在哪裡咒罵著自己運氣不好。法國人到這個時候，應該已經發現龍蛋被搶走，不過並不知道蛋中孵出了帝王龍，也不知道無畏已經受人馴服了。

他抬頭看著洋洋得意的無畏，感覺心中殘存的悲傷和焦慮都消失無蹤。不管還會發生什麼事，和那個可憐的法國傢伙相比，他都不會抱怨命運爲他帶來的改變。「我還幫你買了一些書，」他說，「要我從牛頓開始嗎？我找到他寫的數學原理的翻譯本，不過你要有心理準備，我根本一點也不了解我在讀什麼，除了我的家庭教師為了教授我航海知識而塞進我腦子裡的數學外，我對這方面並不擅長。」

「就請唸那本吧。」無畏說著，目光從他的新寶物上移開了一下，「我想不管內容是什麼，我們都能一起弄懂的。」

# 第七章

勞倫斯隔天很早就醒來，獨自一個人吃了早餐，所以在訓練開始前有一小段時間。他前一天晚上仔細檢查了鞍具，一針一線都很整齊，扣環也牢固．無畏也向他保證新的鞍具非常舒服，而且龍務人員都很留意他的要求。他覺得他的暗示已經收到效果，所以在腦子裡盤算了一番，這時由餐廳走到室外，來到庫房。

荷林起得早，已經在他的位置上開始工作，一瞥見勞倫斯的身影，就走到庫房外面來。

「早啊，長官。鞍具應該沒什麼問題吧？」年輕人問道。

「何止沒問題，你和你的同僚表現得很好。」勞倫斯說，「鞍具做得很棒，而且無畏告訴我，他戴起來很舒服。謝謝你。請爲我轉告其他人，我會在發薪時多給他們半克朗。」

「噢，長官，您太慷慨了。」荷林露出高興的樣子，但似乎沒有特別驚訝。勞倫斯看了他的反應，覺得欣慰。他們可以從下面的村子裡買到酒，所以如果獎賞是增加蘭姆酒或是其他酒的配額，並不吸引人。而且飛行員的收入比船員好，所以他一直煩惱金額多少才恰當——他想獎勵他們的用心，不過不想讓人誤以爲是想收買他們的忠誠。

「還有，我也想私下稱讚你。」勞倫斯這時比較自在了，「輕柔的鞍具狀況看來好多了，而且他似乎也比較舒服。多虧了你——我知道那不屬於你的職責。」

「噢，沒什麼。」荷林咧嘴笑了，「看小傢伙那麼開心，我很高興能幫他處理。我會常常去看他，確定他的狀況沒問題。」他又加了句：「感覺他有點寂寞。」

勞倫斯絕對不會向地勤人員批評別的軍官，因此他只意思意思說：「我想他受到照顧，也很感激。如果你有空關心他，我會很高興的。」

之後他就沒時間爲輕柔擔心，或者煩惱眼前任務以外的事情了。迅捷已經充分了解無畏的飛行能力，既然無畏也有適合的新鞍具，他們的訓練就要變認眞了。打從這階段的訓練一開始，勞倫斯吃完晚餐就會直接跌跌撞撞上床睡覺，黎明時分要由僕人叫了才會醒。他在午餐桌上幾乎沒辦法和人談話，用完餐之後的時間都會在太陽下和無畏一起打盹，或是去泡溫泉。

迅捷一點也不心軟，而且從來不會疲倦。他們轉了無數次圈，做了無數次俯衝，並用最高速度飛短程的轟炸路線，同時龍腹員要將練習彈投向山谷的目標。他們還做長時間的射擊練習，直到無畏聽到耳後傳來八支步槍齊發的聲音也不眨一下眼；而人員一再練習調動和操練，最後有人在無畏身上爬動或是鞍具移位，他也不會抽搐了。每天的訓練都是以冗長的耐力訓練作結，讓他一圈又一圈飛，到最後他能飛行的時間，幾乎是最高速飛行時間的兩倍。

即使無畏趴在訓練場喘氣，恢復呼吸，訓練官還命令勞倫斯在無畏背上，或是用懸崖上固定的環來練習移動，改善技巧；其他的飛行員剛服役時，就已經開始練習了。如果能想像成船以三十哩的時速前進，有時會急轉彎，隨時隨地都可能翻倒過來，那麼這和暴風雨中在上桅帆之間移動，其實沒那麼不同。第一個星期，勞倫斯的手不斷因為抓不住而滑掉，要是沒有那兩條鐵鎖，他已經掉下去死了十幾次了。

迅捷結束當天的飛行訓練，就馬上把他們交給一位名叫卓爾森的老隊長，訓練空中傳訊。傳遞一般指示的信號和旗語，跟海軍的差不多，基本上勞倫斯不覺得困難。不過這時候得快速協調處在半空中的龍隻們，海軍常用的技巧，也就是拼出複雜的訊息，就顯得不切實際了。因此，列出的信號比海軍長很多，有些甚至要打六次旗。如果早一瞬間看到信號，立刻執行，就可能改變一切，所以隊長和龍不能只靠信號官，所有的信號打法都要記到腦袋裡去。而信號官只是用來預防萬一的，他的任務並不純粹是翻譯信號，而是幫勞倫斯傳遞信號，還有在作戰中有新信號打出時能提醒隊長。

勞倫斯很慚愧，無畏的信號學習速度居然比他快，連卓爾森發現龍對信號這麼拿手，也大吃一驚。「他現在學信號已經太老了。」他對勞倫斯說，「孵出來之後，我們通常很早就開始教旗語，之前不想說了讓你們洩氣，不過我原來預期他會學得很辛苦。如果龍智力有點遲緩，在滿五週或六週大的時候還學不會所有的信號，剩下的信號就很難記得起來。無畏雖然已過了那個時期，居然還學得跟剛剛從蛋裡孵出來一樣快。」

雖然無畏記信號沒有特別困難，但是要努力記住、重複信號，還是像他們肉體的練習一樣辛苦。艱苦的五個星期就這麼過去了，連星期天都沒有休息。他們和巨無霸、柏克力一起進行越來越複雜的訓練，訓練結束才能加入編隊，在此同時，所有龍長大的情形都很驚人。到了最後，巨無霸幾乎已經長到他成年最大的體型，無畏和巨無霸的肩膀相差不到一個人高，不過比較瘦，這時候主要是軀幹和翅膀在成長，高度上沒什麼改變。

無畏從頭到尾的比例都非常完美——尾巴長而優雅，翅膀端莊地收合在身體兩側，展開的時候，大小看起來恰到好處。他的顏色比原來更顯眼，鼻子雖然還很柔軟，但是黑色的龍皮變硬也變光滑了，翅膀邊緣的藍色和淺灰斑點蔓延開來，而且斑點的形狀也變成卵形。以勞倫斯偏心的眼光來看，他即使沒有胸前璀璨的珍珠墜飾，也比掩蔽所裡所有的龍都好看。

他們不停地接受訓練，無畏也不斷長大，所以暫時沒那麼不開心。他現在比巨無霸之外所有的龍都還大了，即使百合也比他矮，不過翅膀還是百合比較長。無畏沒有刻意爭先，餵食的人員也沒有讓他提早進食，但是勞倫斯偶爾觀察他們進食的時候，注意到其他龍會讓路給他。而無畏沒有和哪隻龍變得友好，似乎是因爲太忙，沒空想這件事，很像勞倫斯和其他飛行員的情況。

大多時間裡他們有彼此爲伴，除了吃飯、睡覺之外，很少沒在一起。說實在的，勞倫斯覺得不太需要和其他人交流。而他也很慶幸自己這麼忙，才能幾乎完全避開蘭金。即使不能避開的時候，他的回應都很冷淡。他覺得這樣對待蘭金，雖然不能完全讓他們的關係斷絕，起碼不會和他繼續親近。他和無畏與巨無霸、柏克力越來越熟，所以不會跟其他人完全隔絕，不過無畏依舊喜歡待在牆外地上睡覺，不願和其他的龍待在院子裡。

無畏的地勤人員已經派下來了——他們由荷林帶領，主要的人員還有浦拉特和貝爾，兩人一個是軍械士，一個是皮革師；另外卡洛威是射擊手。很多龍就只有這些人員，不過無畏不斷長大，漸漸地不得不派助手給他們——先是一位副手，再來變成兩位，最後無畏的人員只比巨無霸少了幾人而已。他們的鞍具長名叫費羅斯，沉默寡言卻十分可靠，做這行大約十年了，更重要的是，他很擅長勸空軍派給他們更多人力，居然還幫勞倫斯爭取了八名鞍具士。勞倫斯很需要他們，因為他仍舊堅持情況允許就讓無畏脫下鞍具；他需要卸下整個鞍具的次數，遠多於大部分的龍隻。

除了這些人員之外，無畏的其他隊員將全部由紳士出身的軍官組成，即使其他人員也等同於有軍階的軍官或他們的配偶。勞倫斯習慣讓陸上來的新手變成老練的海員，因此感覺很奇特。這裡見不到水手長殘忍的紀律，這些人不能體罰或威嚇，最重的處罰則是由隊中除名。勞倫斯必須承認他比較喜歡這種方法，然而他即使只在心裡想想，也不喜歡對海軍不忠而承認他們有任何缺點。

不過和他預期的一樣，他手下軍官的能力也沒什麼問題，至少沒比他從前經驗過的問題多。他有一半的步槍手才剛當上見習官，幾乎還沒學會該握槍的哪一頭。不過他們看起來夠努力，也進步很快——柯林斯太心急，不過眼力很好，而唐納和杜恩雖然不太會找目標，至少上彈藥的速度很快。他們的上尉李格斯比較糟糕——他性子急又容易激動，一有小錯就會大吼。不過他射擊準確，而且對自己的工作很在行，但是勞倫斯比較希望由沉穩的人領導。然而，勞倫斯沒有選擇手下的權利，李格斯比較資深，功績卓越，至少他的地位是他應得的，比勞倫斯在海軍被迫服從的幾位軍官好多了。

永久的空軍隊員、負責飛行中處理無畏裝備的龍背員和龍腹員、資深軍官，以及守望員都還沒確定。掩蔽所大部分還沒派職位的年輕軍官，一開始都有機會在無畏訓練過程中擔任職位，最後才會正式派給職位。迅捷解釋說，這種方法很常見，可以確保飛行員駕馭過各種龍隻，而不同品種的龍駕馭技巧也大不相同。派給馬丁的工作，他都做得很好，勞倫斯希望他能給這個年輕見習官一個永久的差事；其他幾位很有前途的見習官，也向他自我推薦。

唯一眞正讓他煩惱的問題是大副的人選。一開始三個派給他的人選，都讓他大爲失望——他們都夠格，但是勞倫斯覺得他們都沒有天分，而且即使他不是爲自己選人，也要特別爲了無畏選擇。這次派給他的人輪到葛蘭比，他更不高興了。雖然這位上尉分內的事做得很好，卻老是以「長官」稱呼勞倫斯，刻意每次都唯唯諾諾，這和其他軍官的表現對比相當大，讓他們都感到不安。勞倫斯不禁懷念起湯姆．萊利。

除了這點之外，他都很滿意，不過仍越來越希望操演能早日結束。幸好迅捷宣布無畏和巨無霸就快可以加入編隊了。他們剩下最後一輪的複雜操演要熟悉，也就是得練習完全倒著飛。一個晴朗的早上，兩隻龍正練習到一半的時候，無畏對勞倫斯說：「你看，是小翼，他正飛過來。」勞倫斯抬起頭，看到一個小灰點快速地飛向掩蔽所。

小翼直直飛進山谷，降落在訓練場。練習正在進行的時候，這樣的舉動違反了掩蔽所的規矩。只見詹姆士隊長從他的龍背上跳下來，和迅捷說話。無畏被激起好奇心，由頭下腳上飛正過來，停在空中看他們，除了勞倫斯已經習慣操練，其他所有人員都跌來撞去的。巨無霸繼續飛了一小段才發現自己獨自在飛，然後不聽柏克力大吼抗議，調頭飛回來。

「你覺得是怎麼回事啊？」巨無霸以隆隆的聲音說。他沒辦法在空中停下來，只好繞著圈飛。

「給我聽著，你這隻大蠢蛋，要是有你的事，之後就會告訴你。」柏克力說，「你們可以回去練習了嗎？」

「不知道，也許我們可以去問小翼。」無畏說著，然後加了句：「而且我們再演練也沒意義，這些我們全知道了。」他聽起來非常頑固，讓勞倫斯吃了一驚——他皺著眉頭靠向前，但是還來不及對無畏說話，迅捷就急切地叫他們過去。

他們才降落，迅捷劈頭就說：「北海發生了空戰，在亞伯丁❶的外海。」愛丁堡外掩蔽所的幾隻龍，已經回應亞伯丁發出的危急信號。他們雖然趕走來襲的法國人，但是捷戰受傷了，現在太虛弱，待在空中很勉強——你們兩隻夠強壯，可以支撐他，早點把他帶回來。瞬翼和詹姆士隊長會幫你們帶路，馬上行動。」

小翼領頭以迅雷之勢起飛離開，輕易就把他們甩在身後——他只和他們保持視線所及的距離。不過巨無霸連無畏都跟不上，因此經過旗語傳訊，加上彼此用擴音器大吼，柏克力和勞倫斯同意讓無畏先走，而無畏的人員會持續傳遞閃光，幫巨無霸指示方向。

他們安排好之後，無畏就迅速拉開和巨無霸的距離。在勞倫斯看來，飛得有點太快了。以龍飛的距離來說，兩地之間不會很遠。亞伯丁在大約一百二十哩外，而且那隻龍也會飛向他們，一起縮短兩方之間的距離。此外，他們還得飛上同樣的距離帶捷戰回來，而且即使是在陸地上方，不是在海面上飛，也不能撐著背上受傷的龍著陸休息——不然就沒辦法再撐著他起飛。速度應該減緩才對。

勞倫斯看著無畏鞍具上掛的計時器，等待分針移動，並且計算振翅的次數。時速二十五海里——太快了。「無畏，拜託飛慢一點。」他喊著，「我們還有很多事要做。」

「我一點也不累。」無畏說，不過他仍然慢下來，勞倫斯算出他新的時速是十五海里——步調剛好，而且無畏以這速度，幾乎可以永遠這麼飛下去。

「傳話請葛蘭比先生來。」勞倫斯簡短地說，接著上尉便從無畏的脖子根部快速移動鐵鎖前進，爬向勞倫斯的位置。勞倫斯問他：「你估計受傷的龍能維持的最大飛行速度是多少？」

所有飛行員聽到有龍受傷，立刻都變得十分認眞，因此葛蘭比頭一次沒有用冷冷的正式用語回答，反而若有所思地回應。「捷戰是隻絹翼龍，」他說，「是大型的重量級龍隻——

比收割者還重。他們在愛丁堡沒有重量級的龍，所以支撐他的其他龍一定是中量級的，他們最快只能飛到時速十二哩。」

勞倫斯暫停一下，在海里和哩之間換算，接著點點頭，無畏的速度幾乎是他們的兩倍。再考慮小翼傳達消息的速度，他們還要飛三小時，才會需要開始尋找向他們飛來的龍。「很好，我們可以利用這段時間請龍背員和龍腹員練習交換位置，我想我們可以試著射擊。」

他覺得自己沉穩平靜，不過可以由無畏背部和頸子上微微的震動，感受到無畏很興奮。當然，不論這任務的內容是什麼，都是無畏第一次行動。勞倫斯輕摸背脊安撫他。他移動鐵鎖，轉身看他指示的操練情況。龍背員爬下到腹部索具的地方，同時龍腹員從另一側爬到龍背，兩個人的體重正好互相平衡。等剛爬上來的人把自己鎖好固定之後，他拉了拉一條黑白條紋的訊號繩，將繩子向後拉一節，繩子隨即被向前拉回去，表示下方的人也固定好了。一切都進行得很順利——無畏目前載著三位龍背員和三位龍腹員，他們交換位置的時間，前後不到五分鐘。

「亞倫先生。」勞倫斯叫一位守望員聽他命令。亞倫是位高年級的軍校生，馬上就會成為少尉了，這時卻怠忽職守，看著其他人做事。「你能告訴我西北方上空的情形嗎？不行，不要轉過去看，我問你問題，你應該要能馬上回答。我會和你的指導員談談，現在開始，留意你自己的職責。」

步槍手就射擊位置，勞倫斯向葛蘭比點頭下令。於是龍背員開始投下用來定位的陶盤，他們飛過去時，就輪到步槍手設法射擊陶盤。「葛蘭比先生、李格斯先生，我看到二十個靶擊中十二個，請確認。各位先生，我想不用我說，這種準度對付不了法國的狙擊手。我們重來一次，速度慢一點——柯林斯先生，射得準最重要，其次才是速度，請不要那麼急。」

他讓他們練習了整整一小時，接著讓人員操演暴風雨中複雜的鞍具調整過程，之後他們換回一般天候用的索具，他自己則來到龍的下方，視察人員配置情形。他們的龍沒有配備帳篷，所以不能讓他們練習爬到四角拆下整套裝備，不過他們更換鎖具的部分做得夠好了，即使有其他的設備，他們也會做得不錯。

無畏有時會睜著明亮的眼睛，回頭看他們操演的過程，不過大多時間，他都很用心地飛，在空中升升降降，乘著最好的氣流，強健持續地拍動翅膀飛向前，每一次振翅都揮動得很完全。勞倫斯不打算和無畏說話讓他分心，只將手放在無畏脖子又長又結實的肌肉上，感覺肌肉流暢地移動，好像在皮膚下方塗了潤滑油一樣。這時談話也是多餘，他不用語言就知道能將他們共同的訓練用在實際目標上，無畏和他一樣滿足。勞倫斯再度參與實際的任務，才明白自己由軍官降級成學生，不自覺地沮喪起來。

照計時器看，三個小時就快到了，應該開始準備支撐受傷的龍隻。巨無霸大概在他們後面半個小時之處，在皇銅龍趕上之前，無畏必須獨自載著捷戰。「葛蘭比先生，」勞倫斯用碰鎖鎖回他在頸根的正常位置之後開口說，「我們把龍背空出來吧，除了訊號空和前方守望員之外，所有人員移到下方。」

「是的，長官。」葛蘭比點頭說，馬上轉身安排。勞倫斯滿意又氣惱地看著他工作，這是幾個星期來，葛蘭比工作時第一次沒露出固執的恨意，勞倫斯輕易就能察覺他態度改變所造成什麼影響——幾乎所有的操作過程速度都加快。他的眼光不熟練，看不出之前各種鞍具定位和人員配置有些小問題，但是此時他卻發現問題且都改正過來，而眾人之間的氣氛也比較輕鬆。傑出副官爲了改善人員狀況能做的事，葛蘭比這時都證明他有能力做到，只不過，他先前的態度因此更讓人懊惱。

他們清空龍背沒有多久以後，瞬翼就轉頭向他們飛回來。詹姆士架著瞬翼在他們旁邊飛，把手圈成杯狀，向勞倫斯喊道：「我看到他們了，向北二十二點五度，向下十二度。你得降低高度，才能到他們下方。」他說的時候，以手勢比出數字。

「好的。」勞倫斯用擴音器喊回去，讓信號官以旗語打出確認的訊息。無畏體型太大，小翼不能太靠近，所以說話的內容沒辦法太確定。

無畏隨著他即時的指示彎身俯衝，勞倫斯馬上就看到地平線有一個黑點，那黑點迅速放大成一群龍的身影。捷戰比其他兩隻努力撐住他的黃色收割者大了一半，因此瞬間就能辨認出來。他的人員雖然已經厚厚地包紮好他的傷處，但是由血滲出的位置，仍然看得出受敵方龍隻攻擊傷到的部位。那隻絹翼龍的爪子異常地大，染上了血。他的雙顎也血跡斑斑。下面的兩隻小龍看起來人多擁擠，受傷的龍身上除了他的隊長之外，只有五、六個人。

「向兩隻支撐的龍打信號：準備退開。」勞倫斯說。年輕的信號官快速地用彩色旗子打出一串信號，馬上就得到確認回應。無畏已經飛到那群龍附近適合的位置——第二隻支撐的龍後面的下方。

「無畏，你完全準備好了嗎？」勞倫斯喊著。他們在訓練中練習過這項任務，不過在這裡特別不容易執行——受傷的龍幾乎沒在拍翅膀，而且又痛又累，眼睛已經半閉了，兩隻支撐的龍也精疲力竭。他們必須俯衝，順暢地讓出位置，而無畏要迅速衝到那兒，以免捷戰一癱倒就會直直落下，誰也救不了他。

「好了，請快一點吧，他們看起來非常累。」無畏回頭瞥了眼。他的肌肉收縮，飛的速度已經和別的龍一樣快，再等下去也沒有用。

「打信號：依前方龍指示，交換位置。」勞倫斯說。旗子揮舞，對方回應。接著在他們前面兩隻支持的龍前方，伸出紅色的旗子，隨即換成綠色的旗。

無畏衝出去的同時，後方的龍流暢地落下，翻向一旁。但是前方的龍翅膀有氣沒力，遲了一點才離開；那隻收割者正要讓開、騰出空間的時候，捷戰開始向前撲倒。小龍揮動的尾巴很靠近無畏的頭，危險萬分，他們沒辦法移到位置上。

那隻收割者只好放棄動作，收起翅膀，於是就像石頭一樣落下去飛開。「無畏，你要把他抬起來一點，才能移到前面去。」勞倫斯低低趴在無畏頸子上，再次喊著。捷戰的後腳踩的地方太前面了，只落在無畏的肩膀上，龐大的肚子只在他們頭上不到三呎，受傷的龍勉強支撐，漸漸沒了力氣。

無畏點了一下頭，表示聽到勞倫斯的話，也了解意思。他以斜角快速地向上飛，使勁把快倒下的絹翼龍推回更高的位置，然後倏然收起翅膀，令人暈眩地猛然降低高度，接著翅膀再度展開。無畏用力揮一下翅膀，到了恰當的位置，捷戰便重重地落在他們上頭。

勞倫斯霎時鬆了一口氣，但無畏隨即痛苦地吼了出來。他轉頭一看，才驚恐地發現捷戰迷惑又痛苦，正以爪子抓著無畏，巨爪抓傷了無畏的肩膀和側身。他聽到頭上另一位上尉在喊叫，聲音模糊不清。捷戰不再抓扯，但是無畏已經受傷，幾條鞍帶斷裂，在風中懸空拍打。

他們的高度正在快速降低，無畏掙扎著在另一隻龍的重壓下繼續飛行。勞倫斯努力移動鐵鎖，對信號官喊叫，要下面的人知道狀況。那男孩從頸帶向下爬一半，奮力揮舞紅白相間的旗子。過了一會兒，勞倫斯欣慰地看到葛蘭比和其他另外幾個人爬了上來包紮，到傷口那裡的速度比他還快。他撫摸著無畏，努力讓自己的聲音穩定，喊著要無畏放心。無畏沒有花力氣回頭答話，他勇敢地繼續拍動翅膀，不過頭卻因為疲倦而漸漸垂下來。

「傷得不深。」葛蘭比從他們包紮傷口的地方向勞倫斯喊道。勞倫斯終於喘過氣來，能正常思考了。鞍具正在從無畏的背上移位，除了斷掉很多次要的索具之外，主肩帶幾乎也被切斷，只剩幾條連在一起的金屬線。不過主肩帶的皮帶正在斷裂，等皮帶斷掉以後，金屬線承受龍下方目前掛著的人和裝備，也會很快就瓦解。

「你們三個，把你們的鞍具拆下來傳給我。」勞倫斯向信號官和兩名守望員喊道，三個男孩和他是唯一留在上面的人。「緊緊抓住主索具，把你的雙手或雙腿塞進皮帶裡。」個人鞍具的皮帶很厚，縫得牢，上油保養得很好，而鐵鎖是用堅固的鐵製的——不像主鞍具那麼牢固，不過也很耐用。

他把三條鞍具掛在手臂上，由背帶爬到無畏肩膀比較寬大的地方。葛蘭比和兩位見習官還在處理無畏身體側面的傷口，他們疑惑地瞥了勞倫斯一眼，勞倫斯這才明白無畏的前腳擋住了他們的視線，他們看不到幾乎要斷掉的肩帶。不論如何，已經沒時間叫他們過來幫忙了，皮帶正開始快速地斷裂。

他沒辦法用平常的方式接近。如果他把重量放在肩帶上任何一個環上面，肩帶一定會立刻斷裂。他迎著隆隆的強風盡快行動，將兩個個人鞍具用上面的鐵鎖固定在一起，接著把它們繞過背帶。「無畏，盡可能保持高度。」他喊著，然後抓著鞍具的末端，鬆開自己的鐵鎖，小心地爬到無畏肩上，全身只靠著手抓住皮帶。

葛蘭比對勞倫斯喊著，但是話語被風吹走了，他聽不出是什麼事。他努力讓目光盯著皮帶，但是下面的景色太美了，一片早春的翠綠，異常地安詳而詩情畫意——他們的高度很低，他甚至看得見點點白色的綿羊。他離肩帶斷裂的位置只剩一臂的距離，他的手微微顫抖，將第三個鬆開的個人鞍具上的第一個鐵鎖扣到斷裂處旁邊的金屬環上，第二個鐵鎖則扣到下方的金屬環。他拉動皮帶，在他覺得安全的限度內，把自己的體重放上去；他的手臂痠痛顫抖，好像發高燒一樣。他一吋又一吋地把小鞍具拉緊，直到鐵鎖之間的距離縮短到和斷裂的皮帶一樣長，可以支持那段皮帶大部分的力量爲止——這時皮帶終於不再被扯開了。

他抬起頭，葛蘭比用鐵鎖在扣環間移動，慢慢爬向他，鞍具承受的壓力不再有立即的危險了，因此勞倫斯沒有揮手叫他走開，只是指向斷裂的地方喊道：「叫費羅斯先生來。」費羅斯也就是那位鞍具長。葛蘭比爬過前腳，看到裂開的皮帶，驚訝地睜大了眼睛。

葛蘭比轉身傳信給下面要求支援，這時明亮的陽光突然灑到他臉上。捷戰在他們上方發著抖，翅膀抽搐著，這隻絹翼龍的胸膛重重地落到無畏的背上。無畏在空中搖晃一下，一邊肩膀受到衝擊而下沉，勞倫斯沿著連接的小鞍具皮帶一直下滑，濕濕的手掌抓不牢。綠色的世界在他下方旋轉，他的手累到極限，因爲汗水而又濕又滑，他快要抓不住了。

「勞倫斯，撐住！」無畏喊著，轉過頭來看他。無畏的肌肉和翅膀開始移動，準備抓住掛在空中的勞倫斯。

「你不能讓他掉下去。」勞倫斯惶恐地喊著，無畏要掀掉背上的捷戰才能抓住他，那樣的話，會害死這隻絹翼龍。「無畏，不可以！」

「勞倫斯！」無畏又叫了一聲，爪子扣了起來，他沮喪地睜著大眼睛，左右搖著頭不肯接受。勞倫斯看得出他並不打算聽話。他掙扎著抓住皮帶，努力爬上去。如果他掉了下去，失去的不只是他的生命，還有受傷的龍，以及還在那隻龍身上的所有人。

葛蘭比突然冒了出來，以雙手抓住勞倫斯的小鞍具喊道：「扣住我。」勞倫斯馬上了解他的意思，於是一隻手仍然抓著連結起來的小鞍具，另一隻手將自己的鐵鎖扣上葛蘭比的鞍具，然後抓住葛蘭比的胸帶。接著幾位見習官來到他們旁邊，隨即就有好幾雙強健的手抓住他們，把勞倫斯和葛蘭比一起拉回主鞍具，然後抓牢勞倫斯，讓他把鐵鎖扣回適當的扣環。

他幾乎還喘不過氣來，不過仍然拿起擴音器，急忙喊道：「一切平安。」他的聲音幾乎聽不見，他深吸了一口氣，又喊一次，這次比較清晰了：「無畏，我很好，繼續飛吧。」他們下方緊張的肌肉緩緩放鬆了，而無畏又振翅上升，恢復一些剛才滑落的高度。整個過程持續了大概十五分鐘，他顫抖著，好像為期三天的暴風雨中都待在甲板上一樣，他的心臟在胸膛裡發出如雷巨響。

葛蘭比和那些見習官看起來沒有比他鎮定多少。勞倫斯等到確信自己聲音能維持沉穩之後，對他們說：「各位，做得很好，我們讓出空間給費羅斯先生工作吧。葛蘭比先生，麻煩你派人上去找捷戰的隊長，看我們能提供什麼幫助。我們必須盡力做好一切預防措施，防止他再痙攣。」

他們吃驚地盯著他看了一會兒，葛蘭比是第一個恢復正常的，他馬上開始發布命令。勞倫斯非常小心地爬回去，等他回到位在無畏頸子基部的位置時，見習官正在用繃帶包起捷戰的爪子，以防他再次抓傷無畏；而巨無霸也出現在遠方的視線中，趕忙飛來協助了。

如果支撐一隻幾乎失去意識的龍飛過天空，算是普通的行動，那麼他們剩下的飛行旅程，簡直可以說平靜無事。他們讓捷戰安全降落在院子裡，馬上就有醫生趕來照顧捷戰和無畏。結果抓傷的傷口很淺，勞倫斯大大鬆了口氣。傷口清理以及醫生檢查後，宣布傷勢不重，便在傷口上輕輕敷上紗布，以免撕裂的龍皮受到感染，接著無畏就自由了。醫生告訴勞倫斯，要讓無畏多吃多睡，休息一個星期。

想要得到幾天的空閒，用這種方法不太舒服，不過他們還是非常高興能有休息的時間。勞倫斯不想讓無畏再飛，所以馬上帶他走到掩蔽所附近的一片空地。空地雖然在山上，但是還算平坦，草地翠綠而柔軟；那裡在山的南側，幾乎整天都能照到陽光。勞倫斯躺在無畏暖暖的背上，他們倆從那天下午就在那裡，一直睡到隔天傍晚一同餓醒爲止。

「我覺得好多了，我想我可以很正常的打獵了。」無畏說，但是勞倫斯不理他，走回庫房叫醒地勤人員。不久之後，他們就從畜欄趕了一小群牛出來，幫無畏宰掉。無畏吃到連殘渣都不剩，倒頭又睡。

勞倫斯有點不好意思請荷林安排僕人幫他帶些食物來，請荷林爲他私人服務，勞倫斯又會覺得不安，不過他實在很不想離開無畏。荷林不以爲意，但他回來的時候，葛蘭比上尉卻和他一起來了，同行的還有李格斯和其他幾位上尉。

「你應該去吃點熱的東西，洗個澡，回到床上睡覺。」葛蘭比把其他人趕到一段距離外之後，靜靜地對他說，「你全身都是血，而且現在還不夠溫暖，睡在外面還可能會生病。我和其他軍官會輪流陪他，如果他醒來或有什麼變化的話，我們會馬上叫你來。」

勞倫斯驚訝地低下頭看自己。他之前都沒注意到自己衣服濺到黑褐色的龍血，留下一條條血痕。他伸手摸了摸沒刮的鬍子，在別人眼裡，他的樣子肯定非常嚇人。他抬頭看著無畏，龍的側腹隨著低沉而規律的隆隆聲起伏，對周圍的情況完全沒有意識。「看來你說得對，好吧。」他說著，然後加了句：「謝謝你。」

葛蘭比點點頭，勞倫斯看了最後一眼睡夢中的無畏，便走回城堡。他意識到自己的情況之後，就覺得皮膚上的塵垢跟汗非常不舒服，而且即將可以享受每日一次的洗澡，態度也軟化了。他只在房間停留一下，把髒污的衣服換掉，就直接走去溫泉澡堂。

晚餐才結束沒多久，許多軍官都習慣在這個時候洗澡。勞倫斯在池裡泡一會兒，走到蒸氣室，發現裡面擠滿了人。但是他進去的時候，幾個人讓出位置給他；他樂意地到空出的位置去，對蒸氣室裡打招呼的人一一點頭回應，才躺了下來。他太累了，在享受的熱氣中閉上眼睛之後，才想到自己受到的注目不太尋常，接著意識到大家的態度，不禁驚訝得差點又坐起來。

那天晚上他去向迅捷報告的時候，已經遲到了。「飛得很好，隊長，飛得非常好啊！」

迅捷大大稱讚道，「不，你不用因爲遲到而道歉。葛蘭比上尉已經初步報告過了，另外根據柏克力隊長的報告，我很清楚發生了什麼事。比起形式，我們希望隊長更關心他的龍。無畏應該還好吧？」

「長官，謝謝您的關心，他很好。」勞倫斯感激地說，「醫生告訴我沒必要擔心，無畏也說他很舒服。在他復原期間，您有什麼任務給我嗎？」

「唯一的任務就是讓他有事忙，你可能會發現光這樣就夠困難了。」迅捷說著，以哼氣掩飾笑聲，「嗯，不過其實不是這樣——我的確有任務給你。一等到無畏康復，你們和巨無霸就會直接加入百合的編隊。戰事傳來的都是壞消息，最近的消息最糟糕——他們對納爾遜的艦隊發動空襲，維耶納夫和他的艦隊已經在空襲的掩護下溜出土倫❷。我們追丟了，在這個情況下，無畏還需要休養，又少一個星期，所以我們不能再等。該指派你的飛行人員了，我希望你對人選提出要求，考慮一下過去幾個星期和你共事過的人，我們明天早上會討論這件事。」

他們談話結束之後，勞倫斯心事重重，慢慢地走出院子。他向地勤人員要一個帳篷，帶了一條毯子，覺得把帳篷搭在無畏旁邊，他就會安心很多；而且晚上還是陪在無畏身邊比較好。他發現無畏還靜靜地沉睡，包紮處周圍的皮膚摸起來暖暖的，溫度正常。

勞倫斯很滿意無畏的狀況，於是說道：「葛蘭比先生，我有話跟你說。」然後和上尉走到一段距離之外。「迅捷要我提出軍官的名單。」他嚴肅地看著葛蘭比，這個青年臉紅了起來，低下頭。勞倫斯繼續說：「我不會讓你面臨拒絕職位的窘境，我不知道這樣在空軍會有什麼後果，不過在海軍的話，我曉得這會成為嚴重的汙點。只要你有一絲不願意，坦白告訴我，我就不會提你的名字。」

「長官……」葛蘭比開口說，然後猛然閉上嘴，一臉慚愧的樣子——他在掩飾無禮的表現時，總是用長官稱呼勞倫斯。他從頭開口，「隊長，我很清楚我做得太少，不值得你抬舉，我只能說，如果你願意不計較我過去的行為，我很願意接受你給我的機會。」這段話說起來有點不自然，好像反覆練習過一樣。

勞倫斯滿意地點點頭，他的決定很冒險。雖然葛蘭比之前的行為很勇敢，但如果不是為了無畏，他不確定自己能不能和一直不尊重他的人相處。不過勞倫斯冒險一賭之下，葛蘭比顯然是上上籤。葛蘭比的回答讓他喜出望外，雖然說得笨拙，但說得很好，也很尊重他。勞倫斯只答道：「很好。」

他們正要走回去時，葛蘭比突然說：「哦，該死，我沒辦法把話說得很漂亮，可是我不能讓事情就這樣算了——我要告訴你，我對自己之前的行為很抱歉，我知道我表現得像個痞子。」

他這麼坦白，勞倫斯很意外，不過沒有因此生氣，而且從葛蘭比的語氣中，聽得出他誠懇又真心，這樣的道歉勞倫斯怎麼也拒絕不了。「我很樂意接受你的歉意。」他低聲說，但是話中充滿真誠的溫情，「就我來說呢，我保證過去的事都一筆勾銷，希望從今以後，我們會成爲更好的戰友。」

他們停下來握手，葛蘭比看起來既欣慰又開心。兩人走回無畏身邊的時候，勞倫斯試探地請他推薦其他軍官，他也積極地回答。

譯註：

❶：亞伯丁（Aberdeen），蘇格蘭的第三大城，位於蘇格蘭東部沿岸。

❷：史實爲納爾遜想以鬆散的封鎖誘使土倫的法國艦隊交戰，這時英國艦隊卻被暴風吹亂了位置，而讓法國艦隊穿過封鎖。等納爾遜發覺法國艦隊已經離開，再要追上已經太遲了。

# 第八章

無畏身上包紮的繃帶還沒拆掉，就開始難過地吵著要再去洗澡。一星期後，割傷的傷口都已結痂，看見傷口漸漸復原，醫生只好勉強允許他的要求。勞倫斯已經把那幾名軍校生看作自己的部下。集合了軍校生之後，他走到庭院裡，要帶等待中的無畏下去湖邊，卻發現無畏正和一隻長翼龍在聊天，那正是他們將加入的編隊領隊龍。

「吐出酸液的時候，會痛嗎？」無畏十分好奇地問道。勞倫斯發現無畏正在觀察她下顎兩側有凹孔的刺狀骨突，顯然是酸液噴出的地方。

「不，完全沒感覺。」百合答道，「當我低頭的時候，酸液也不會流出來，因此不會傷到自己。當然，我們在編隊的時候，你們都要小心一點。」

百合寬大無比的翅膀收在她身體兩旁，翅膀的底色是褐色，上面有半透明的藍色與橙色相疊，其邊緣黑白相間，讓翅膀和身體有了區隔。她的瞳孔和無畏一樣呈線形，卻透出橘黃色，而下顎兩側的刺狀骨突讓她外表看起來很兇猛。不過她非常有耐心地站著，任由地勤人員在她身軀爬上爬下，專注地清理每一吋鞍具。哈克特隊長則在百合身邊來回走動，監督工作。

勞倫斯走到無畏身邊的時候，百合低頭看著他——她警戒的雙眼讓她的目光帶了一點威脅感，但其實只是好奇。「你是無畏的隊長嗎？凱瑟琳，我們要不要跟他們去湖邊？我不太確定我會不會想下水，不過我想去瞧瞧。」

「去湖邊？」哈克特隊長原來在檢查鞍具，因爲她的建議而分心了，毫不掩飾驚訝地盯著勞倫斯看。

「是啊，我正要帶無畏去洗澡。」勞倫斯認眞地說，「荷林先生，麻煩給我們小鞍具，看看我們能不能掛在遠離他傷痕的地方。」

荷林正在清理輕柔的鞍具，這隻小龍剛剛吃完東西回來。他問輕柔說：「你也要一起去嗎？」接著又問勞倫斯：「如果他也要去的話，長官，那也許無畏就不用戴任何鞍具了？」

「噢，我很想去呢。」輕柔滿懷希望地看著勞倫斯，好像要徵求他同意一樣。

「好主意。謝謝你，輕柔。」勞倫斯回答，接著對軍校生說：「各位先生，輕柔這次還是會帶你們下去。」他早就放棄爲羅蘭改變用詞，即使他用的是男性的稱呼，她仍然會自動把自己算在內，所以將她一視同仁方便多了。「無畏，你可以載我嗎？還是要我和他們一起飛？」

「我當然會載你。」無畏說。

勞倫斯點點頭。「荷林先生，你有別的事嗎？我們會需要你的幫忙，而且無畏能載我的話，輕柔一定載得動你。」

「哦，長官，我很樂意，不過我沒有個人的鞍具。」荷林說著，興致勃勃地看著輕柔。「我從來沒騎過龍，我是說，只有用地勤人員的索具。不過我想你給我一點時間的話，我可以用備用的索具拼出個什麼來。」

荷林正在穿戴鞍具的時候，巨無霸降落到庭院裡，降落時造成地面一陣晃動。「你準備好了嗎？」他開心地問無畏，柏克力在他背上，另外他還載了幾位見習官。

勞倫斯投以驚奇而疑惑的目光，柏克力回道：「他嘮嘮叨叨太久，我已經投降了。龍去游泳啊，你問我的話，我覺得是該死的蠢主意，眞是荒謬！」他說得言不由衷，輕輕地揍了一下巨無霸的肩膀。

「我們也要去。」百合說。當其他人集合的時候，她正在和哈克特隊長悄悄談話，同時舉起哈克特隊長坐到她的鞍具上。無畏小心地拎起勞倫斯，雖然他的爪子很巨大，但是勞倫斯一點也不擔心，反而感覺非常自在，因爲坐在無畏的掌中就像在鐵籠中一樣安全。

他們下到湖邊之後，只有無畏直接走向水深處，游起泳來。巨無霸嘗試走到淺水裡，但是不願走到站不住的地方；而百合只站在岸上嗅著湖水，不肯下水。輕柔習慣先在岸上猶豫，接著閉緊雙眼，一口氣衝出去，一路上拍打濺起大量水花，直到他到達深一點的水中，才開始熱切地打水游動。

「我們需要和他們一起下水嗎？」柏克力的一位見習官不安地問。

「不用，想都別想。」勞倫斯說，「這裡的湖水是山上的雪化了流下來的，我們眨眼間就會凍得發紫，但是游泳能清掉他們進食過後身上的食渣，還有最難清理的血跡和塵垢，其他的部分只要泡一下，清洗時就容易多了。」

「嗯。」百合聽了他的話，應了一聲，然後非常緩慢地走進水中。

「親愛的，你確定不會太冷嗎？」哈克特在她身後喊著，「我沒聽過龍發燒……我想他們不可能感冒吧？」她對勞倫斯和柏克力說。

「不會，冷只會讓他們清醒，除了酷寒的天氣。他們不喜歡酷寒。」柏克力說著，然後提高音量吼道：「巨無霸，你這個大懦夫，想的話就下去啊，我可不會在這站一整天。」

「我才不怕。」巨無霸憤慨地說，接著便衝向前，激起一陣大浪，一時間淹過了輕柔，沖過無畏。輕柔吐著水浮起來，無畏則哼了聲，把頭伸進水裡向巨無霸潑水。轉眼間，這兩隻龍就開始一場大戰，幾乎讓這座湖像暴風雨中的大西洋。

輕柔拍著翅膀飛離湖中，在所有等待的飛行員頭上落下冰冷的湖水。荷林和那些軍校生動手幫他擦乾淨，小龍說道：「噢，我真喜歡游泳，謝謝你們又讓我來。」

「我想只要你喜歡，沒理由不能常常來。」勞倫斯說著，瞥了眼柏克力和哈克特，等待他們的反應。他們兩人對他的話似乎一點也不在意，也不覺得他這樣干預是好管閒事。

百合終於到了夠深的地方，也可能是深到她自然的浮力允許的程度，大部分的身體都在水中。她和兩隻濺著水花的年輕龍離得遠遠的，用頭側摩擦自己的龍皮。她第二個上岸，被擦洗比游泳更令她感興趣——向哈克特和軍校生指出髒的地方，他們仔細清洗的時候，她發出低沉愉快的哼聲。

巨無霸和無畏終於玩夠了，由湖中出來擦身體。巨無霸需要柏克力和他兩位成年的見習官努力幫忙。軍校生幫無畏擦背，勞倫斯幫無畏清理他臉上細緻的龍皮，他聽到柏克力抱怨他的龍太大隻的時候，掩不住自己的笑容。

他由自己的傑作退後幾步，欣賞這個場景——無畏正和其他龍自在的交談，他的雙眼明亮，頭也自豪地抬著，不再顯得沒自信。即使這些形形色色的同伴們不是勞倫斯從前所盼望的，愉快的夥伴氣氛還是讓他感覺溫馨。他知道他證明了自己的能力，也讓無畏做到了。勞倫斯終於爲自己和無畏找到一個實在又適合的地方，此刻，他感到深深的滿足。

那股喜悅只維持到他們回到庭院爲止。蘭金正站在庭院邊，穿著晚禮服，顯然很不高興地敲著他腳邊個人鞍具的皮帶。輕柔看著他，降落時有點緊張地躍了一下。「你這樣離開是什麼意思？」蘭金甚至不等荷林和軍校生爬下來，就對輕柔說，「你沒在進食的時候，就得在這裡等著，知道嗎？還有你們，誰說你們可以騎他的？」

「蘭金隊長，輕柔好心幫我載他們。」勞倫斯從無畏的掌中走出來，尖銳地說著，引開他的注意，「我們只是在下面的湖邊，只要一個信號，就能通知我們。」

「勞倫斯隊長，我可不想要追著信號官跑才能使用我的龍，拜託你管好你的龍就行了！我的龍由我管！」蘭金冷冷地說，接著對輕柔加了句：「我想你這下子濕透了吧？」

「沒有、沒有，我想我差不多全乾了，我沒在水裡待很久，眞的。」輕柔說著，把自己縮得小小的。

「最好是這樣。」蘭金說，「彎下來，動作快。」他爬到軍校生位置的時候，對他們說：「你們這些傢伙，現在開始離他遠一點。」他幾乎把荷林給撞開。

勞倫斯眼看著輕柔載蘭金離去，柏克力和哈克特隊長沉默不語，其他的龍也都不出聲。百合猛然轉過頭，憤怒地發出吐唾沫的聲音；她只落了幾滴唾沫下來，但是落在石地上就滋滋作響，冒出一陣煙霧，留下深深的黑色凹痕。

「百合！」哈克特隊長說道，不過終於打破了沉默，聲音中似乎帶著寬慰的感覺。「派克，請拿一點鞍具油來。」她一邊爬下龍背，一邊對她的一位地勤人員說。她在酸液上倒了一堆油，直到不再冒出煙霧爲止。「好了，用一點沙子蓋起來吧，明天清洗就很安全了。」

勞倫斯也很慶幸有點事情轉移大家的注意力，否則他不認爲自己馬上說得出話來。無畏溫柔地蹭了蹭他，那些軍校生也擔心地看著他。「長官，我不應該那麼建議的。」荷林說，

「我很對不起你，還有蘭金隊長。」

「荷林，沒關係。」勞倫斯說。他聽到自己的聲音冷靜又嚴肅，於是爲了緩和現場氣氛，又加了句，「你沒有錯。」

「我看不出我們爲什麼必須遠離輕柔。」羅蘭低聲說。

勞倫斯很氣蘭金，卻又無能爲力；但他的反應毫不遲疑，也和他的怒意一樣直接又強烈。「羅蘭小姐，那是妳上級長官命令妳做的，如果這個理由還不夠的話，妳就入錯行了。」他猛然說，「不要再讓我聽到妳說這種事，請立刻把這些亞麻巾送回洗衣房。」接著他對其他人說，「大夥兒，不好意思，我想在晚餐前散個步。」

無畏太龐大了，沒辦法在他後面慢慢走，只好飛過他，在途中的第一塊空地等他。勞倫斯原本想一個人獨處，不過發覺自己很高興進到龍前腳圍成的臂彎裡，靠在他溫暖的身軀上，聽著他幾乎像音樂的心跳聲和規律呼吸的回響。他的怒氣消散後，卻留下了遺憾。他眞想和蘭金決鬥。

「不知道輕柔爲什麼要忍受蘭金這樣對他。即使他體格很小，還是比蘭金大得多。」無畏終於開口說。

「那我要你戴上鞍具，或是做一些危險演練的時候，你爲什麼要忍受呢？」勞倫斯說，「那是他的責任，也是他的習慣。從孵化開始，他就被教導要服從，而且一直受到那樣的待遇，他很可能沒想過有其他的情況。」

「可是他看過你，也看過其他隊長，沒有龍會被那樣對待。」無畏說。他抓緊爪子，在地上抓出深溝。「我服從你，不是因爲習慣，也不是因爲不會爲自己著想，而是因爲我知道你值得服從。你永遠不會差勁的對待我，也不會無緣無故叫我做出危險或是討人厭的事。」

「嗯，絕不會無緣無故的。」勞倫斯說，「但是我們的工作很辛苦，親愛的，而且有時候必須願意承受重擔。」他遲疑一下，接著溫柔地補充道：「無畏，我一直想跟你談談。你要對我保證，以後一定不能把我的性命擺在那麼多人的性命之上。即使不考慮捷戰身上的隊員，你一定知道對空軍來說，捷戰比我重要太多了。你不應該想犧牲他們，救我一命。」

無畏在他身邊蜷曲得更緊了。「不，勞倫斯，我不能保證這種事。」他說，「我很抱歉，可是我不能騙你——我不能讓你跌下去。你把他們的生命看得比你自己重，可是我做不到，對我而言，你比他們所有人和龍都還重要。這件事我不會服從你，至於責任，我越了解，就越不喜歡這種觀念。」

勞倫斯不確定該怎麼回答。無畏這麼重視他，他當然很感動，但是讓無畏這麼坦白地表明會依照自己的判斷來決定是否服從命令，讓他心生警惕。勞倫斯很信任無畏的判斷，然而他想教無畏紀律和責任的重要性，卻感到自己再次失敗了。「我眞希望知道該如何向你解釋。」他有點沮喪地說，「也許我會幫你找找看有沒有這方面的書。」

「也許吧。」無畏說著，第一次對閱讀的題材感到猶豫。「我不覺得有什麼能說服我不這麼做，不管怎麼說，我寧可別再讓這種事發生。眞的很恐怖，我好怕我會抓不住你。」

勞倫斯終於能報以微笑了。「這一點至少我們看法一致，我很樂意向你保證，我會盡力不讓這種事再發生的。」

第二天早上，羅蘭跑來找他。他又睡在無畏身邊的小帳篷裡了。「長官，迅捷要見你。」她說，然後等他把領帶繫回去，穿上外套後就跟在她身邊走回城堡。無畏睡眼惺忪地喃喃道別，一眼才睜開一點，又睡著了。他們走回去的路上，她鼓起勇氣問道：「隊長，你還在生我的氣嗎？」

「什麼？」他茫然地問，接著才記起前一天的事，然後說：「羅蘭，沒有，我沒有生妳的氣。不過希望妳明白爲什麼不該那麼說。」

「知道了。」她回答時有點猶豫，不過他刻意裝作沒看到。「我沒有跟輕柔說話，不過我還是注意到他今天早上看起來不太好。」

他們穿過庭院時，勞倫斯望了那隻溫徹斯特龍一眼。輕柔遠離其他龍，蜷曲在後面的角落，雖然時間還早，但是他沒在睡，只楞楞地凝視著地上。勞倫斯別過頭去，他什麼也不能做。

她把勞倫斯帶到迅捷那裡時，迅捷說：「羅蘭，下去吧。」接著對勞倫斯說：「隊長，很抱歉這麼早叫你來。第一件事，你認為無畏復原到可以繼續訓練了嗎？」

「長官，應該可以了。他康復得很快，昨天他飛到湖邊再飛回來，都沒有困難。」勞倫斯說。

「很好，很好。」迅捷沉默了下來，然後嘆口氣，「隊長，我必須命令你不能再干預輕柔的事。」他說。

勞倫斯感覺自己的臉變得又紅又熱。看來蘭金向迅捷申訴他了，不過他罪有應得。他自己管理船艦或是無畏的時候，從來沒有容忍過別人好管閒事干預他。不論他怎麼為自己找理由，那麼做都是不對的，羞愧立刻蓋過了他的憤怒——「長官，還勞煩您告訴我。我為此道歉，並向您保證這事不會再發生了。」

迅捷哼了一聲，他一開始責備勞倫斯，繼續下去似乎就比較容易。「別給我什麼保證，要是你的保證是誠心的，在我眼中你的人格就貶低了。」他說，「這是很大的遺憾，我和其他人一樣都有錯。我自己也有無法忍受他的時候，空軍部認為他或許能當信差，於是把他派給一隻溫徹斯特龍。我覺得那樣不妥，但是看在他祖父的分上，我不能反對。」

這番話緩和了斥責，安慰了勞倫斯，不過他不禁好奇想知道迅捷所謂的不能忍受是什麼意思。空軍部應該不會想讓蘭金這樣的馭龍者，駕馭一隻像訓練官這麼傑出的龍吧。他忍不住試探地問：「您和他祖父熟識嗎？」

「是我第一任的馭龍者，他的兒子也駕馭過我。」迅捷簡短地說著，轉開頭。他的頭垂了下來，過了一陣子才抬起頭，繼續說，「唉，我寄望過那個孩子，不過她母親堅持不讓他在這裡長大，而他的家庭給了他奇怪的觀念；他跟本不應該成爲飛行員的，更不用說變成隊長了。不過現在他是隊長，而輕柔仍然服從他，所以他還能當隊長。我不能允許你干預，如果我們容許軍官干涉彼此龍的事情，你可以想像會是什麼情況——一心想成爲隊長的上尉，會禁不住誘惑，去引誘任何不太快樂的龍，天下會大亂的。」

勞倫斯低下頭說：「長官，我完全了解。」

「不論如何，我會給你更要緊的事情做，今天會開始讓你們併入百合的編隊。」迅捷說，「去找無畏來，其他成員馬上就會到了。」

勞倫斯離開庭院，走回去的路上心事重重。大型品種的龍只要沒在戰場上和馭龍者一起戰死，都會活得比馭龍者還長，這他當然知道。但是他沒想過這會只留下龍，之後再也沒有同伴，也沒想過空軍部會怎麼處理這種狀況。爲了英國的利益，當然是讓龍得到新的馭龍者，繼續服役最好，不過他也不禁覺得，這樣龍有職務可以分心，自己也會比較快樂，不會像迅捷這般，顯然依舊悲傷。

勞倫斯回到了空地，擔心地看著熟睡的無畏。當然他們未來還有許多歲月要面對，戰爭的厄運也可能輕易地讓這類問題變得無關緊要，但是無畏未來的幸福是他的責任，對他而言，比任何職責都還重要，而不久以後，他就得考慮可以做哪些預防措施來保障無畏的幸福。也許慎重選出的副官能接下他的位置，而無畏也有好幾年可以慢慢接受這個想法。

「無畏。」他撫摸著龍的鼻子喚道。無畏睜開眼睛，小聲地隆隆哼了一聲。

「我醒了，今天要飛了嗎？」他對空中打了大大的呵欠，微微抖一下翅膀。

「是啊，親愛的。」勞倫斯說，「來吧，我們要幫你戴上鞍具。我敢說荷林先生會幫我們準備好的。」

編隊通常以百合帶頭，呈箭頭形的隊形飛行，看起來就像一群遷徙中的雁子。兩隻黃色收割者——豐慶和不朽擔任主要的護衛，爲百合提供大部分的保護，防止近距離攻擊。箭頭的兩端則是體型比較小的灰銅龍悅欣，和一隻名叫燦輝的帕斯卡藍龍。他們全都是成年龍，除了百合之外，都有作戰經驗。爲了支援這隻年輕、尙缺經驗的長翼龍，這個重要的編隊特別選出無論是隊長或隊員，都有足以自豪的經驗技術。

勞倫斯不得不感謝前一個半月無盡的反覆操練。如果他們這麼久的演練，沒有變成無畏和巨無霸的第二本能，他們就不可能跟得上其他龍駕輕就熟的特技動作。兩隻大龍加入他們，是爲了在百合後方形成一排，讓箭形的編隊閉合成三角形。在戰鬥中，他們的位置可以防止敵方企圖破壞隊伍，抵擋其他重量級龍隻的攻擊，並且運輸沉重的炸彈，由隊員投向已事先遭受百合酸液攻擊的目標上面。

勞倫斯很高興看見編隊的龍隻們完全接納無畏，不過年長的龍除了工作之外，都沒有體力玩樂。在短暫的自由時間裡，他們大多都懶洋洋的。百合、無畏和巨無霸會聊天，偶爾飛起來玩空中打靶，但他們只會覺得有趣，在一旁觀看。勞倫斯這時也感覺別的飛行員更歡迎他，而且發現自己不由自主習慣於他們隨性的關係——在一次訓練後的討論中，他首次發現自己只稱呼哈克特隊長「哈克特」，而且直到話脫口而出，才驚覺自己說了什麼。

隊長和大副通常會在午餐時，或是晚上等龍都睡著之後討論戰術和策略。他們很少請教勞倫斯的意見，不過他不太在意——他雖然很快就抓住空戰的原則，但仍然覺得自己是這一行的新手，即使飛行員認爲他沒經驗，他也不覺得受冒犯。不過，他也省下了貢獻給大家有關無畏長處的意見，選擇不插嘴而保持沉默，他是爲了讓自我學習而旁聽。

有時候談話還是會轉向戰爭比較一般的話題。他們和世界脫離，因此資訊也慢了幾個星期，讓他們忍不住會猜測戰況。一天晚上，勞倫斯加入他們，卻聽到索頓說：「法國艦隊可能出現在該死的任何地方。」索頓是豐慶的隊長，也是他們當中最資深的一員，是經歷過四場戰爭的老兵，說起話來相對生動而悲觀。「這下那些龜兒子溜出土倫，我們都知道那些龜兒子已經準備渡過英吉利海峽了。要是法軍明天就侵略到我們門前，我也不會意外。」

勞倫斯沒辦法不回應他的話：「我跟你保證，你弄錯了。」他說著坐了下來，「維耶納夫和他的艦隊的確溜出土倫，不過除了空戰之外，他沒參與任何大型的戰事——納爾遜一直緊追在後。」

「喔，勞倫斯，你聽到什麼消息了嗎？」悅欣的隊長錢納里，正和不朽的隊長小不點有一搭沒一搭地玩二十一點，這時抬起頭來問。

「對，我接到一些信件，其中一封是友誼號的萊利艦長寫的，」勞倫斯說，「他正在納爾遜的艦隊中。他們追著維耶納夫的艦隊橫跨大西洋，他寫說，納爾遜勳爵可望在西印度群島抓到法國人。」

「噢，我們還連發生什麼事都不知道呢！」錢納里說，「看在老天的分上，把信拿來唸給我們聽吧。我們都已經毫無頭緒了，你還把消息私藏著可不太好啊。」

他的語氣太熱切，以至於勞倫斯不覺受到冒犯，其他隊長也開始附和他。勞倫斯派了僕人到他房裡，拿來他的舊日同袍寄給他的寥寥幾封信。他必須略過幾段同情他境況變化的內容，不過他還算順暢地省略掉這些段落，其他人則飢渴地聽著他隻字片語的新聞。

「所以維耶納夫有十七艘船，納爾遜只有十二艘？」索頓說，「我不覺得他應該逃跑。要是他回過頭來呢？納爾遜不可能有任何空軍軍力追過大西洋，運輸艦沒辦法跟上速度，我們在西印度群島也沒有龍隻駐紮。」

「不過，我敢說艦隊的軍艦數量雖然比他少，還是能拿下他。」勞倫斯振奮地說，「隊長，你要記得尼羅河的戰事，在那之前還有聖文森角的戰事❶——我們常常在數量上處於劣勢，但仍能獲勝，何況納爾遜勳爵從來沒輸過艦隊的海戰。」他不希望聽起來像個狂熱分子，於是努力克制自己點到為止。

其他人笑了，不過並不是贊同的笑，而小不點靜靜地說：「那我們就要祈禱他能捉住他們了。可悲的事實是，只要法國艦隊完好如初，我們就處於極度危險當中。海軍不可能永遠追著他們，而拿破崙只需要控制英吉利海峽兩天，也許三天，就能把他的大軍運過來了。」

他的想法很灰暗，他們都感受到那股重量。最後柏克力哼了一聲，打破這段沉默，他拿起酒杯一飲而盡。「你們可以坐在這裡發愁，我要去睡了。」他說，「我們還不用煩惱別的事就有得忙了。」

「我也得早起。」哈克特說著站起來，「迅捷要百合在早上操練之前，先練習噴吐目標。」

「對，我們都該睡了。」索頓說，「不管怎樣，我們能做的就是讓這個編隊步上軌道。如果有機會可以鏟平拿破崙的艦隊，一定會需要一支長翼龍的編隊，不是我們，就是多佛的那兩隊。」

眾人解散了，勞倫斯沉思著爬回他樓塔上的房間。一隻長翼龍可以噴吐得很準確，他們訓練的第一天，勞倫斯看過百合在空中將近四百呎之外噴吐，一次就摧毀她的目標，而地上沒有砲的垂直射程有那麼長。胡椒砲可能會干擾她，不過她眞正的危險來自上空——她會是所有敵方空中龍隻的目標，而整個編隊的設計，就是爲了要保護她。勞倫斯看得出來，他們這群龍無論在什麼戰場上都會讓人畏懼，至少他可不想待在他們下方的船艦裡。一想到他們對英國能貢獻的力量，他就又對工作燃起了新的熱誠。

不幸地，隨著時間一週週過去，他清楚發覺無畏越來越難維持熱情。編隊飛行的第一要求是準確，而保持每隻龍和其他龍的相對位置非常重要。無畏和團隊一起飛，就會受其他龍的限制，但是他的速度和能力都遠遠超過其他龍，立刻就感覺到綁手綁腳。有一天下午，勞倫斯聽到他問豐慶：「你們飛過比較有趣一點的飛行嗎？」她比無畏年長三十年，是老經驗的龍，身上有許多戰鬥留下的疤痕，顯然很值得尊敬。

她溺愛地向他哼了聲：「有趣不是好事啊，作戰中很難有無趣的回憶。」她說，「不用擔心，你會習慣的。」

無畏嘆了口氣便回到崗位，不再抱怨。無畏雖然都會依指令執行動作，但是並不熱中，勞倫斯不得不爲他煩惱。他盡力安撫無畏，給他其他事情吸引他的興趣。他們繼續一起閱讀，無畏好奇地聽著勞倫斯讀給他聽的一篇篇數學或科學文章，他輕易就能弄懂所有的內容，勞倫斯發覺自己的立場很奇怪，竟然要大聲讀書，然後由無畏解釋給他聽。

更吸引無畏注意的事情，大約在一個星期後發生。他們接到艾德華．豪爾爵士寄來的小包裹。怪的是，收件人寫的是無畏，無畏收到自己的信顯然非常高興。勞倫斯爲他打開包裹，發現一本有關東方龍的故事，才剛出版，譯者正是艾德華爵士本人。

無畏口述寫下一封非常優雅的感謝函，勞倫斯附上自己的謝詞，而東方龍的故事就變成他們每天最後要做的事。不管他們讀了什麼，最後都會讀一篇故事。即使他們已經讀完一遍了，無畏還是很高興能重頭再讀一次。有時他也會要求讀特別喜歡的故事，像是中國的黃帝，他是第一隻天龍，而漢朝就是在他的忠告下建立的；或是日本龍雷電，從那個島國趕走了忽必烈。他特別喜歡日本龍的故事，因爲英國和故事裡的情況一樣，受到英吉利海峽對岸拿破崙的大軍威脅。

他聽蕭生（Xiao Sheng）的故事時，特別心事重重。蕭生是位宰相，吞下了龍寶藏中的珍珠，自己也變成了龍。勞倫斯不明白無畏的心情，直到他說：「我想這不是眞的吧？人不可能變成龍，龍也不可能變成人吧？」

「嗯，恐怕不行。」勞倫斯幽幽地回答。他想到無畏想改變就覺得沮喪，這表示無畏非常不快樂。

但是無畏只嘆口氣，就說：「唉，我想也是。不過要是能讀書寫字，或者你也能在我身邊一起飛，該有多好。」

勞倫斯放心笑了起來：「眞抱歉我們不能有那樣的樂趣，但是即使可能，從故事聽起來，龍變成人並不是很舒服的過程，人變成龍也一樣。」

「不，我絕對不會放棄飛行，即使拿閱讀來換也不要。」無畏說，「你唸書給我聽，感覺很愉快。我們可以再聽一個故事嗎？聽那個龍在乾旱的時候，從海裡帶水過去，降下雨水的故事好不好？」

這個故事顯然是杜撰的，不過艾德華爵士在翻譯的時候加入了很多註解，依照現代的知識，解釋這個傳說的現實基礎。勞倫斯懷疑即使是現代的知識也有點誇大。艾德華爵士顯然對東方的龍非常熱中。不過這些故事非常有效。虛構的故事讓無畏決心證明他有相似的能力，因此比較有心情練習。

還有一個原因讓這本書顯得很有用。書寄到過了沒多久，無畏的外表和其他龍有更顯著的差異了，他在上下顎周圍長出細細的捲鬚，而在他臉四周可以彎曲的角上，長出了一圈細緻的頭冠，幾乎像裝飾一樣。這讓他的外表看起來既亮眼又威嚴，一點也不難看，但他的確和其他龍非常不一樣，要不是艾德華爵士在他的書前印了一張黃帝美麗的版畫，顯示那隻偉大的龍也有類似的頭冠，否則無畏一定會因為自己和同伴的差別而更加傷心。

不過外表的變化仍然讓無畏感到焦慮，在頭冠長出來不久之後，勞倫斯發現他會在湖面上端詳自己的外表，把頭轉來轉去，繞著眼珠子，想由不同角度端詳自己和頭冠的樣子。

「得了吧，你會讓所有人都覺得你愛慕虛榮。」勞倫斯說著，伸手撫摸波動的捲鬚，「真的很好看，別太在意了。」

無畏驚訝地發出細細的聲音，靠向他撫摸的手說：「感覺好奇怪。」

「我弄痛你了嗎？捲鬚這麼脆弱嗎？」勞倫斯非常擔心，馬上停手。他在讀故事的時候，發現中國龍——至少是帝王龍和天龍——除非國家面臨危難，否則很少作戰，不過他沒有告訴無畏。他們更有名的特質似乎是外表和智慧，而如果中國人以這兩點當作繁殖的重點，這些捲鬚的確可能在作戰時變成弱點。

無畏蹭了他一下，說：「不會，一點也不痛。可以再摸一次嗎？」勞倫斯非常小心地再撫摸他時，無畏發出很怪的咕嚕聲，突然就全身顫抖。「眞舒服啊！」他的眼神變得迷濛，雙眼半睜半閉。

勞倫斯猛然抽開手。「哦，天啊——」他尷尬地看看四周，幸好當時沒有其他龍或飛行員在附近。「我最好盡快跟迅捷說，我想你要第一次發情了。我早該在捲鬚長出來的時候知道的，這一定表示你已經長成了。」

無畏驚訝地眨著眼。「噢，眞的啊。可是不能繼續摸嗎？」他難過地說。

勞倫斯報告這件事的時候，迅捷說：「眞是好消息。我們不能讓他離開這麼久，所以還不能讓他繁殖，不過我還是很高興——要送還沒成年的龍上戰場，我良心也不安。我會告知培育者去思考最好的配種方式。如果我們的家系中添上帝王龍的血統，一定會爲我們帶來極大的好處。」

「如果有什麼——某種方法可以舒解——」勞倫斯停了下來，他不太確定這個問題要怎麼措詞才不會顯得唐突。

「我們要再觀察，不過我想你不用擔心的。」迅捷諷刺地說，「我們不像馬或狗，至少和人一樣能控制自己。」

勞倫斯鬆了一口氣，他原來擔心無畏和百合、豐慶或其他的母龍靠得那麼近，會覺得欲望難耐，而悅欣年紀太小，可能不會引起他的興趣。不過他對她們沒表現出那種興趣。勞倫斯也鼓起勇氣暗示問過一、兩次，不過無畏對這種想法似乎只覺得困惑。

然而還是發生了一些變化，而且已演變到可以察覺的程度。勞倫斯頭一次發現無畏早上比較常不用人叫，自己會醒來。他的胃口也變了，吃的次數減少，不過食量比較大，很自然地會連著兩天不吃東西。

勞倫斯有點擔心，怕無畏餓肚子是因為不能優先進食，不想經歷不愉快的場面。然而他的憂慮，在頭冠長出來之後不到一個月，就戲劇性地化解了。那天他讓無畏降落在進食區，自己則隔了一段距離觀察龍隻，百合和巨無霸被叫到進食區來。就在這時候，有另一隻龍也被叫了進去——那是一隻新來的龍，勞倫斯從來沒見過那個品種，他翅膀上有大理石一樣的斑紋，乳白色身體幾乎呈半透明，身上還有橘色、黃色和褐色的條紋，體型很大，只不過還是比無畏小。

掩蔽所的其他龍讓路出來，看著他們降落，但是無畏意外地從喉嚨發出低沉的隆隆吼聲，不太像咆哮。如果你能想像一隻牛蛙有十二噸重，那麼他就像這樣的牛蛙在發牢騷。接著他不請自來，跟在他們後面跳了下去。

距離太遠，勞倫斯看不到牧人的表情，但是他們好像受到驚嚇，繞著柵欄周圍跑來跑去。不過顯然沒有人想把無畏趕走，這也不奇怪，因為無畏已經開始吃他的第一隻牛了。

百合和巨無霸沒有反對，而陌生的龍當然也沒注意到這種改變。過了一會兒，牧人又放了五、六隻牲畜進來，讓四隻龍都吃飽。

「他長得眞驚人。他是你的龍，對吧？」勞倫斯轉過身來，才發現有一位陌生人正在和他說話。那人穿著厚厚的毛褲，還有一般人的外套，衣物上都有龍鱗刮到的痕跡——他顯然是飛行員，也是軍官，他的聲音和舉止都像紳士，不過語調帶著濃濃的法國腔，勞倫斯一時間對他出現在那裡感到疑惑。

那位法國人不是獨自一人，索頓正陪著他，這時走上前來介紹——這位法國人是舒瓦瑟。

「我昨天才從奧地利抵達這裡。」舒瓦瑟說，指了指下面大理石紋的龍隻，那隻龍正在講究地吃另一隻羊，乾乾淨淨地躲開巨無霸第三個受害者噴出的鮮血。

「他幫我們帶來好消息，不過他自己卻爲這消息悶悶不樂。」索頓說，「奧地利也動員了，要參戰對付拿破崙，我敢說他很快就必須把注意力從英吉利海峽轉到萊茵河了。」

舒瓦瑟說：「但願我不會澆熄你們的希望。如果讓你們擔多餘的心，我會很內疚。不過我不敢說自己對他們很有信心。我不想表現得不知感激，因爲奧地利空軍在革命期間大方地收留我和奇鋒，我虧欠他們很多。可是奧地利的大公都很愚蠢，他們有少數幾位能幹的將軍，但都不聽將軍的話。費迪南大公要對抗馬倫戈的天才❷和埃及，太荒唐了！」

「我可不覺得馬倫戈那仗打得那麼好。」索頓說，「只要奧地利可以及時從維羅納❸調來他們的空軍第二師，這場戰役就會有很不同的結局。他們只是好運。」

勞倫斯覺得自己對陸戰的策略還不足以提出意見，不過這番話幾乎是虛張聲勢。無論如何，他覺得幸運非常重要，而拿破崙分到的運氣，似乎比大部分的將軍還要多。

舒瓦瑟自己笑一笑，沒有反駁，只說：「也許是我太擔心了，不過為了預防萬一，我們仍然來了，否則留在戰敗的奧地利，處境將會很悲慘。我帶走奇鋒這麼有價值的龍，我從前效忠的地方，很多人會對我很殘酷的。」他回應勞倫斯疑問的表情，說道：「有朋友警告我，拿破崙打算在任何條約內都要求我們投降，然後控告我們叛國，所以我們只好再逃，這次讓你們好心相助了。」

他說得輕鬆愉快，眼睛旁邊卻顯露深而憂愁的皺紋，勞倫斯同情地看著他。他以前就知道有些法國海軍軍官，在革命之後必須逃離法國，他們的處境痛苦又可悲。在他看來，他們要比那些只被沒收財產，為了活命而逃離的貴族還要可憐。在國家陷入戰爭的時候，他們只能呆坐著，因為英國慶祝的每一場勝戰，都意味著他們過去效忠軍隊的悲慘失敗。

「噢，是啊，我們收留一隻戰之歌，真是太仁慈了。」索頓玩笑開得很重，不過是出於好意，「畢竟我們有這麼多重量級的龍，幾乎擠不下別的龍了，何況是這麼傑出、身經百戰的龍。」

舒瓦瑟微微鞠躬接受他的話，然後親密地低頭看著自己的龍。「我很樂於接受對奇鋒的讚美，但是你們這裡已經有很多優秀的龍了。那隻皇銅龍看起來非常魁梧，而且從他的鞍具看得出他還會繼續長大。那你的龍呢？勞倫斯隊長，我沒看過這種龍呢，應該是某個新品種吧？」

「不是，而且你也不可能看過，」索頓說，「除非你繞過地球的另一端。」

「先生，他是帝王龍，是中國的品種。」勞倫斯很掙扎，他不希望炫耀，但又不禁感到自豪。舒瓦瑟雖然禮貌地克制驚訝的反應，看在勞倫斯眼中仍然很滿足。不過這下就必須從他們截獲法國軍艦和龍蛋時解釋起，不禁尷尬了起來。

舒瓦瑟看來已經習慣了，至少能彬彬有禮地聽這件事，但並沒有發表什麼看法。索頓有點沾沾自喜，打算大談法國損失多慘重。勞倫斯連忙問舒瓦瑟會在掩蔽所做些什麼。「據我所知你們現在正在軍事演練，而我跟奇鋒會加入，我相信在情況允許之下，我們能帶來一些舒緩。」舒瓦瑟說，「迅捷也期待訓練大型的龍隻以編隊飛行的時候，奇鋒可以提供協助——我們一向以編隊飛行，已經飛了十四年。」

一陣振翅的巨響打斷了他們談話，其他的龍被喚來進食區，而最先吃的四隻已經用餐完了，無畏和奇鋒都想就近降落在附近的裸露岩石上——勞倫斯訝異地看著無畏向那隻比較年長的龍露出牙齒，展開頭冠。「恕我失陪。」他急忙說道，然後趕快去找另一個地方，叫無畏過去，看見他轉身跟過來才鬆了一口氣。

「我原本要去找你的。」無畏有點責備地說著，一邊斜眼瞪著奇鋒。奇鋒這時占了他們爭奪的岩石，靜靜地和舒瓦瑟說話。

「他們在這裡是客人，禮讓他才合乎禮貌。」勞倫斯說，「我不知道你對進食先後的事這麼在意。」

無畏用爪子在他前面的地上抓出溝痕來。「他體型沒有我大，不是會吐酸液的長翼龍，也不是英國噴火龍。我看不出他哪一點比我強。」

「沒有啊，他一點也沒有比你強。」勞倫斯摸著他緊張的前腳說道，「進食的優先次序只是形式，你絕對有權利和其他龍一起吃。可是拜託別和他們爭，他們為了從拿破崙手下逃走，跨越了歐洲大陸呢。」

「哦？」

無畏的頭冠慢慢貼回脖子上，看著陌生的龍，似乎多了點好奇。「可是他們說的是法文，如果他們是法國來的，為什麼要怕拿破崙呢？」

「他們屬於保皇黨，效忠的是波旁王室。」勞倫斯說，「他們一定是在雅各賓黨人把國王處死以後離開的。法國有一陣子情況非常可怕，雖然拿破崙至少不再砍人頭，但在他們眼裡也沒好多少。我敢保證，他們要比我們還輕視他。」

「唉，我失禮了，眞抱歉。」無畏喃喃說道，接著挺起身喚著奇鋒，用法文重複一遍：「Veuillez m'excuser , si je vous ai dérangé.」勞倫斯聽了，覺得非常意外。

奇鋒轉過頭。「噢，沒關係。」他溫和地用法文說著，然後低下頭來，又用法文說：「請容我向您介紹，這位是我的隊長，舒瓦瑟。」

「這位是勞倫斯，是我的隊長。」無畏用法文說完，看勞倫斯站著不動，只瞪著他們看，於是低聲對勞倫斯說：「勞倫斯，請鞠躬。」

勞倫斯立刻屈膝行禮。他實在非常好奇，卻不能打斷正式的介紹，因此一等他們飛向湖邊去幫無畏洗澡時，他就問：「你到底是怎麼學會說法文的？」

無畏轉過頭說：「這是什麼意思？說法文很希奇嗎？一點也不難啊。」

「我該怎麼說呢？眞奇怪。據我所知，你從來沒聽過半個法文字，至少不是我說的。我連法文的早安都說得不好，不讓自己難堪就很幸運了。」勞倫斯說。

那天下午稍晚，勞倫斯在訓練場問迅捷的時候，迅捷說：「他會說法文，我並不覺得意外。只是你以前竟然沒聽過他說。你的意思是無畏在破開蛋殼的時候，說的不是法文嗎？他直接就說英文了嗎？」

「嗯，是啊。」勞倫斯說，「我承認我們都很驚訝，不過驚訝的是他這麼快就會說話。」

「他很快就會說話並不希奇。龍是在蛋殼裡學語言的。」迅捷說，「孵化之前，他曾在法國船艦上待了幾個月，他會說法文一點也不奇怪。我比較意外的是，他在英國船艦上才幾個星期就會說英文了。他的英文流利嗎？」

「一開始就很流利。」勞倫斯說著，很高興又有證據證明無畏有特別的天賦。他摸摸無畏的脖子，加了句：「親愛的，你永遠都能讓我驚奇。」無畏滿足地得意了起來。

然而在這之後，無畏變得更敏感易怒，尤其是和奇鋒有關的事——他不會公然表示憤怒或任何敵意，但是看得出來，他急著想顯示自己的能力和年長的龍一樣強，迅捷開始將這隻戰之歌納入他們的編隊以後，他的反應變得更明顯。

勞倫斯暗自慶幸，奇鋒在空中的動作沒有無畏流暢優雅，但是他和他隊長的經驗也很重要，他們不但已經了解許多編隊的演練，而且很熟悉。無畏變得非常熱中工作，勞倫斯有時候吃完晚餐出來，發現自己的龍獨自在湖上飛翔，練習著他以前覺得非常無聊的演練。有時他甚至會要求犧牲一點閱讀時間來做額外的練習，如果勞倫斯沒有約束他，他每天都會飛到精疲力竭。

勞倫斯最後終於請教於迅捷，希望有辦法讓無畏別那麼熱中，或者說服迅捷分開兩隻龍。但是訓練官聽了他的理由，平靜地說：「勞倫斯隊長，你為龍的幸福著想是應該的，不過我必須以他的訓練和空軍需求為優先考量。自從奇鋒來了之後，他各種技術都進步得很快，難道不是嗎？」

勞倫斯只能盯著他看。迅捷為了鼓勵無畏，刻意激起競爭意識，這樣的念頭一開始讓他很意外，接著他幾乎覺得受到侮辱。「長官，無畏一直以來都很有意願，而且一向都盡力在做。」他憤怒地說著，迅捷哼了一聲制止他才住口。

「隊長，夠了。」他不帶修飾地笑著說，「我沒有侮辱他。事實是這樣的，他太過聰明，不適合當編隊的戰龍。如果情況不同，我們讓他成為編隊的領隊龍，或讓他獨立作戰，他的表現一定會很好。不過目前的情況就是這樣，照他的體重，我們必須讓他待在編隊裡，所以他得學習死板的演練，而這些演練顯然不夠吸引他的注意力。這樣的毛病不太常見，不過我以前看過，而且那些徵兆是不會錯的。」

勞倫斯沒辦法爭辯，覺得很悶。迅捷說的完全沒錯。訓練官發現勞倫斯沉默下來，於是繼續說：「厭倦不久就會演變成沮喪，而這種競爭心態可以當成調劑，幫忙克服厭煩。鼓勵他、稱讚他，讓他確定你喜歡他，他就不會和其他的公龍爭吵。以他的年紀發生衝突很正常，而他最好是和奇鋒不合，不要和巨無霸衝突。奇鋒年紀夠大，不會對他的表現大驚小怪。」

勞倫斯可沒有那麼樂觀，迅捷沒看到無畏有多生氣。但是勞倫斯不能否認自己的看法是出於自私——他不喜歡無畏那麼辛苦地投入。不過辛苦投入其實是應該的，他們都必須這麼用心才行。

在這平靜、蒼翠的北方，很容易就忘了英國正面臨重大危機。維耶納夫和法國海軍還逍遙在外。照他收到的信上所說，納爾遜一路把他們追到西印度群島，卻又被他們逃走了，現在正在大西洋著急地搜尋他們。維耶納夫的目的當然是和布列斯特[4]外的艦隊會合，試圖控制多佛海峽。拿破崙在法國沿岸的每個港口都擠滿了運輸艦，就等著多佛海峽的防衛出現那樣的漏洞，好讓大軍渡海侵略英國。

勞倫斯曾經在負責封鎖的船艦上服役過好幾個月，很明白在永無止境、毫無變化又看不見敵人的日子中，想要維持紀律有多困難。夥伴、開闊的景色、書籍和遊戲可以幫忙分心——這些事物至少能讓訓練的任務比較愉快。但是，他現在了解到這些和單調的事物一樣，也有危險的一面。

他鞠躬說：「長官，我了解您的目的了。感謝您的說明。」但回到無畏身邊時，勞倫斯仍舊決定約束他幾乎執著的練習，盡量找其他的方法轉移龍對演練的興致。

在這情況下，他頭一次想到可以對無畏解釋編隊的戰術。他這麼做，主要是爲了無畏，希望能增加無畏對演練知性層面的興趣。但是無畏輕而易舉跟上這個題材，不久之後，課程就變成實際的討論，這對勞倫斯和無畏都很有幫助，而且勞倫斯很少參與隊長之間的討論，這時也得到了彌補。

他們一起埋頭設計自己的調動方式，將無畏特別的飛行能力，和編隊速度比較慢、但是有條不紊的特性配合。迅捷也提過要設計這樣的調動方式，但是訓練編隊刻不容緩，因此就延後計畫，等以後再說。

勞倫斯從閣樓救出一張老舊的飛行模擬臺，請荷林幫忙修理斷掉的桌腳，在無畏好奇的雙眼前，安置到他那片空地上。飛行模擬臺的樣子，就像在桌上放了一個大型的立體模型，上方有格子；勞倫斯沒有尺寸正確的龍可以掛在格子上，不過他用削出形狀且上了色的木塊來代替，再用線綁著木塊，這樣就能表現三度空間的位置，讓彼此容易溝通。

無畏一開始就能直覺了解空中的動作。他可以立刻說出某一種調動可不可行，如果可行的話，需要如何移動，新的調動方式大多都從他的靈感發展出來。而勞倫斯則比較擅長評估各個位置相對的戰力，建議要怎麼調整才能發揮最強的威力。

他們討論得津津有味，引起了其他隊員的注意。葛蘭比試著請求旁觀，勞倫斯答應了；不久他的二副伊凡斯，還有許多見習官都加入了。他們受過許多年訓練，經驗豐富，因此比勞倫斯和無畏都有基礎，他們的意見也讓調動的設計更加完美。

他們開始這項計畫之後幾個星期，葛蘭比對他說：「長官，他們要我建議你，也許我們可以試飛一些新調動。我們非常樂意犧牲晚上來試飛，要是不能展現我們的能耐，那就太丟人了。」

勞倫斯非常感動，他感動的不只是他們滿腔的熱誠，更是因爲他發現葛蘭比和隊員也希望看到無畏受到誇獎、認同。看見其他人和他一樣都爲無畏感到驕傲，他眞的很高興。「如果明晚人手夠，也許可以試飛一下。」勞倫斯說。

隔天，他所有的軍官，包括他的三位傳令兵都提早十分鐘集合。勞倫斯和無畏從例行的湖邊之旅回來降落時，意外地發現一行人已全都到齊，並列隊等待著他們，也才發覺這個聚會雖不正式，但他的飛行人員卻都全副著裝，認眞以待。一般人員通常會不穿外套或打領帶，最近天氣熱了更是如此。他忍不住認爲他們這身穿著是因著尊重他的習慣。

荷林先生和地勤人員也準備好等著他們。雖然無畏興奮到坐立不安，他們仍然迅速地讓他穿上軍用的鞍具，飛行人員一擁而上。

「長官，全體就位，鐵鎖固定。」葛蘭比說著，爬到他在無畏右肩的起飛位置。

「很好。無畏，我們先做兩次標準的晴天偵查式，再依我指示，換成改良版。」勞倫斯說。

無畏點點頭，眼神興奮閃亮地飛入空中。這是他們新調動中最簡單的一種，無畏做起來很容易；勞倫斯立刻就發現最困難的地方，是無畏做完螺旋形翻轉的最後一圈，回到標準位置的時候，要讓隊員習慣龍的動作。步槍手一半的靶子都沒射到，而練習中的炸藥是用裝了灰、重量較輕的袋子代替，無畏身體兩旁都沾到了灰，表示袋子沒有直接掉下去，卻擊中了他。

「好吧，葛蘭比先生，在可以傲人地展示新動作之前，我們要做的還很多。」勞倫斯說。

葛蘭比聽了，難過地點點頭：「沒錯，長官。或許他一開始可以先飛慢一點？」

「我想，我們或許也要調整一下做法。」勞倫斯說著，研究無畏身上灰印子的分布，「他急轉彎的時候，我們沒法確定可以不丟中他，所以不能投擲炸彈。也就是說，我們不能持續轟炸——我們要等到他飛正的那一刻，一次丟下相當於弦側轟炸的炸彈。我們要冒著完全錯失目標的風險，但是這個風險可以承受，會傷到他的情況就不能冒險。」

無畏輕鬆地繞圈，而龍背員和龍腹員急忙調整他們的轟炸裝備。他們又試了一次這種調動方式，勞倫斯看到袋子掉下去，無畏身體兩旁也沒有新印子。步槍手等待槍水平才射擊，擊中靶子的也有增加。他們重複五、六次以後，勞倫斯對成果相當滿意。

他們都爬下龍身，地勤人員立刻幫無畏脫去鞍具，擦掉龍皮上的灰和汙垢。勞倫斯對大家說：「等我們做這個和其他四種調動，投下所有配額炸彈的命中率到達八成的時候，我想就可以將成果發表給迅捷看。我們一定能成功的——各位先生，你們的表現眞傑出。」

勞倫斯之前不想讓人覺得他在討好隊員，所以不常稱讚人，但這時候，他覺得自己的讚美根本不致言過其實。看見他手下軍官對讚美眞誠的反應，更讓他感動，因爲他們全都急於繼續練習。在接著四個星期的密集訓練後，正當勞倫斯覺得他們可以展示給別人看時，決定權卻由他手中抽走了。

這天的晨間練習結束，編隊的龍降落，而隊員爬下龍的時候，迅捷對勞倫斯說：「隊長，你們昨天晚上飛的調動變化很有趣呢，我們明天看你在編隊時飛一次吧。」他點點頭，解散了他們，留下勞倫斯叫來隊員和無畏，匆促地做最後一次練習。

那天晚上，其他人都回到城堡裡，無畏和勞倫斯則靜靜坐在黑暗中，除了陪對方休息之外，什麼也沒力氣做，但這時無畏顯得有點擔心。

「唉，別讓自己心煩。」勞倫斯說，「你明天一定會做得很好的。所有的調動你都練熟了，我們一直沒發表只是爲了讓隊員更熟練而已。」

「我沒有特別擔心飛行的事，不過要是迅捷覺得我們的調動不好怎麼辦？」無畏說，「我們的時間就白白浪費了。」

「要是他覺得我們的調動動作一無是處，就不會要我們表演。」勞倫斯說，「何況，我們的時間一點也沒浪費，隊員對他們的工作都更投入、更用心，現在做得更好了。即使那些調動迅捷都不喜歡，我還是覺得這些夜間練習非常值得。」

勞倫斯終於安撫無畏安心入睡，而他自己也在龍的身邊打起盹來。這時是九月初，太陽的餘溫猶在，他不覺得冷。勞倫斯雖然再三安慰無畏，自己卻因壓抑不住胸中的一絲焦慮而在黎明時分就清醒了。他大部分的隊員都和他一樣大清早就出現在餐桌上，所以他刻意過去和幾位隊員談談，吃了一頓豐盛的早餐。其實他寧願什麼都不吃，只喝咖啡。

他走進訓練場時，發現無畏已經戴起鞍具，正望著山谷，尾巴不安地在空中揮動。迅捷還沒現身。編隊其他的龍也在十五分鐘後才陸續出現，這時候勞倫斯已經帶走無畏和他的隊員，在附近飛了幾圈。年輕的少尉和見習官都比較吵鬧，他下令叫人員更動位置，讓他們平靜下來。

悅欣降落了，接著是巨無霸。整個編隊集合完畢，勞倫斯也帶無畏回到庭院裡，但是迅捷還沒到。百合打著大大的呵欠，而奇鋒正低聲和燦輝交談。燦輝是隻帕斯卡藍龍，也會說法文，因爲他的蛋是多年前英法還沒交戰、兩國關係還夠友善的時候，向法國的孵育所買來的。無畏仍舊心事重重地看著奇鋒，勞倫斯雖然還是會注意到無畏的反應，不過也沒那麼在意了。

斑斕翅膀的一陣拍動，抓住他的注意。他抬起頭，看見迅捷飛進庭院要降落，後方幾隻溫徹斯特龍和灰紋龍的身影，快速地向各個方向遠去、縮小。低空中，有兩隻黃色收割者陪著捷戰向南飛去，而那隻絹翼龍的傷勢還沒完全復原。迅捷還沒落地，所有的龍都坐起身警戒了起來，隊長間的交談迅速靜下來，隊員間籠罩著沉重而山雨欲來的寂靜。

「他們抓到了維耶納夫和他的艦隊。」迅捷提高聲音蓋過嘈雜聲。「把維耶納夫和西班牙海軍一起困在卡地斯港❺。」就在他說話的時候，還有僕人帶著匆忙打包的包裹和行李箱從門廳跑出來，即使女僕和廚師也被迫加入工作。無畏還沒接到命令，就和其他龍一樣自動以四腳站起來。地勤人員已經開始拆開腹部裝行李的網袋，爬上龍背去裝備帳篷了。

「滅絕被派到卡地斯了，百合的編隊必須立刻前往英吉利海峽替代他的小隊。哈克特隊長，」迅捷轉向她說：「殲滅還待在海峽，他有八十年的經驗，妳和百合所有空閒的時間，都必須和他一起受訓。目前我把你們編隊的指揮權交給索頓隊長，不是因為妳的表現不好，而是你們的訓練縮短了，指揮的角色需要更有經驗的人。」

編隊領隊龍的隊長通常是編隊的指揮官，這主要是因為領隊的龍需要領導所有的調動作。哈克特聽了點點頭，沒有一點受到冒犯的樣子。「好的，沒問題。」她的聲音有點緊張，勞倫斯看著她，感到一陣同情——百合孵出得比意料中還早，哈克特自己也才完成訓練就當上隊長。這即使不是她第一次出任務，她的經驗也不出幾次。

迅捷滿意地對她點點頭，然後說：「索頓隊長，當然你要盡量多和哈克特隊長商量。」

「這是當然的。」索頓說著，坐在豐慶背上向她一鞠躬。

行李已經固定好，迅捷花了一點時間一一檢查鞍具。「很好——測試你們的承載牢不牢。巨無霸，開始吧。」

編隊裡的龍一隻隻以後腿站起來，試著鼓動翅膀，搖鬆索具，同時在庭院裡掮起呼呼的強風。他們一隻隻回到地面，報告說：「一切正常。」

「地勤人員就位。」迅捷說道，勞倫斯看著荷林和他的屬下趕緊來到腹部索具的地方，將自己固定上去，準備長途飛行。由下面傳來他們準備好的信號，他對他的信號官透納點點頭，透納便舉起綠色的旗子。巨無霸和奇鋒的隊員片刻後也舉起他們的旗子來。小型的龍隻已經準備好等著他們了。迅捷坐回後腿，環視著他們，然後只說了句：「一路順風。」

沒有其他儀式或準備了。索頓隊長的信號官舉起旗語，指示編隊升空，接著無畏就和其他的龍一起躍入空中，飛到巨無霸身邊的位置。現在正吹著西北風，彷彿就在他們身後。他們升到雲層上之後，勞倫斯望向遙遠的東方，只見水面映著微弱的光輝。

譯註：

❶：聖文森角，位於葡萄牙西南的海岬。聖文森角海戰發生於一七九七年，英國以十五艘戰列艦擊敗西班牙的二十七艘戰列艦。

❷：馬倫戈的天才是指拿破崙。此處指的是一八〇〇年的馬倫戈戰役，在此戰役中，拿破崙領軍越過阿爾卑斯山，在義大利擊敗奧軍，鞏固了法國革命政權。

❸：維羅納（Verona），位於今日的義大利北部，當時在奧地利的統治之下。

❹：布列斯特（Brest），法國西北的城市，位於布列塔尼半島西端，是法國海軍艦隊駐紮的主要地點之一。

❺：卡地斯港（Cadiz），位於西班牙西南的港都，十八世紀起就是西班牙海軍的主要港口。

# III

# 第九章

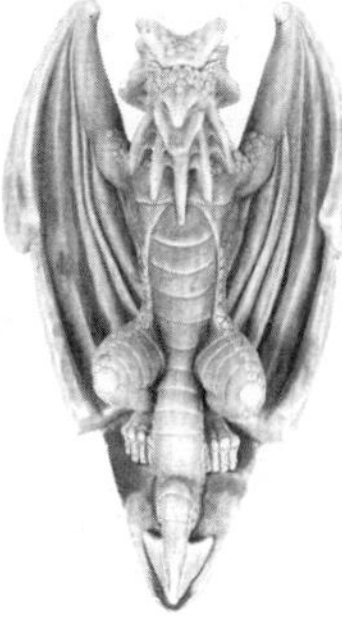

步槍的子彈從勞倫斯頭部的側邊飛過，距離近到幾乎拂過他的頭髮。接著反擊的槍聲從他背後響起，無畏掠過法國龍時猛然出擊，在深藍色的龍皮上留下長長的傷口，同時優雅地側身躲開另一隻龍的爪子。

「長官，依顏色判斷，那隻是夜之花。」葛蘭比喊著，他的頭髮在風中飄蕩。藍色的龍大吼一聲飛開，調頭準備再一次攻擊編隊，牠的隊員已經開始爬下去幫牠止血了——那個傷口還不至於讓牠無法行動。

勞倫斯點點頭。「是的，馬丁先生。」接著他提高聲音喊道：「準備好閃光粉，他們再過來就要他們好看。」法國品種的龍身材壯碩又兇猛，不過生來晝伏夜出，很怕突如其來的閃光。「透納先生，請做出閃光粉警告信號。」

豐慶的信號官迅速傳回確認的信號。豐慶這隻黃色收割者，正在抵抗由法國中量級戰龍對編隊前緣展開的猛烈攻擊。勞倫斯伸手拍了拍無畏的頸子，抓住他注意。「我們要給那隻夜之花來點閃光粉。」他喊道，「保持位置，等待信號。」

「是的，我準備好了。」無畏的語調中滿是興奮，幾乎顫抖起來。

「請小心。」勞倫斯不由自主加了一句。由法國龍身上的傷疤看來，他畢竟比較年長，他不想要無畏因爲過度自信而受傷。

夜之花向他們急飛而來，再度企圖衝過無畏和燦輝——他的目的顯然是要分裂編隊，同時讓無畏或燦輝受傷，這麼一來，百合就不能防備後面來的攻擊。夜之花是法國來襲的中型龍裡最大的龍隻，索頓已經打信號指示新的調動方式，讓他們幫百合形成對夜之花的攻擊角度，但是在新的調動完成之前，他們的閃光攻擊要成功才行。

那隻藍黑色的龐然大物轟然向他們飛來，勞倫斯用擴音器強調他的命令：「所有隊員就緒，準備發射閃光粉。」兩方交戰的速度超出勞倫斯以往的經驗。在海戰之中，兩方開火與反擊的時間會維持五分鐘，空戰的一次攻擊不到一分鐘就結束，隨即就是下一次攻擊。這次法國龍避開無畏的爪子，飛得比較靠近燦輝；但是燦輝這隻帕斯卡藍龍的體型比較小，擋不住法國龍龐大的身軀。他對無畏喊道：「左急轉，靠近他！」

無畏馬上回應。他黑色的翅膀迅速翻動，帶著他們撲向夜之花，而無畏逼近的速度，遠比一般的重量級戰龍還迅速。敵方的龍猛然退縮，反射性地看向他們，勞倫斯瞥到了那一對慘白眼睛，倏然大叫：「點燃粉末。」

他在千鈞一髮之際閉上了眼睛。但即使閉上眼，閃亮的光芒還是能穿透眼皮，夜之花痛苦地吼著。勞倫斯睜開眼，發現無畏正奮力撕扯另一隻龍，在牠的腹部刻下深深的傷痕，他的步槍手則向對方的龍背員猛烈射擊。無畏一心擊退敵方的龍，恐怕會落後。勞倫斯連忙喊道：「無畏，保持你的位置。」

無畏身體一振，急忙鼓動翅膀衝回他在編隊中的位置。索頓的信號官舉起綠旗，他們全都跟著信號繞著小圈子飛。百合已經張開雙顎嘶嘶作聲了——那隻夜之花的隊員試圖帶他飛走，但他卻盲目地飛舞，在空中撒下鮮血。

「上方敵軍接近！上方敵軍接近！」巨無霸左側的守望員慌張地指著上方。就在那個男孩尖叫的時候，駭人的渾厚吼聲像雷鳴一樣在他們耳邊響起，蓋過男孩的叫聲——一隻巨騎士龍筆直朝他們落下。那龍的白色腹部和厚重的雲朵融為一體，躲過了守望員的偵察。牠向百合飛去，巨爪大張，牠幾乎有百合的兩倍大，體型連巨無霸都比不上。

勞倫斯驚訝地看著豐慶和不朽突然掉了下去，才想起這就是迅捷很久以前警告他們的反應——受到來自上空的驚嚇造成的反射動作。燦輝的翅膀嚇得抽動一下，不過很快恢復正常，悅欣守在她的位置，然而巨無霸衝了出去，超過其他的龍，百合則不由自主地迴旋轉身警戒。編隊陷入一片混亂，百合的位置完全曝露出來。

「所有槍手準備，衝過去！」他吼著，忙亂地指示無畏，不過完全是多餘的。無畏只在原地停一下，已經衝過去保護百合了。巨騎士龍靠得太近，不能讓他完全調頭，但如果他們能搶在他攻擊到百合之前擊擊他，就能救她一命，而且讓她有時間反擊。

其他四隻法國龍都重整旗鼓飛回位置。無畏猛然加速，剛好閃過一隻冠漁龍伸出的爪子，接著伸著四肢的爪子，撲上已經開始攻擊撕抓百合的巨騎士龍。

她痛苦又憤怒地尖叫、掙扎，這時三隻龍完全糾纏在一起，全都朝著不同的方向鼓動翅膀，連抓帶扯。百合不能朝上噴吐酸液；他們必須想辦法讓她逃脫，但是無畏的體型比巨騎士龍小太多了，雖然百合的隊員正用斧頭砍著那隻龍堅硬如鐵的爪子，但是勞倫斯只見碩大的爪子在她身上越陷越深。

「拿顆炸彈上來。」勞倫斯向葛蘭比怒吼道。他們得冒著失手炸到無畏或百合的危險，設法將炸彈發投向巨騎士龍的腹部索具。

無畏繼續埋頭攻擊，喘氣時腹部劇烈地起伏。他震天的吼聲連自己的身軀都隨之振動，聲音大到勞倫斯的耳朵都痛了。巨騎士龍痛苦地顫抖。另一邊的某處，巨無霸也大吼起來，然而勞倫斯被法國龍擋住，根本看不見巨無霸。攻擊見效——巨騎士龍粗啞地咆哮一聲，鬆開爪子。

「放開！」勞倫斯喊道，「無畏，放開，擋到他和百合中間。」無畏回應他的話，鬆開法國龍，停了下來。百合流血呻吟，而且快速地滑落。把巨騎士龍趕走還不夠——在她爬升高度到戰鬥位置之前，她的處境仍然很危險。勞倫斯聽到哈克特喊著命令，不過聽不出內容。只見百合腹部的索具霎時落了下去，如一張巨網沉入雲層之中。索具裡的炸彈、補給品和行李全都翻落而下，消失在英吉利海峽的海水裡。她的地勤人員全都改成固定在主鞍具上。

百合的負重減輕，抖動一下，使勁拍著翅膀飛回空中。她的傷口用白色的繃帶包紮好，但是勞倫斯即使從遠處也看得出她的傷口需要縫合。巨無霸攻擊了巨騎士龍，但是冠漁龍、夜之花和其他中量級戰龍卻組成楔型的陣型，準備再襲擊百合。無畏飛在百合上方，威嚇地嘶嘶作聲，染血的爪子一收一抓，但是她爬升得太慢了。

空戰儼然已經變成一場混亂。雖然其他的英國龍尚未從驚嚇中恢復過來，但是完全沒了秩序。哈克特只能顧及百合的困境，而豐慶正在下方遠處和第四隻法國龍——一隻紋漁龍纏鬥。法國方面顯然認出索頓是指揮官，把他擋在一邊。這個戰略讓勞倫斯懊惱又敬佩。他是眾人中最資淺的隊長，沒有權力指揮，但是總得做點什麼。

「透納！」他叫著要他的信號官注意，但是還來不及發出命令，另一隻英國龍就已經迴轉，開始動作了。

「長官，有信號，在領隊龍周圍集合。」透納指向他。

勞倫斯回過頭，看到奇鋒隨著信號旗揮舞，滑入巨無霸平常的位置，舒瓦瑟和他的大龍飛在他們前面，但他的守望員顯然瞥見了戰事，這時飛回來了。勞倫斯拍拍無畏的肩膀，讓他注意到信號。「我看見了。」無畏喊著回應，立刻向後振翅，回到他該在的位置。

又有信號傳來，勞倫斯讓無畏飛得更接近一點，燦輝也飛得更加靠緊，一起填補豐慶通常在的空位。下一個信號傳來：編隊全體爬升。百合終於不再流血，這時身邊圍著其他的龍，振奮了起來，更賣力鼓動翅膀。三隻法國龍分散開來，此時他們只會直直飛向百合的雙顎前，一同攻擊已經不可能成功。再過不久，編隊就能飛到巨騎士龍的高度。

信號閃起，巨無霸退開。他這時還和巨騎士龍離得很近，兩邊的步槍砰砰響著。接到訊號的皇銅龍用爪子抓了最後一下，飛了開來——但是編隊還飛得不夠高，他飛開的時間快了一步，百合還要等一會兒才能攻擊。

巨騎士龍的隊員這時發現他的新危險，於是讓巨龍再向上飛，法國龍身上傳來陣陣的叫喊聲。巨騎士龍雖然負傷流著血，但因體型巨大，這樣的傷勢對他來說妨礙不大，他爬升的速度仍然比負傷的百合快。過了一下，舒瓦瑟傳來信號，編隊維持高度，而他們就此放棄追擊。

法國龍在遠方重新集合成鬆散的隊型，飛了回來，同時思考他們下一次的攻擊。但隨後他們就一同調頭，急速向東北方飛去，而紋漁龍也和豐慶分開。無畏的守望員全都喊著指向南邊，勞倫斯回頭一看，只見十隻龍迅速地向他們飛來，領頭的長翼龍打出了英方的信號。

那隻長翼龍是突圍。因此前往多佛掩蔽所剩下的旅程，由他和他的編隊陪同他們飛完，並由隊中兩隻重量級的網刺龍在路上負責輪流支持百合。百合的情況改善不少，不過頭已經垂了下來，降落的時候重重落地，四肢劇烈地顫抖，隊員才剛爬離她的身上，她就倒了下來。醫生開始治療時，哈克特隊長毫不掩飾臉上斑斑的淚痕，跑到百合的頭旁邊撫摸她，低聲說親暱的話鼓舞她。

勞倫斯指示無畏降落到掩蔽所降落場的邊緣，給受傷的龍隻多一點空間。巨無霸、不朽和豐慶在空戰中都受了傷，即使比不上百合所受的折磨，但仍然痛得很，他們疼痛的低嚎聲讓人聽了難過。勞倫斯忍住一陣哆嗦，摸了摸無畏光滑的頸子。他很慶幸無畏又快又靈巧，因此沒面臨和他們一樣的命運。「葛蘭比先生，我們現在就卸下行李吧，如果可以的話，我們來看看能分點什麼給百合的隊員，看來他們的行李都掉光了。」

「是的，長官。」葛蘭比說著，立刻轉身發布命令。

他們花了幾個小時才安頓好龍隻，卸下行李後就讓他們進食。幸好這個掩蔽所很大，加上牧牛場占地大約一百英畝，所以幫無畏找到一塊夠大的空地並不難。無畏雖因見識了第一場戰役而興奮，卻同時爲百合的狀況擔心——這是他第一次感到沒食欲，勞倫斯最後終於請人員拿走剩下的殘骸。「不必強迫自己吃，我們可以明天早上再獵來吃。」他對無畏說。

「謝謝你，我現在眞的不太餓。」無畏說著低下頭來。他們幫他清理，直到龍務人員離開，留下他和勞倫斯爲止，他始終很安靜。無畏的眼睛瞇成了一條縫，勞倫斯一度懷疑他是不是睡著了，但他又把眼睛睜大一點，輕聲問道：「勞倫斯，打完仗以後都是這樣嗎？」

勞倫斯不用問是什麼意思，也能輕易看出無畏的疲倦與悲傷。但是這個問題很難回答。無畏很需要他的安慰，但是勞倫斯自己都還很激憤，放鬆不下來，這樣的感覺雖然很熟悉，但通常不會維持這麼久。他參加過許多次軍事行動都同樣有致命的危險，但這次行動更加殘酷——敵人對準目標來襲的時候，威脅到的不是他的船，而是他的龍，而他的龍是他在世界上最親密的夥伴。他想到如果百合、巨無霸或隊上任何一隻龍受了傷，他也會很難過。雖然他們不是無畏，卻是他的戰友。這和過去的經驗一點也不同，而且意外的突擊也讓他手足無措。

他還是開口說：「恐怕事情過後，這種不舒服是必然的。尤其是有朋友受傷，甚至犧牲的時候。我得說，我覺得這次作戰特別難以忍受。而且不是由我們挑起的，因此也沒有好處。」

「是啊，說得沒錯。」無畏說著，頭冠低垂在頸子上，「要是我能覺得這麼奮勇應戰，百合還受了傷，是爲了某個目的，那應該會好過一點。可是他們專爲傷害我們而來，我們甚至沒保護到誰。」

「別這麼說，你保護了百合啊。」勞倫斯說，「何況你得想想，法國的攻擊聰明又有技巧，他們意外突擊我們，在與我們兵力相當、但經驗卻比我們充足的情況下，我們還擊退他們，這成果很值得驕傲不是嗎？」

「應該是吧。」無畏說。他的雙肩放鬆了下來，卻又補上一句：「要是百合沒事就好了。」

「但願如此。只要盡一切努力，她一定會好起來的。」勞倫斯說著，摸摸他的鼻子，「來吧，你一定累了。要睡了嗎？還是唸點書給你聽？」

「我想我還睡不著。」無畏說，「我想聽你讀書，我會靜靜躺著休息。」他才說完，就打一個呵欠；勞倫斯還沒把書拿出來，他就睡著了。天氣終於變涼轉他鼻子規律吐出的溫暖氣息在冰冷的空氣中凝結成小團小團的霧氣。

勞倫斯讓他睡了，自己則盡快走回掩蔽所總部。路並不太黑，因爲沿著龍空地的小徑上點著提燈，加上眼前窗戶透出的燈火通明。東風由港口帶著鹹鹹的空氣吹來，混著龍發出的金屬氣味。龍的氣味已經熟悉到幾乎無法察覺了。勞倫斯的房間在二樓，窗戶正對著後花園，十分舒適。他的行李全都拆封了，他難過地看著縐巴巴的衣服。顯然拉干湖掩蔽所的僕人對於打包和飛行員一樣沒概念。

時間雖然已不早，但當他走進軍官餐廳時，卻聽見餐廳內傳來激烈的吵鬧聲。編隊中的其他隊長聚集在長桌前，他們的食物幾乎原封不動。

「知道百合的情況嗎？」他坐到柏克力和悅欣的錢納里隊長之間。一行人中，只有哈克特隊長和不朽的小不點隊長沒出席。

「那個該死的儒夫，他讓她傷及骨頭了，不過我們只知道這樣。」錢納里說，「他們還在幫她縫合，她什麼都沒吃。」

勞倫斯知道這不是好徵兆。受傷的龍除非遭受很大的痛苦，否則食欲通常都很好。「巨無霸和豐慶呢？」他看著柏克力和索頓問。

「吃得不錯，也睡得很熟。」柏克力說。他一向平靜的表情垮了下來，顯得十分憔悴，一道血痕從他前額蔓延到根根分明的短髮間。「勞倫斯，你今天眞他媽的快啊！不然我們就要失去她了。」

「還不夠快。」勞倫斯搶在喃喃的同意聲響起之前即時回應。無畏的表現雖然讓他自豪，但他一點也不想因爲這天的表現受誇獎。

「比我們其他的都還快。」索頓說著喝乾杯裡的酒。由他雙頰和鼻子上的紅暈看來，這已不是第一杯酒了。「死法國佬，完全趁我們不備時出擊。我懷疑他們爲何在這裡巡邏！」

「索頓啊，從拉干湖到多佛的路徑又不是什麼秘密。」小不點說著，來到餐桌旁。他們挪開椅子，在桌尾讓位給他。「不朽剛剛安頓好，開始吃東西了。說到這個，麻煩幫我傳一下雞。」他用手拔下一支雞腿，飢餓地撕著吃。

勞倫斯看著他的吃相，終於感覺有點胃口了，其他隊長們似乎也有同樣的感覺，接下來十分鐘他們都專心而安靜地用餐，傳遞菜餚。清晨，在米德斯堡❶的掩蔽所匆忙吃過早餐後，他們就沒吃過東西了。紅酒不是上等的，不過勞倫斯仍舊喝了幾杯。

過了一會兒，小不點擦擦嘴，繼續他先前的話題。「我想法軍就在菲利斯托❷和多佛之間出沒，等著攻擊我們。」他說，「以上帝之名，希望別再讓你們抓到我那樣駕著不朽了。

除非我們想開戰，不然希望以後都能在陸地上飛。」

「一點也沒錯。」錢納里由衷同意道，「噢，舒瓦瑟，拉張椅子來吧。」他自己挪了挪椅子，讓保皇黨的隊長加入他們。

「各位先生，我很高興告訴你們，百合已經開始進食了。我剛從哈克特隊長那裡回來。」他說著舉起酒杯，「我們來敬他們健康吧！」

「來，來。」索頓邊說邊將自己的杯子斟滿酒。他們全都舉杯敬酒，放心地呼了口氣。

「你們都在這裡啊，吃東西了吧？很好，非常好。」藍登司令來加入他們。他是空軍海岸師的總司令，也統御所有多佛掩蔽所的龍隻。勞倫斯和舒瓦瑟較其他人慢了一步，正要起身仿照他人，藍登卻不耐煩地說：「唉，別傻了，不用起來。看在老天的分上，你們已經辛苦了一天。來，索頓，幫我傳一下酒。看來你們都知道百合在吃東西了吧！沒錯，醫生說她再過幾個星期就可望能開始短程飛行。至少我們已經好好教訓了法國佬的重量級龍，各位，敬這個編隊一杯吧！」

勞倫斯終於感受到自己的不安和沮喪減輕了些。百合和其他龍脫離險境的消息讓人放下心，而酒精也放鬆了他梗在喉頭的緊繃感。其他人的感覺好像也差不多，交談也有一搭沒一搭地慢了下來。他們拿著杯子，個個都昏昏欲睡。

「我很確定那隻巨騎士龍是凱旋。」舒瓦瑟低聲對藍登司令說，「我以前看過他，他是法國數一數二危險的戰龍。我和奇鋒離開奧地利的時候，他應該在萊茵河附近的第戎❸掩蔽所——拿破崙如果沒有十全把握可以打贏奧地利，不會讓他來這裡的，我相信還有更多法國龍正趕來支援維耶納夫。」

「隊長，我原來覺得你說得對，現在更確定了。」藍登說，「不過目前我們能做的，只有祈禱滅絕能趕在法國龍和維耶納夫會合之前，先和納爾遜會合，希望他能發揮功用。我們沒有百合能用的話，就不能派殲滅過去。如果他們這次突襲的目的是牽制我們，我一點也不意外。那該死的科西嘉人就會想這種絕招！」

勞倫斯不禁想到目前包圍卡地斯的大艦隊和信賴號，也許此刻他們正受到法國空軍全面攻擊的威脅。艦上有好多他的朋友和舊識，即使法國龍沒有先到達，也要打一場轟轟烈烈的海戰，在他下次收到隻字片語之前，又有多少人已先犧牲了？過去幾個月太忙碌，他沒有花多少時間通信，此時他深深為自己疏於聯絡感到懊悔。

「我們有沒有從卡地斯的封鎖區接到信件？」他問道，「他們有發現任何行動嗎？」

「聽說沒有。」藍登說，「噢，沒錯，你是我們海軍來的傢伙對吧？嗯，在其他龍復原期間，我會讓你們沒受傷的組員開始在海艦上面巡邏。你們可以降落到旗艦上打聽一下消息，他們看到你一定高興得要命。我們已經有一整個月沒有任何龍隻閒到可以帶信給他們了。」

「那我們明天就要開始嗎？」錢納里問道，勉強壓抑一陣呵欠，但是不太成功。

「不，我可以放你們一天假。好好照顧你們的龍，趁這個空檔好好休息吧。」藍登說著，發出刺耳的笑聲，「後天黎明我就會把你們統統趕下床。」

隔天早上，無畏沉沉地睡到很晚，勞倫斯在早餐之後只好自己找事做。他在早餐桌上遇到柏克力，便和他一起走回去看巨無霸。這隻皇銅龍還在吃東西，現宰的羊一隻一隻進入他的食道。他們到空地看他的時候，他滿嘴食物，只低沉地哼了一聲，打了個招呼。

柏克力帶了一瓶很糟的酒，自己喝掉了大半，勞倫斯只吮了幾口表示禮貌，兩人邊喝酒邊在沙土上畫圖，以鵝卵石代表龍隻來討論前一天的戰役。「我們要是有一隻輕型飛龍就好了，希望可以撥出一隻灰紋龍，飛在編隊上方負責瞭望。」柏克力說著，重重地坐回石塊上。「問題是我們大型的龍都很年輕。當大龍慌張成那樣，即使小隻的能維持理智，也會受到驚嚇。」

勞倫斯點點頭。「不過，我希望這次不幸事件至少能讓他們有些處理恐慌的經驗。」他說，「無論如何，法國不能奢望這麼理想的狀況常常會發生。要是沒有雲層的掩護，他們也不會成功。」

「兩位好啊，在研究昨天的策略嗎？」舒瓦瑟走向總部的路上經過他們，並在圖示旁邊蹲下來加入討論。「很抱歉我一開始沒和你們在一起。」他的外套滿是塵土，領帶被汗水浸漬得斑斑駁駁——他看起來自從前一天就沒換過衣服，眼白布滿血絲、眼皮下垂，他揉了揉眼睛。

「你昨晚沒睡嗎？」勞倫斯問。

舒瓦瑟搖搖頭：「有啊，我和凱瑟琳……和哈克特輪流在百合身邊睡了一下，不然她不肯休息。」他閉眼打一個大大的呵欠，幾乎倒下去。「謝謝。」他用法文說著，感謝勞倫斯伸手扶他，然後費力地緩緩站起來。「你們慢慢聊吧，我要幫凱瑟琳帶點食物。」

「拜託去休息一下吧。」勞倫斯說，「我會帶點東西給她的。無畏在睡覺，我正好沒事。」

哈克特自己倒清醒得很，因爲擔心而臉色慘白，不過已經平靜下來了，正在對隊員發號施令，一邊親手餵百合吃一塊塊剛宰好、還熱騰騰的牛肉，嘴裡不斷說著激勵的話。勞倫斯帶了點麵包和燻肉給她，但她不願停下來，還想用沾滿血的手接過三明治。勞倫斯設法哄她去洗洗手、吃些東西，由龍務人員接替她的工作。百合還在繼續進食，一側的金色眼睛盯著哈克特，才覺得安心。

哈克特還沒吃完，舒瓦瑟就回來了，他脫掉領帶和外套，後面跟著的僕人拿了一壺濃濃的咖啡。「勞倫斯，你的上尉在找你，無畏快醒了。」他說著，重重地坐回哈克特身邊。「咖啡很有效，我睡不著。」

「謝謝你，尙．保羅，你不會太累的話，我很高興有你的陪伴。」她說著，轉眼已經開始喝第二杯咖啡了。「勞倫斯，快去吧，無畏現在一定很不安。謝謝你過來看我們。」

勞倫斯向他們倆一鞠躬，內心卻覺得有點不自在。他習慣哈克特後，就沒這樣的感覺了。哈克特似乎沒意識到自己靠著舒瓦瑟的肩膀，舒瓦瑟低頭看她時也毫不掩飾眼中的溫情。她還很年輕，勞倫斯不禁覺得在沒有適合的長輩在場的情況下，他們這樣很不妥當。

他說服自己，百合和其他隊員都在場，何況他們顯然都精疲力竭了，不會發生什麼事的。總之，就當時的情況自己也不可能留下來，因此便匆匆趕去探望無畏。

那天剩餘的時間，勞倫斯都在懶散愉快的氣氛中度過，他舒服地窩在無畏的前臂臂彎——他常待的位置提筆寫信。爲了消磨海上的漫長時光，他養成大量通信的習慣，這下子還有很多認識的人在等他回信。他母親也設法倉卒地寫了幾封短信，顯然是瞞著他父親寫的，這些信還沒付郵費，所以勞倫斯得補足郵資才能收到信。

無畏爲了補償前一天沒有胃口而大吃一頓，然後聽勞倫斯讀他正在寫的信，順便貢獻幾句話，問候阿連德夫人和萊利。「還請萊利艦長爲我向信賴號上的船員問好。」他說，「勞倫斯，感覺是好久以前的事了，不是嗎？我已經幾個月沒吃魚了。」

他計算時間的方法讓勞倫斯覺得好笑。「這陣子的確發生了很多事。想到還沒滿一年，感覺很奇怪。」他說著封起信封，寫上收信地址。「只希望他們都平安。」這是最後一封信，他滿足地將這封信放到一大疊信上面。回完信，他覺得心安理得多了。

「羅蘭！」勞倫斯叫道，她和軍校生在玩拋石子遊戲，聽見叫喚馬上跑了過來。「把這些拿去郵局。」他說著，把那疊信交給她。

「長官，」她把信接過去，有點緊張地說，「我送完之後，晚上可以自由活動嗎？」

勞倫斯聽了她的要求有點驚訝，有幾位少尉和見習官向他請假去城裡，他准了。不過即使她不是女孩，只要想到讓一名十歲大的軍校生單獨在多佛附近遊蕩，就覺得很荒謬。「妳是一個人，還是和其他人一起？」他想到她可能受年長的軍官邀請，出去做正經事。

「沒有，長官，只有我一個。」她說。她的樣子非常渴望，勞倫斯一時還想准許她，然後自己帶她去，但是他並不想讓無畏留下來，獨自回想前一天的事。

「也許下次吧，羅蘭。」他溫和地說，「現在開始，我們會在多佛待很長一段時間，我保證會有其他機會的。」

「噢。」她說著垂下了眼睛，「是的，長官。」她垂頭喪氣地離開，勞倫斯不禁覺得內疚。

無畏看著她離開，問道：「勞倫斯，多佛有什麼特別有趣嗎，我們能不能去看看？我們有好多隊員好像都要去呢！」

「唉……」勞倫斯想到要解釋最吸引他們的就是港口那些妓女和便宜的酒，不禁十分尬尷。「嗯，城市裡面人非常多，所以有很多種私密的消遣。」他試著說道。

「你的意思是——像是書比較多？」無畏問，「但是我從來沒看過杜恩或柯林斯看書，他們要去多佛就好興奮——昨天整晚都在談論要去的事。」

勞倫斯暗自咒罵那兩個倒楣的年輕見習官，讓他的解釋變得更複雜了。接著懷著報復的心，他內心計算起他們下個星期的工作量。「城裡也有劇院，還有音樂會。」他沒說服力地說。不過，這樣遮掩事實也太過頭了——他因爲沒有坦誠而內疚，無法忍受自己隱瞞無畏，畢竟無畏已經長大了。於是他坦白一點，對無畏說，「不過，恐怕他們有些人是去城裡喝酒，和下流的人廝混。」

「噢，你是指妓女。」無畏說。勞倫斯聽了，驚訝得差點從位置上跌下來。「我不曉得城市裡也有，這下子我明白了。」

「你是從哪裡聽來的？」勞倫斯問道，一邊讓自己平靜下來。這下子他不需要解釋了，卻因爲是別人告訴無畏而感到冒犯。

「噢，捷戰在拉干湖告訴我的，我那時候弄不懂爲什麼那些軍官在村子裡沒有家人，卻會下到村子去。」無畏說，「可是你從來不去呢，你確定眞的不想去嗎？」他幾乎是用期待的語氣問。

「乖乖，這種事不能說出來。」勞倫斯臉紅了起來，又笑得發抖。「這根本不是什麼高尙的話題，如果不能阻止男人陷於這種惡習之中，那麼至少不該鼓勵他們。我一定要去找杜恩和柯林斯談談，他們不應該拿這件事吹噓，更不應該在少尉可能聽到的地方說。」

「我不懂。」無畏說，「恩仇說那對男人很好，而且男人最好這樣，不然就可能想結婚，結婚聽起來不太愉快。不過如果你眞的很想結婚，我想我也不介意吧。」他最後一句話聽起來不太實在，還斜眼看著勞倫斯，好像想觀察他聽了會有什麼反應。

勞倫斯尷尬和歡樂的心情瞬間一掃而空。他溫柔地說：「恐怕你聽到的訊息很不完全，很抱歉，我早應該和你談這些事的。現在請不要擔心——你永遠都是我最重要的責任，即使我結婚了也不會改變，不過我想我大概不會結婚吧。」

他停了一下，思考如果說多一點，會不會讓無畏更擔心。但是最後，他決定寧願坦白一點，於是補充道：「在遇見你之前，我和一位小姐有過類似的約定，不過遇見你之後，她就讓我自由了。」

「你的意思是她拒絕你嗎？」無畏憤慨地說。由此可見，龍居然會像人一樣矛盾。「我很遺憾，勞倫斯。你想結婚的話，我相信你能找到其他更好的人選。」

「多謝恭維。不過我向你保證，我一點也沒想要再找別人。」勞倫斯說。

無畏低下頭不再表示議異，顯然非常高興。「可是勞倫斯……」他欲言又止，接著問道：「如果這個話題不妥當，也就是我不應該再提起這話題嘍？」

「在有別人的場合就應該避而不談，不過你可以跟我說任何事。」勞倫斯說。

「我現在只是好奇，」無畏說，「如果去多佛就是要做這種事，那羅蘭要找妓女，年紀未免太小了，不是嗎？」

「再談下去，我開始覺得需要來一杯酒才撐得住了。」勞倫斯悲慘地說。

幸好光解釋劇院和音樂會是什麼，還有城市裡其他有趣的事就讓無畏心滿意足了。他很樂意轉移注意，討論他們預計巡邏的路徑。路徑圖是傳令兵那天早上帶來的，無畏甚至問能不能捉點魚當晚餐。看到他的心情從前一天的不幸事件中恢復過來，勞倫斯非常振奮，於是作出決定——如果無畏不反對，他會自己帶羅蘭到多佛。但就在這時，他看見她由另一位隊長陪著回來了——那隊長是位女性。

勞倫斯一直坐在無畏的前腳上，這時才猛然意識到自己的樣子邋遢。他連忙從另一邊爬下無畏的腳，暫時用無畏的身軀擋住。他沒時間穿回外套，而且外套還遠遠地掛在樹枝上，但他仍然將襯衫塞回褲子裡，匆忙打起領帶。

他繞了回去向她們鞠躬，看清楚她的臉時，差一點絆了一跤。她長得還算好看，但是臉上布滿疤痕，顯然是劍傷。左眼在眼角微微下垂，剛好躲過劍刃，臉上的皮肉沿著一道兇狠的紅色傷痕扭曲，在脖子上淡化成細一點的白色疤痕。她和他同樣年紀，也許還稍微年長一點，年紀因爲疤痕的關係很難推測。不過，她有三條槓，表示她是資深上校，衣領上還有一小塊尼羅河戰役的金質獎章。

他連忙掩飾自己的驚訝，而她不等任何形式的介紹就問：「勞倫斯，是嗎？我是珍・羅蘭，殲滅的隊長。如果能讓我晚上帶走艾蜜莉的話，我會很感謝你私下的恩惠——要是她有空去的話。」她意有所指地瞥了眼無所事事的軍校生和少尉，而且語帶諷刺，顯然受到冒犯。

「請妳見諒。」勞倫斯明白自己的失誤，對她說：「我以為她要自由活動，是想到城裡。我不曉得——」他差點脫口而出。她們的姓氏一樣，而且容貌和表情都神似，他很確定她們是母女，但是他不敢貿然假設，於是改口說：「妳當然能帶她走。」

羅蘭隊長聽了他的解釋，立刻緩和下來。「哈，我懂了，你一定想她打算惹什麼麻煩。」她的笑聲真誠又爽朗，十分特別。「好吧，我保證我不會讓她太野，八點鐘就帶她回來。謝謝你，殲滅和我幾乎一年沒見到她，恐怕快忘記她的長相了。」

勞倫斯鞠躬送走她們。羅蘭急著跟上她母親男人一般的大步伐，嘴裡喋喋不休地說著話，既興奮又激動，離開時還向她的朋友揮揮手。勞倫斯看著她們離開，覺得自己有點蠢。他好不容易習慣了哈克特隊長，應該要自己早點想到才對。殲滅畢竟也是長翼龍，大概也像百合一樣堅持要女性的隊長，而他服役了許多年，隊長勢必得參戰。但是勞倫斯得承認，他的確很意外，也很驚訝地看到這樣既傷痕累累，舉止又大剌剌的一位女性。他認識的另一位女性隊長是哈克特，她一點也不拘謹，但是她還年輕，又因為自己晉升得早，也許因此較沒自信。

剛才和無畏討論的婚姻問題在腦中還很新鮮，讓他不由得納悶有關艾蜜莉父親的事。如果婚姻對男性飛行員來說是很棘手的問題，那麼對女性飛行員而言，就更無法想像了。他唯一能想到的可能是——艾蜜莉是私生女。但這個念頭才出現，他就斥責自己不該對一位剛認識、值得尊敬的女性抱持這種想法。

他對這件事無意間的猜想，後來被證實完全正確。那天晚上，羅蘭帶艾蜜莉回來之後，請他在軍官俱樂部吃了頓很晚的晚餐。幾杯下肚後，他不禁試探地問候艾蜜莉的父親。「恐怕我一點概念也沒有，我已經十年沒見到他了。你知道我們其實沒結婚嗎？我想他甚至不知道艾蜜莉的名字。」

她好像完全不以爲意，勞倫斯心裡也知道這是最合理的情況，不過仍感到不太自在。幸好，她自己也注意到了這點，她自己不以爲怪，反而溫柔地說：「對你來說，我們的生活方式一定還很怪吧。不過你想的話，其實可以結婚，這對你在空軍不會有妨礙。只是另一半的地位總是排在龍後面，會很辛苦的。就我來說，我從來不覺得需要結婚，如果不是爲了殲滅，我也不會想要有孩子。當然，艾蜜莉很可愛，我很高興有了她。不過話說回來，還是非常不方便。」

「艾蜜莉會接在妳之後成爲他的隊長嗎？」勞倫斯說，「恕我冒昧，龍隻，我是說長命的龍隻，都是這樣傳承的嗎？」

「如果可以的話，的確是這樣。你知道嗎？他們很難接受失去馭龍者的事實。如果新的馭龍者跟他們有某種聯繫，可以一起分擔傷痛，他們會比較願意接受。」她說，「所以，我們要繁殖得和他們一樣多，我想他們也會要你爲空軍生一、兩個。」

「老天爺。」這想法讓他驚訝不已，在伊蒂絲拒絕他那時，他就把生兒育女的念頭和結婚的計畫一起拋開了，何況他意識到無畏也排斥他結婚，他不能這麼快就開始想像他要怎麼安排這種事。

「可憐的傢伙，你一定覺得很震撼吧！眞對不起。」她說，「我願意幫你，不過你得等到他至少十歲。而且不管怎麼說，我現在也沒有空。」

勞倫斯愣了一下才了解她的意思，他的手顫抖著拿起酒杯，努力想把他的臉藏在酒杯後面。雖然他使盡全力克制，還是覺得臉上泛起了紅暈。「妳眞體貼。」他又好笑又害臊地對著杯子說。即使她只是隨口提提，這仍然不是他想像中被人求愛的情景。

「不過，那時候凱瑟琳就可以配你了。」羅蘭隊長繼續說著，她的語調還是現實得嚇人。「那會是不錯的安排，眞的。你們可以幫百合和無畏各生一個。」

「謝了！」他非常堅定地說，急著改變話題，「要幫妳拿杯什麼喝嗎？」

「噢，好啊。波特酒好了，謝謝。」她說。這時什麼都嚇不了他了。他拿著兩杯酒回來時，她遞了枝點好的雪茄給他，他自在地和她分著抽。

他又和她待在那裡聊了幾個小時，直到俱樂部只剩他們兩人，僕人也刻意明目張膽地打起呵欠，他們便一起爬上樓。「現在一點也不算晚。」她看著樓梯平臺牆上掛的豪華大鐘說，「你很累了嗎？可以來我房間玩一、兩局皮克牌❹。」

這時他和她在一起已經非常自在了，所以對她的提議沒有多想。直到夜深時，他終於離開、回自己房裡去，一名僕人沿著走廊走過來時瞥了他一眼，他才想到這樣的行爲不太妥當，心裡暗自後悔。不過即使有什麼不良影響，事情都發生了。他最後終於把念頭趕出腦子裡，上床睡覺去。

**譯註：**

**❶：米德斯堡（Middlesbrough），英格蘭東北方的大城。**
**❷：菲利斯托（Felixstowe），英格蘭東南方的大海港，在多佛港。**
**❸：第戎（Dijon），法國東部的古城。**
**❹：皮克牌，用三十二張撲克牌玩的雙人紙牌。**

# 第十章

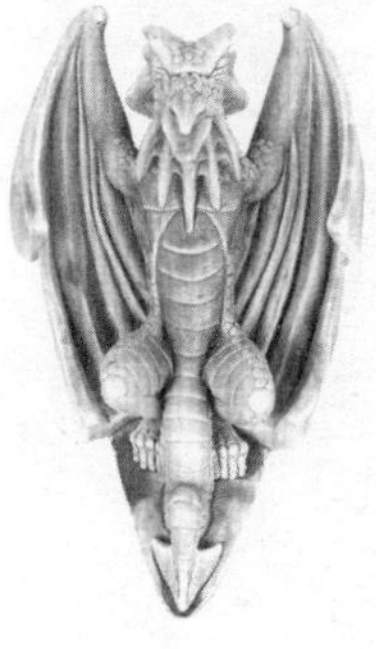

隔天早上，他發覺他們前一晚的舉止並沒有引起流言，這時他已經很習慣了，不覺得多意外。羅蘭隊長在早餐時熱情地向他打招呼，一點也沒自覺地將他介紹給她的幾位副官，之後兩人一起朝他們的龍那裡走去。

勞倫斯看著無畏吃完豐盛的早餐，接著花了點時間，私下嚴肅地訓戒柯林斯、杜恩，要他們說話注意一點。他不想表現得像死腦筋的隊長，整天說教，叫要人戒色禁欲；不過，要求年長軍官成爲年輕軍官值得尊敬的楷模，他不覺得這算假正經。「即使你們一定要和那些人廝混，我也不建議自己變成拉皮條的，讓少尉和軍校生覺得這是正常的行爲。」他對侷促不安的見習官說。鄧恩甚至張開嘴，好像想抗議些什麼，但是給勞倫斯冷冷的眼神一瞪，就閉上了嘴——那是不服從的舉動，他可不能允許。

不過訓完話、解散他們回崗位之後，想起自己昨晚的行爲也不太妥當，勞倫斯也感到一絲不安。他安慰自己羅蘭隊長是他的軍官同事，與她爲伴根本不能和妓女相提並論。何況他們根本沒有引起別人的閒話，這才是重點。這樣的自圓其說有點牽強，因此他很高興有工作可以讓他不再想這件事——艾蜜莉和其他兩名傳令兵已經等在無畏身邊，還帶了一堆爲封鎖艦隊蒐集的沉重信件。

英國艦隊爲了執行封鎖而處於隔離的獨特狀態，很少需要派龍協助他們。他們的公文和補給品也都由巡防艦運送，所以沒什麼機會聽到最近的消息，也很少收到郵件。法國人在布列斯特也許有二十一艘船艦，但是他們不敢出來對付經驗老道的英國船員。而且英國艦隊有上槍帆狙擊手和魚叉，以及裝了火藥的胡椒砲，即使是法國完整的重量級空軍聯隊，少了海軍支援，他們也不敢冒著受攻擊的危險出來砲轟。他們有時會用單獨一隻夜行性的龍夜襲，不過在那情況下，步槍手通常能還以顏色，即使對方發動全面攻擊，在北方巡邏的龍也會輕易地發現閃光信號。

藍登司令決定每天按照需要來重組百合編隊中沒受傷的龍，好讓龍有事可做，而且考慮稍微擴大巡邏的區域。這天，他指示無畏帶領支隊飛行，由燦輝和悅欣護衛——他們第一段路程會隨著殲滅的編隊飛，分開之後，再飛向海峽艦隊的主派遣隊——他們目前正在阿善特島旁❶，封鎖法國的布列斯特港。他們造訪船艦，除了軍事上的幫助之外，也能讓艦隊在單調的封鎖任務中稍微輕鬆一下。

那天早上又乾又冷，沒有一點霧氣，天空明亮如洗，海水幾乎呈黑色。勞倫斯在眩目的光線中瞇著眼，雖然想跟少尉和見習官一樣在眼睛下面塗上墨膏吸收光線，不過他是支隊隊長，他們跟殲滅的編隊分開後就要指揮其他的龍，在旗艦降落時，很可能會受邀上船見嘉德納勳爵司令。

幸好天氣宜人，飛行十分愉快，只是有點顛簸——他們一飛到海上，氣流就變得很不穩定，而無畏靠著某種直覺爬升或落下，在最強的順風氣流中飛翔。巡邏一個小時後就到達了分岔點，無畏轉頭掠過殲滅向南飛，羅蘭隊長舉手道別。這時幾乎日正當中，下方的海面波光粼粼。

過了大概半小時，無畏說道：「勞倫斯，我看到前面的船了。」勞倫斯拿起望遠鏡，用手擋著陽光，瞇著眼才看見海上的船隻。

「你視力眞好。」勞倫斯喊著回應，接著說：「透納先生，請向他們打暗號。」於是信號官開始升起表示他們是英軍的旗幟。因爲無畏的外表特別，這信號變得比較像形式。

對方很快就發現並認明他們的身分，領頭的英國船艦以九門砲齊發，打了相當體面的招呼。這應該是由於無畏的關係，因爲勞倫斯並不是正式的編隊隊長。無論他們的禮貌是出於誤解或只是大方，勞倫斯很榮幸受到禮遇，所以在他們飛過船上方時，要他的步槍手放槍回禮。

艦隊非常忙碌，瘦長優雅的巡邏艇已經穿過海面，聚在旗艦周圍等著郵件。而巨大的戰列艦乘著北風保持位置，白色的船帆襯著海面非常醒目，每支主桅杆上都有彩色的旗幟傲然飛舞。勞倫斯不禁在無畏的肩上探出身子觀看，綳緊了鐵鎖的皮帶。

他們近到能讀出旗語時，透納說：「長官，旗艦信號：降落後請隊長上船。」

勞倫斯點點頭，這和他預料的差不多。「透納先生，請回覆確認。葛蘭比先生，我想我們要向南飛過其餘船艦，等他們準備好。」愛爾蘭號和相鄰的亞金科特號❷已經開始投出漂浮平臺，平臺被捆綁固定成龍隻的降落處，已經有巡邏艦在平臺間穿梭拾起拖繩了。勞倫斯由經驗知道他們需要一點時間，而且龍隻在他們頭頂盤旋，也不會讓他們更快完成。

他們飛過整個艦隊，調頭回來的時候，平臺已經準備好了。勞倫斯下令：「葛蘭比先生，龍腹員上龍背。」於是在下方索具的人員便爬向無畏的背上。無畏開始降落，後面緊跟著燦輝和悅欣，最後幾位船員急忙離開平臺。當無畏的重量落上平臺時，平臺在水裡下沉彈了一下，不過繩索縛得很牢。無畏安頓下來之後，勞倫斯溜下龍背，燦輝和悅欣也降落在對面兩個角落。

「傳令兵，帶著信件。」他說著，自己拿起藍登司令給嘉德納勳爵司令上了蠟封的公文。

勞倫斯輕鬆地爬進等待的巡邏艇，他的傳令兵羅蘭、戴爾和摩根則急忙把一包包郵件交到船員伸得長長的手中。無畏正趴在平臺上讓平臺保持平衡，頭就掛在邊緣，很靠近巡邏艇，船員非常不安。勞倫斯走向船尾，對他說：「我很快就會回來。如果有什麼需要，請告訴葛蘭比上尉。」

「我會的，不過我想我不太需要，我好得很。」無畏說，巡邏艇的船員一聽大為驚奇，而他們聽了他接下來的話，更驚訝了：「不過之後可以的話，我很想去打獵。來這裡的途中，我確定有看到又大又肥的鮪魚。」

那艘巡邏艇優雅又俐落，用他覺得極致的速度將他帶向愛爾蘭號。這時他站在船首的斜桅杆旁望出去，巡邏艇乘風前進，拂過他臉頰的微風若有似無。

他們在愛爾蘭號的船側放了一張吊椅，勞倫斯覺得很不屑，視若無睹。他自己也還保有一雙海上人的腿，因此輕鬆就爬上船邊。貝德福德艦長等在艦上，勞倫斯爬上船時，他明顯地嚇了一跳——尼羅河戰役時，他們一起在哥利亞號上服役過。

「老天啊，勞倫斯，我沒聽說你在海峽這邊呢！」他已經忘了正式的招呼，誠心地和他握手說道，「那就是你的龍嘍？」他的目光越過海面，盯著無畏說。無畏的身軀沒比他身後七十四門砲的亞金科特號小多少。「他不是才孵出來六個月嗎？」

勞倫斯不禁感到一陣得意，只希望回答時能掩飾自己的心情：「是啊，這是無畏。他還不到八個月大，不過他還沒有長到最大體型。」他努力克制自己不再吹噓，他很清楚那種不斷談情婦有多美或小孩有多聰明的人最惹人厭。不論如何，無畏不需要溢美之詞，不管是誰看到他，都很難不注意到他與眾不同又優雅的外表。

「噢，原來如此。」貝德福德困惑地看著他。這時貝德福德身旁的副官意有所指地咳了一聲。貝德福德向那個人瞥了一眼，接著說：「很抱歉，我看到你太意外了，居然讓你在這裡罰站。請往這裡走，嘉德納司令等著要見你。」

嘉德納司令不久前才擔任起英吉利海峽的司令一職，接替退休的威廉・康瓦利斯爵士❸。繼任如此成功的領導者擔當極困難的職位，從他身上可以看出壓力之沉重。勞倫斯幾年前在海峽艦隊當過上尉，他們雖然沒有經人介紹認識，但是勞倫斯見過他幾次，這時他的臉已經蒼老許多。

嘉德納的副官向他介紹勞倫斯，在他耳邊低語幾句勞倫斯聽不到的話，於是他向勞倫斯說：「嗯，知道了，是勞倫斯吧？請坐。我必須立刻讀這幾封公文，然後有些話要請你幫我帶去給藍登。」他說著便拆開蠟封，研究內容。嘉德納司令讀過信中訊息，一邊自己咕噥著點頭。勞倫斯由他銳利的眼神看出他讀到之前的小規模戰事了。

「嗯，勞倫斯，我想你已經見識過一點激烈的戰況了。」他最後終於把文件放到一邊，對著勞倫斯說話，「應該正好可以讓你習慣習慣吧，我們很快就會見到更多法國龍，這點你要幫我轉告藍登。我派出能投入的所有偵防艇、雙桅砲艇和巡邏艇靠近岸邊，發現法國人在瑟堡❹內陸忙得像蜜蜂一樣，目前看不出他們究竟在忙什麼，不過除了準備侵略之外，也不太可能做別的事。而且由他們活動的情形來判斷，他們打算很快就發動攻擊。」

「拿破崙應該不會比我們清楚卡地斯那裡艦隊的消息吧？」那條情報讓勞倫斯感到不安。照他們的準備工作來看，幾乎能確定略侵即將發生，而且拿破崙雖然自負，但最後總是證明他的自負不是無憑無據。

「沒有，現在很確定他們不曉得剛發生的事了，眞是謝天謝地。你這次來也讓我確認我們送公文的馭龍者仍在持續巡迴。」嘉德納敲了敲桌上那疊文件說，「不過呢，他不可能瘋狂到以為不靠艦隊就能渡過海峽，所以他一定預期艦隊就要來了。」

勞倫斯點點頭。拿破崙的期待也許沒有根據或異想天開，不過只要他有艦隊，對納爾遜就是極大的威脅。

嘉德納封起一包公文回件，遞給他：「來，勞倫斯，託你的福，帶了這些郵件給我們。我想你和同行的隊長都會和我們一起用午餐吧？」他說著，從桌子旁站起身，「我想亞金科特號的畢里格斯艦長也會來一起用餐。」

勞倫斯受了一輩子海軍訓練，因此將上司的邀請當作命令，雖然嘉德納不再算是他的上司，但他根本不敢拒絕。不過想到無畏，他仍不禁感到焦急，想到燦輝又更擔心了。這隻帕斯卡藍龍平常就很神經兮兮，需要華倫隊長細心照料，如果沒有馭龍者在身邊而獨自待在臨時的平臺上，又看不到半個上尉以上的軍官，勞倫斯相信他一定會很不安的。

龍一向必須在隊長、副官不在場的情況下等待，如果艦隊受到嚴重的空襲威脅，可能會讓幾隻龍一直駐紮在平臺上，他們的隊長則時常會召集參加海軍軍官的策略會議。勞倫斯雖不想為了單單一頓午餐讓龍等待，但是這對他們而言，這也不能說是什麼實質的害處——沒辦法了，他只好說：「長官，這眞是莫大的榮幸，我想我也為華倫隊長和錢納里隊長接受您的邀請。」嘉德納根本沒等他回答就已經走到門邊，並叫他的副官進來了。

然而，只有錢納里一個人回應信號旗而來，他雖然誠懇，卻只帶了微微的歉意。「你知道，把燦輝留下來的話，他會生氣的，所以華倫覺得還是別離開他比較好。」他只這樣愉悅地對嘉德納解釋，好像沒注意到他的行爲非常失禮。

不只是嘉德納司令，其他副官聽了他的話也都覺得驚訝，甚至有點不高興。勞倫斯暗自擔心，但不禁鬆了一口氣，午餐就這麼尷尬地開始了，而且持續尷尬下去。

上將顯然很煩惱他的工作，對話之間都停頓很久。錢納里還是老樣子，興致高昂又會找話題，而且完全不顧海軍的傳統，沒把開啓話題的權利都留給嘉德納司令，所以餐桌的氣氛還不至於凝重。

他直接和海軍軍官對話時，對方會刻意等一下才回應，而且回答簡短，盡快結束話題。勞倫斯剛開始爲了錢納里煩惱，接著就憤怒起來。即使最易怒的人也看得出錢納里毫無自覺才會這樣說話，何況他找的都是無害的話題。在勞倫斯看來，一言不發地坐著生氣更是無禮。

錢納里不由得注意到大家冷漠的反應，他開始覺得困惑，不過沒有因此惱怒。這情形沒維持多久，他不屈不撓又試一次，這次勞倫斯刻意回應了他。他們兩人談這話題談了幾分鐘，然後嘉德納回過神，抬起頭來對他們的話題回應了一下。這下談話就熱絡了起來，其他軍官終於也加入討論，勞倫斯費盡心思才讓這個話題在剩下的用餐時間一直繼續下去。

聊天原來是一大樂事，這下卻成了苦差事，最後波特酒端離餐桌，大家轉到甲板上享用咖啡和雪茄，勞倫斯才終於鬆了一口氣。他拿著杯子站到船尾左舷的欄杆旁，那裡看漂浮的平臺視野比較好——無畏靜靜地睡著了，陽光曬著他的鱗片，他一隻腳還從平臺邊垂進水裡；而燦輝和悅欣則靠在他旁邊休息。

貝德福德過來站在他身邊，一起看著，勞倫斯感覺他沉默是出自友善的態度。過了一會兒，貝德福德開口：「他應該是隻很有價值的動物，我們很慶幸能得到他，不過你必須過著那種生活，同伴又是那樣的人，眞是太讓人震驚了。」

他這番同情的話說得太誠懇，勞倫斯一時間沒辦法回應。他嘴邊卡了好幾種回答，最後他吸了口氣，喉嚨嘶嘶地作聲，以憤怒的語調說：「長官，請不要這樣對我說無畏或我同僚的事，你該不會以爲我會想聽那樣的話吧。」

他的怒氣讓貝德福德後退幾步。勞倫斯轉過身，咖啡杯鏗一聲放到侍者的托盤裡。他努力讓自己聲音平靜地對嘉德納說：「長官，我想我們該離開了。無畏第一次飛這條路線，我們最好在日落前回去。」

「這是當然的。」嘉德納說著，伸手和他相握，「隊長，祝你一路順風。希望我們很快會再見面。」

雖然用藉口提早離開，勞倫斯回到掩蔽所的時候，天色卻已經暗了一陣子。燦輝和悅欣看著無畏從海中抓起幾隻大鮪魚以後，也想試著自己捕魚，而無畏非常樂意繼續為他們示範。年輕一點的龍務人員還沒準備好在龍獵食時待在龍身上，不過在龍第一次俯衝抓魚之後就立刻習慣了，不再嚇得尖叫，很快地把捕魚當作遊戲。

他們太開心了，勞倫斯的壞心情不禁一掃而空——每次無畏飛起來，爪子又抓住一隻掙扎扭動的鮪魚，男孩們就大聲歡呼，有些男孩甚至請求勞倫斯准許他們爬到龍腹下，好在無畏抓魚的時候享受激起的水花。

無畏吃得肚子飽飽的，飛向岸的速度慢了一點，不過卻高興滿足地哼著歌，愉快又感激地轉頭看著勞倫斯說：「今天很開心吧？我們已經好久沒飛得這麼過癮了。」勞倫斯察覺自己回答的時候已不再需要掩飾怒氣了。

回到掩蔽所的時候，基地正在點燈，就像大隻的螢火蟲在零星的樹木間往來穿梭。無畏降落的時候，地勤人員還拿著火把在他們之間來來去去。大部分的年輕軍官都還濕淋淋的，從無畏溫暖的背上爬下來時，就冷到開始發抖了。勞倫斯要他們解散，回去休息，自己則和無畏一起站著看地勤人員拆下鞍具。拆下頸部和肩部鞍具的時候，荷林有點責備地看著他，因為鞍具上黏了魚鱗、魚骨頭和內臟，而且已經開始發臭了。

無畏又開心又飽足，勞倫斯實在不覺得抱歉，於是只愉快地說：「荷林先生，恐怕我們要麻煩你了，不過至少今晚不用再餵他。」

「是的，長官。」荷林悶悶地說，然後安排他的手下去處理鞍具。地勤人員拆下鞍具，幫他清洗龍皮。他們已經發展出一種技巧，在他用餐後，像消防隊那樣傳水桶幫他清理身體。無畏大大地打個呵欠，然後打一個嗝，一副心滿意足的表情趴在地上，勞倫斯看到不禁笑了出來。「我得去送這些公文。」他說，「你要睡了嗎？還是我們晚上唸唸書？」

「勞倫斯，對不起，我想我太累了。」無畏說完，又打了一個呵欠，「清醒的時候拉普拉斯❺就很難懂，我不想不小心誤解他的意思。」

拉普拉斯的天文力學論文是法文寫成的，勞倫斯沒在努力思考他大聲唸的內容是什麼意思，光是要讓無畏聽懂他的發音就已經很辛苦了，所以很相信他的話。「好吧，親愛的，那我們早上見了。」他說完便站著撫摸無畏的鼻子，直到龍闔上眼皮，呼吸變得規律，慢慢睡著。

藍登司令皺著眉頭接過公文和口信。「我不喜歡這個消息，實在不喜歡。」他說，「在內陸有工事，是嗎？勞倫斯，他會不會在岸上造船，打算瞞著我們擴大艦隊啊？」

「長官，他也許可以造些笨重的運輸船，不過造不出戰列艦。」勞倫斯對這個議題胸有成竹，立刻回答他，「況且他在沿海的每個海港都已經有很多運輸艦了，應該不需要更多運輸艦才對。」

「這些事都是在瑟堡發生的，不是加萊❻。瑟堡離我們比較遠，而且我們艦隊就在附近。我不知道要怎麼解釋，不過嘉德納說得對，我敢肯定他有什麼陰謀，而且要等他的艦隊到達才會下手。」他突然站起來，直接走出辦公室。勞倫斯不清楚他是不是叫他解散，只好跟著他穿過總部走到室外，來到百合躺著休養的空地。

哈克特隊長坐在百合的頭旁邊，一次又一次地撫摸百合的腳。舒瓦瑟和她在一起，靜靜地讀書給她們倆聽。百合的眼神仍然因爲疼痛而呆滯，不過地勤人員正在清理一大堆碎裂的骨頭，看來她終於吃了完整的一餐，這可是令人振奮的現象。

舒瓦瑟放下手裡的書，向哈克特低聲說一句話，然後走向他們。「她快睡著了，請別叫醒她。」他小聲地說。

藍登點點頭，示意他和勞倫斯一起走遠一點，然後問道：「她的進展如何？」

「長官，照醫生的說法是非常好，她已經以預期最快的速度在復原了。」舒瓦瑟說，「凱瑟琳都沒有離開她身邊。」

「很好，很好。」藍登說。「如果他們最初的估計沒錯，那就需要三個星期。嗯，夥伴們，我改變主意了，在她復原期間，我要讓無畏每天巡邏，不要再和奇鋒輪流。舒瓦瑟，你不用增加經驗，但是無畏很需要；你得讓奇鋒自己鍛鍊。」

舒瓦瑟一鞠躬，即使心裡有什麼不滿，也沒有表現出來。「長官，無論哪裡需要我效勞，我都很樂意，請儘管指示。」

藍登點點頭說：「好吧，目前盡量陪著哈克特，相信你很清楚龍隻受傷時馭龍者的心情。」舒瓦瑟回到她身邊，百合這時已經睡著了。而藍登若有所思地把勞倫斯叫到一旁，說道：「勞倫斯，在巡邏時候，我要你試著和燦輝、悅欣練習陣型操練。我知道你沒有受過小型編隊的訓練，不過這方面華倫和錢納里可以幫你忙。我希望如果必要的話，他可以在戰役中獨自帶領兩隻輕型戰龍。」

「好的，長官。」勞倫斯有點訝異地說。他很想問這麼做的理由，但好不容易才抑制了好奇心。

他們來到殲滅待的空地，他才剛睡著，羅蘭隊長正在和她的地勤人員談話，察看一只鞍具。她向他們倆點點頭，跟他們離開。一行人一起走回總部。

「羅蘭，妳可以撥出盛威和興旺嗎？」藍登劈頭就問。

她對他挑起眉毛。「必要的話，當然可以。」她說，「怎麼回事？」

她有話直問，藍登似乎完全不以爲怪。「我們要開始考慮等百合復原以後，派殲滅到卡地斯去。」他說，「我可不會讓國家因龍隻沒部署在恰當位置而吃下敗仗。我們這裡即使受到空襲，仍有海峽艦隊和海岸砲臺援助，還可以撐很久。但是，我們不能讓他們的艦隊逃掉。」

如果藍登決定派走殲滅和他的編隊，英吉利海峽少了他們，遭遇空襲將會不堪一擊。不過，如果法國和西班牙的艦隊溜出卡地斯，駛向北方和布列斯特與加萊港中的船艦會合，拿破崙靠那樣的優勢，也許只需要一天，就能讓他的侵略大軍渡海峽而來。

勞倫斯很慶幸自己不是藍登，不用做這個決策。他們並不清楚拿破崙的空軍師究竟正由陸地上飛往卡地斯，還是留在奧地利邊界，所以只能用推測下決定。但是即使要按兵不動，也得做出最後抉擇，而藍登顯然準備冒險一搏。

所以藍登對無畏下的命令，其目的已經很明顯——司令希望未雨綢繆，在手邊準備好另一支編隊，即使編制不大、訓練不足也好。勞倫斯想起盛威和興旺應該是中量級的戰龍，屬於殲滅的支援戰力，也許藍登想讓他們搭配無畏，讓他們三隻龍發揮機動性的戰力。

「一想到要猜拿破崙的計策，我的血液就發涼。」羅蘭隊長說出了勞倫斯的心情，「不過只要你命令我們去，我們都準備隨時出發。有空的時候，我會練習沒有阿盛和小旺的飛行調度。」

這時他們正爬上階梯，來到大廳。「很好，就這麼辦。」藍登說，「我要回去了，恐怕我還有十封公文要讀。兩位，晚安了。」

「晚安，藍登。」羅蘭隊長說，等他離開以後，伸伸懶腰，打了一個呵欠。「好吧，反正編隊要是不常有變化，不管飛哪條路線，都會枯燥得要命。吃點晚餐怎樣？」

他們吃了點湯和烤麵包，然後享受上好的斯提爾頓乾酪配波特酒，接著又窩到羅蘭隊長的房間玩皮克牌。玩了幾局，聊聊天，她突然說：「勞倫斯，我想冒昧問你……」

這是他第一次聽到她用沒自信的語調說話。她說任何話題都不曾遲疑，所以這問題——又大又亂的床離他們不到十步，他們剛進房間，她就在屏風後換掉外套和長褲，穿起睡衣，睡衣的領子在他眼前敞開。他低頭看著手中的牌，雙頰發熱，手微微顫抖。

「如果你覺得有一點不妥，請你務必告訴我。」她又說。

「不會。」勞倫斯馬上回答，才發覺她還沒問出口，於是補充道：「我眞的很樂意爲妳效勞。」

「你眞好心。」一道開朗但不對稱的笑容閃過她臉龐，她左半邊的嘴比右邊半帶著疤痕的嘴笑得更開。她繼續說：「如果你能照實告訴我艾蜜莉的工作表現，還有她可不可能過飛行員的生活，我會很感激的。」

他努力克制才沒因爲會錯意而羞紅了臉，這時她繼續說：「我知道請你說她的壞話很討厭，但是我看過依賴繼承卻沒有完善的訓練可能造成的後果。如果你有任何理由認爲她可能不適任，拜託你趁錯誤還能彌補時就跟我說。」

她擔心的事顯而易見，勞倫斯想到蘭金和他苛待輕柔的情形，因此很了解她的焦慮。他的同理心反而讓之前自作自受的尷尬消失了。「我也見過妳所謂的後果。」他急著讓她安心，繼續說道：「我向妳保證，如果我看到任何類似的跡象，一定會坦白告訴妳。坦白說，如果我不相信她完全可靠，或是不信賴她能擔起職責，就不會讓她當傳令兵了。當然，她還太年輕，要確定還太早，不過我覺得她很有前途。」

羅蘭呼地吐了口氣，靠向她的椅背，不再假裝注意手裡的牌，就任那疊牌散落下來。「老天啊，你眞讓我鬆了一口氣。」她說，「當然我一直希望是這樣，只是發現自己對這件事情沒什麼信心。」她輕鬆地笑著走到櫃子那裡，又拿了一瓶酒。

勞倫斯遞出杯子讓她盛滿。「預祝艾蜜莉成功。」他敬酒道。兩人把酒喝了，然後她伸出手，從他手裡拿走杯子，吻了他。他眞是完全誤解了，原來她做這件事一點都不遲疑。

譯註：

❶：阿善特島（Ushant），位於英吉利海峽，是法國西南端的島嶼。

❷：此名應該取自英法百年戰爭中的「亞金科特戰役」。此役中，英王亨利五世率領的英軍以寡擊衆，大敗人數爲其三倍的法軍。

❸：威廉・康瓦利斯爵士（William Cornwallis，一七四四～一八一九），在法國獨立戰爭時，於英國的海峽艦隊服役，史載一八〇一年及一八〇三至一八〇六年擔任海峽艦隊司令。

❹：瑟堡（Cherbourg），位於法國西北部諾曼第的城鎮。

❺：拉普拉斯（Pierre-Simon Laplace），法國數學家與天文學家，天體力學集大成者，在數學上也有重大貢獻。

❻：加萊（Calais），法國北方的城市，位於英倫海峽最狹處，是法國最靠近英國的都市。

# 第十一章

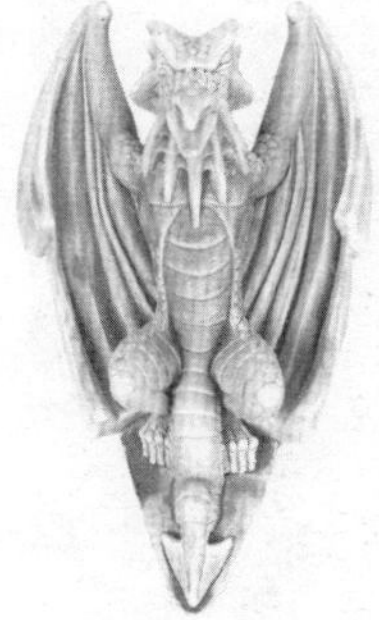

珍把她的東西從衣櫥裡丟出來，在床上丟成一堆一堆的，勞倫斯看了不禁皺眉。他終於忍不住問：「需要我幫忙嗎？」說著拿起她的行李，「不對，我應該說拜託讓我幫忙。我整理的時候，你可以研究你的飛行路線。」

「勞倫斯，謝謝，你眞好心。」她拿著地圖坐下來，又說：「希望這次飛行路線簡單一點。」她一邊潦草地計算著，一邊移動散落的小木塊。小木塊代表的是運龍艦，殲滅和他的編隊飛向卡地斯的路上，這些運龍艦會提供他們歇腳的地方。「只要天氣保持穩定，我們不到兩星期就會到達那裡。」因爲迫切需要他們的戰力，龍隻不能由單一的運輸艦載去，而是由一艘運輸艦飛向另一艘運輸艦，試圖依照風和洋流來推斷它們的所在位置。

勞倫斯點點頭，但覺得有點不安。再過一天就邁入十月了，這個時節的天氣很可能會變。天氣變壞的話，她就必須做出危險的抉擇，選擇尋找容易被吹離航道的運輸艦，或者冒著西班牙的砲火在內陸找尋藏身處。當然，前提是在編隊還沒被暴風雨整垮的情況下——有時候龍隻會被閃電或強風擊落，如果落到波濤洶湧的海上，龍隻和所有人員都可能淹死。

但是他們別無選擇。百合在這幾個星期間復原得非常快，她前一天才帶著編隊飛了一次完整的巡航，降落時動作既不生硬也不覺得疼痛。藍登仔細檢查過她，對她和哈克特隊長說過幾句話後，就直接去找珍，命令她前往卡地斯。當然，勞倫斯知道事情會發生，但他仍然忍不住爲離去和留下的龍擔心。

「好了，這樣就行了。」她說著，計算完便把筆一拋。他驚訝地從行李中抬起頭——他剛才陷入愁思，埋頭打包，沒注意做了些什麼，此時才發現自己幾乎二十分鐘都沒說過一句話，這下子手裡正拿著她的一件胸衣。他急忙把胸衣丟到她小衣箱那堆打包整齊的物品上，然後蓋上箱子。

陽光開始射入窗戶，他們沒有時間了。「唉，勞倫斯，別那麼難過，去直布羅陀的路線我已經飛過十幾次了。」她說著，走過來給他一個響吻，「只怕你在這裡會過得很慘，他們一旦知道我們不在了，一定會試著找麻煩的。」

「我對你很有信心。」勞倫斯說著，搖鈴召僕人過來。「希望我們沒有判斷錯誤。」他最多只能這麼批評藍登，何況這方面的事他自己也可能誤判。不過目前沒有進一步的情報，他覺得讓殲滅和他的編隊就這樣冒險，即使沒有私人理由可以反對，他還是會擔心。

三天前，小翼帶來的報告全都是新的反證。幾隻法國龍到了卡地斯——足以阻止滅絕把艦隊從卡地斯趕出來了。不過，那還不到駐紮在萊茵河畔的龍數目的十分之一。更讓人擔心的是，除了全力投入遞送文件的龍之外，其他的輕型龍隻都奉命加入偵察監視的工作，但是他們對拿破崙橫渡海峽的準備工作仍然一無所知。

他和她一起走到殲滅的空地，勞倫斯看著她坐上龍背的感覺很奇怪，他總覺得應該更難過才對。如果他沒有挺身而出，卻讓伊蒂絲去冒險，他寧願給自己腦門一槍；但是他和羅蘭告別時的痛苦，卻比不上他和其他同袍告別時強烈。隊員都就位之後，她從殲滅背上給他一個友善的飛吻。「我們再幾個月一定可以見面的，如果能把法國佬從港口趕出來，搞不好還會提早呢！」她向下喊道，「一帆風順啊！記得別讓艾蜜莉變野了。」

他向她舉起一隻手喊道：「一路順風。」然後站著注視殲滅乘著強風飛起，編隊其他的龍也起飛加入他的行列，最後全都向南飛，直到縮小得看不見為止。

他們小心翼翼地注意英吉利海峽的天空，但是殲滅離開後，整個星期都平靜無事，沒有突襲。藍登認為法國人不願意冒險，是因為他們依舊以為殲滅還駐紮在這裡。巡邏什麼都沒發現，他召集隊長，對他們說：「他們能相信越久越好。這不但對我們有好處，而且他們對卡地斯寶貴的艦隊附近新增一支編隊還一無所知。」

殲滅離開將近兩星期之後，小翼帶來她平安抵達的消息，大夥兒全都大大鬆了口氣。次日，詹姆士隊長匆忙吃過早餐，出發前告訴其他隊長說：「我出發的時候，他們已經開始攻擊了。可以聽到幾哩之外西班牙人的哀號聲——他們的商船像所有戰列艦一樣，馬上就在龍的噴吐之下被摧毀，他們的商店和房舍也是一樣。我想不管他們和法國有沒有結盟，要是維耶納夫不趕快現身，他們自己就會對法國人開火。」

聽了這振奮人心的消息，掩蔽所的氣氛輕鬆多了，藍登讓他們的巡邏縮短了一點，允許他們放假慶祝，對於用瘋狂步調工作的人來說，這是個愉快的紓解。除了少數較有活力的人進城裡去，大部分人和疲倦的龍一樣，都趁機多睡了點。

勞倫斯利用這個機會，享受和無畏在安靜的晚上閱讀。他們用提燈照明讀書，待在一起，直到深夜。月亮升起一段時間，勞倫斯在打了小盹之後醒來——無畏黑漆的頭襯著月亮照亮的夜空，正向他們空地的北方張望。「發生什麼事了嗎？」勞倫斯問道。他坐了起來，依稀聽到一陣尖銳又古怪的聲音。

他們傾聽著，但是聲音中斷了。「勞倫斯，我覺得那是百合。」無畏說著，他的頭冠堅硬地豎起來。

勞倫斯立刻滑到地面，向無畏說：「等在這裡，我會盡快回來。」無畏目不轉睛地看向北方，點點頭。

穿過掩蔽所的路徑大多沒有人煙，也沒點燈——殲滅的編隊離開，所有輕量級的龍都去參加搜索，而且夜晚非常冷，即使最勤勞的人員也不願意到營區的建築去。地面在三天前就結凍了，變得硬邦邦的，走路的時候，鞋跟在地上響起清晰的腳步聲。

百合的空地空無一人，營房裡傳來一陣微微的低語，他從樹林間可以看到遠處營房透出燈光的窗戶，而建築外沒有半個人。百合一動也不動地蹲伏著，黃色的眼睛充滿血絲，靜靜地用爪子刨著地。勞倫斯聽到低低的說話聲音和哭泣聲，他納悶自己是不是來得不是時候，不過百合明顯沮喪的樣子讓他下定決心——他走進空地，高聲喊道：「哈克特？妳在嗎？」

「不准前進了。」舒瓦瑟低沉又嚴厲的聲音傳來——勞倫斯繞過百合的頭，駭然停住腳步——舒瓦瑟正抓著哈克特的手臂挾持她，臉上露出奮不顧身的神情說道：「勞倫斯，別出聲。」他手上拿著一把劍，勞倫斯看到他身後的地上，一位年輕的見習官倒在那裡，外套背後染了深色的血跡。舒瓦瑟這時又說：「別發出任何聲音。」

「看在老天的分上，你以為你在幹什麼？」勞倫斯說，「哈克特，妳沒事吧？」

「他殺了衛波依。」哈克特聲音沙啞，站在那裡顫抖著，火把的光照到她臉上。勞倫斯看到她的半個額頭上有一道加深的瘀青。「勞倫斯，不要管我，去找救兵。他打算傷害百合。」

「不，我絕對不會，不會的。」舒瓦瑟說，「凱瑟琳，我發誓我不想傷害她，也不想傷害你。但是勞倫斯，你一插手就不是我的責任了……不要動！」他舉起劍，劍就在哈克特的脖子旁，劍刃上的鮮血閃閃發光，百合又發出那種細細的怪聲，高頻率的哀鳴十分刺耳。舒瓦瑟毫無血色，臉龐在光線中微微發青，看起來絕望到什麼事都做得出來。勞倫斯站定位置，靜待更好的時機。

舒瓦瑟站在那裡，盯著他看了一會兒，最後確定勞倫斯沒打算逃走，於是說：「我們三個人要一起走去奇鋒那裡。百合，你待在這邊，看到我們起飛，再跟著來——只要你聽話，我向你保證，凱瑟琳不會受到傷害。」

「噢，你這膽小可悲、出賣人的狗。」哈克特說，「你以為我會和你去法國舔拿破崙的靴子嗎？你計畫多久啦？」她搖搖欲墜，仍然努力想掙脫他，但是舒瓦瑟用力晃了晃她，讓她幾乎倒下來。

百合咆哮著，展開翅膀，幾乎站了起來——勞倫斯看到黑色的酸液在她的骨狀突起邊緣閃爍。「凱瑟琳！」她斷斷作聲，聲音在咬緊的牙間扭曲。

「安靜，夠了。」舒瓦瑟說著，把哈克特拉起來靠向自己，壓住她的雙臂——他另一隻手還穩穩地拿著劍，勞倫斯的眼睛緊盯著劍，等待機會。「百合，妳跟著我們，聽我的話，我們要走了。先生，快走，往那裡。」他以劍示意。勞倫斯沒有轉身，反而向後一退，進到樹影下面之後，他緩緩移動，比舒瓦瑟預料得更靠近他。

接著就是一陣瘋狂的纏鬥——他們三人在地上滾成一堆，劍飛開了，哈克特滾到他們之間。他們重重摔到地上，不過舒瓦瑟壓在下面，片刻間，勞倫斯占了優勢，但是他被迫犧牲優勢，把哈克特推到一邊，遠離他們。哈克特一讓開，舒瓦瑟就在他臉上揮了一拳，對他猛攻。

他們在地上翻滾，笨拙地揮拳攻擊對方，在纏鬥的同時，兩人都試圖搶回劍。舒瓦瑟體格很壯，而且比較高，雖然勞倫斯近身戰鬥的經驗遠比他豐富，但是他們開始角力的時候，法國人的體重卻占上風。百合這時開始大聲咆哮，遠處有陣陣喊聲響起，舒瓦瑟在絕望中生出一股力氣——他向勞倫斯的肚子重重揮了一拳，趁勞倫斯因爲劇痛而彎著身子喘氣時，衝向劍那裡。

這時他們上方傳來一陣震天巨響——地面動搖，樹枝上抖落一地枯葉和松針，他們身邊一棵老樹連根拔起——無畏在他們上方奮力拍著翅膀，扯掉遮蔽的樹。又是一陣咆哮，這次是奇鋒的吼聲——法國龍潔白的大理石紋翅膀在黑暗中靠近，非常顯眼。無畏扭過身去向著他，對他伸出爪子。勞倫斯爬起來撲向舒瓦瑟，用體重將他撞到地上——之前肚子被揍的那拳，讓勞倫斯即使和舒瓦瑟糾纏的時候仍然感到反胃，但是無畏危險的處境激起他繼續奮戰的勇氣。

舒瓦瑟努力翻到勞倫斯身上，一隻手臂奮力頂著勞倫斯的脖子。勞倫斯幾乎要窒息，只瞥到一絲動靜，接著舒瓦瑟就癱了下來——原來哈克特從百合的裝備裡抓起一根鐵條，向舒瓦瑟後腦重揮一棒。

她奮力一擊之後，幾乎倒下去，百合試圖擠過樹叢來到她身邊，這時他們的隊員終於趕到空地了，七手八腳地把勞倫斯扶起來。「守著那個男人，帶火把來。」勞倫斯喘著氣說，

「找個聲音大的人拿擴音器來。該死，快一點！」他們頭頂上方，無畏和奇鋒仍然揮動爪子，繞著對峙。

哈克特的副官胸膛開闊，聲音響亮到不需要擴音器——他了解情況之後，馬上用手圈著嘴向奇鋒喊話。巨大的法國龍突然停手，盯著舒瓦瑟被制伏的地方，絕望地在空中繞了一陣子，才垂頭喪氣地回到地上。無畏警戒地在上空盤旋，直到他降落。

巨無霸待的地方離這裡不遠，柏克力一聽到吵鬧聲，就趕來空地了——他這時接手發號施令，派人把奇鋒鏈起來，其他人抬哈克特和舒瓦瑟去找醫生，剩下的人則抬走可憐的衛波依，將他埋葬。有人想抬走勞倫斯，他推開他們的手說：「不用了，謝謝，我還好。」他的呼吸平穩下來。無畏降落到空地上百合的身邊，他慢慢走過去安撫兩隻龍，努力讓他們平靜下來。

舒瓦瑟躺了大半天才醒過來，剛醒來時說話還會結巴、思緒不清。次日早上，他恢復正常，但一開始拒絕回答任何問題。

奇鋒由其他所有的龍包圍著，被命令不准離開地面，否則舒瓦瑟就會被殺——唯有威脅駁龍者的性命才能控制住龍。而原先舒瓦瑟就是用這方法強迫百合投奔法國的，這時卻反而用來對付他了。奇鋒沒有嘗試反抗，只是可憐地拴著鏈子蜷成一團，什麼都不吃，偶爾輕聲哀號。

藍登來到餐廳時，發現所有人都聚著等待，最後還是說了：「哈克特，非常對不起，但是我得請妳試試看——他不跟任何人說話，不過，要是他有膽小的鼠輩那點榮譽心，應該會覺得欠妳一點交代。妳願意問他話嗎？」

她點點頭，喝乾了酒，但是臉色仍然慘白，勞倫斯不禁輕聲地問：「要我陪妳去嗎？」

「好，麻煩你。」她立刻感謝地回答。

他跟著她走到囚禁舒瓦瑟那又小又暗的牢房。舒瓦瑟不肯面對她的目光，也不願意和她說話，他只搖著頭發抖。她顫抖著聲音問他問題時，他甚至流下淚來。她終於吼了出來：「該死的！你怎麼可以——怎麼可以這麼狠心做出這種事？你對我說的句句都是謊言！告訴我，我們來這裡的時候受到的埋伏，是你安排的嗎……說話啊！」

她吼得失聲，他垂下頭以手蓋住臉，接著抬起頭來，向勞倫斯叫道：「行行好，讓她走。只要她出去，我什麼都告訴你。」說完又垂下頭。

勞倫斯一點也不想審問他，但是他更不想再讓哈克特受到無謂的折磨，他碰了碰她的肩膀，她立刻轉身離開。

審問舒瓦瑟實在很討厭，聽到他從奧地利來時就是叛徒，更讓人憤慨。舒瓦瑟注意到勞倫斯臉上嫌惡的神情，繼續說道：「我知道你是怎麼看我的，你有權利那麼想，只是對我而言，我沒有選擇。」

勞倫斯一直忍耐著，只准自己問話。但是他卑劣地想找藉口，讓勞倫斯氣得忍無可忍。勞倫斯輕蔑地說：「你大可選擇坦然面對，在你向我們求得的職位盡好分內的責任。」

舒瓦瑟笑了，笑聲中沒有一點愉快的意思。「說得不錯，那麼拿破崙今年聖誕節到倫敦來的時候該怎麼辦呢？你要那麼看我，隨你高興。我確信事情會那麼發展，跟你保證。如果我覺得有什麼辦法能改變那樣的結果，我會去做的。」

「但是你沒有，你做了兩次叛徒，還幫拿破崙的忙。要是你忠於原則，第一次背叛還情有可原。」勞倫斯說。他對舒瓦瑟那麼確定感到不安，不過他絕對不會表現出來。

「哈，原則啊。」舒瓦瑟說。他沒了氣勢，這時只顯得疲憊而服從。「法國的戰力沒你們這麼弱，而且拿破崙以前就曾經以叛國罪處決過龍。我看得到斷頭臺陰影投在奇鋒身上，原則對我還有什麼意義呢？而且我能帶他去哪裡，俄國嗎？他會比我多活兩個世紀，你一定曉得他們那裡是怎麼對待龍的。沒有運輸船，我幾乎不可能帶他飛去美國。我唯一的希望是得到赦免，而拿破崙同意赦免我，只是有條件。」

「條件？你是說百合吧。」勞倫斯冷冷地說。

沒想到舒瓦瑟居然搖搖頭。「不是，他要的不是凱瑟琳的龍，是你的龍。」他看了勞倫斯臉上一片茫然，只好解釋：「中國的龍蛋是中國天子送給拿破崙的禮物，他要我拿回來，因爲不知道無畏已經孵化了。」舒瓦瑟聳聳肩，攤開手，「我在想，要是我能殺了無畏——」

勞倫斯一拳揮過舒瓦瑟臉上，力道大得將他打到牢房的石地上，他的椅子翻倒，發出了聲響。舒瓦瑟咳了幾聲，抹去嘴唇上的血。守衛打開門探頭進來問道：「長官，沒事吧？」

他直直看著勞倫斯，一點也不注意舒瓦瑟受了傷。

「沒事，你可以走了。」勞倫斯淡淡地說，然後在門關上時，拿手帕擦去手上的血。他平常覺得毆打犯人並不光彩，但這時他可一點也不後悔，一顆心仍因激動而怦怦直跳。

舒瓦瑟緩緩地把椅子擺正，坐了下來。他降低聲音說：「很抱歉，最後我下不了手，所以覺得不如……」他看勞倫斯的臉又泛起怒容，於是閉上嘴。

幾個月來，這個陰謀一直危及著無畏，只因為舒瓦瑟的一念之差而沒發生，這個想法已經讓勞倫斯不寒而慄。他厭惡地說：「所以你改變主意，去引誘才剛從軍校畢業的女孩子，然後劫持她。」

舒瓦瑟什麼也沒說。其實，勞倫斯根本無法想像他還能怎麼辯駁。沉默片刻後，勞倫斯又說：「你沒有藉口要求保有尊嚴——如果你這麼做的動機是為奇鋒好，不是為你這條可悲的小命，那就告訴我拿破崙的計畫是什麼，這樣也許藍登會把奇鋒送到紐芬蘭❶的繁殖場去。」

舒瓦瑟刷白了臉，然後說：「我知道的很少，不過只要藍登保證會做到，我會把知道的都告訴你。」

「不對。」勞倫斯說，「我不會跟你討價還價，願意的話就說出來，然後再祈禱得到你不配獲得的寬容吧。」

舒瓦瑟低下頭，再次開口時，聲音哽咽又小聲，勞倫斯要很費力才聽得到他的話。「我不知道他確實的目的是什麼，不過他要我盡力讓掩蔽所的戰力削弱，越多龍向南派到地中海越好。」

勞倫斯又驚又怒，這個目標至少完美達成了。「他有辦法讓艦隊逃離卡地斯嗎？」他問道，「他覺得不用對上納爾遜就能把艦隊帶來嗎？」

「你以爲拿破崙會對我說明一切嗎？」舒瓦瑟頭也不抬地說，「對他而言，我也是叛徒，除了我該完成的任務外，他什麼都沒說。」

勞倫斯又問了幾個問題，確定舒瓦瑟的確什麼都不知道才罷休。他離開房間時，覺得受到侵犯，又警覺事態嚴重，於是立刻去見藍登。

這個消息讓整個掩蔽所陷於沉重的氣氛中。隊長還沒宣布細節，不過即使職等最低的軍校生或龍務人員，都感覺到頭上籠罩著陰霾。舒瓦瑟企圖劫持的時機抓得很好——郵務騎士還要六天才會來，從六天後開始算，還要兩個星期以上，地中海的戰力才能回到英吉利海峽。陸軍的幾個分遣部隊和民兵已經奉命出發了，再過幾天就會到達，接著就能開始沿著海岸線加設砲臺。

勞倫斯還爲了別的原因擔憂。他和葛蘭比與荷林談過話，請他們爲無畏提高警覺。拿破崙這麼私人的獎賞被奪走，如果他妒火中燒，可能會再派一名間諜，而這次的間諜會更願意殺死拿破崙無法擁有的龍隻。他也告訴無畏：「答應我，你一定會小心，除非我們有人在附近，而且確定東西沒問題，否則什麼也不要吃。我沒引薦過的人靠近的話，無論如何都要保持距離，即使必須飛到另一塊空地也沒關係。」

「勞倫斯，我保證一定會很小心的。」無畏說，「可是我不了解法國皇帝為什麼要殺我，這樣難道能改善他的處境嗎？跟他們再要一顆蛋比較好吧。」

「親愛的，第一顆蛋在他自己人看管下搞砸了，中國人不太可能紆尊降貴再給一顆。」他說，「老實說，他們當初會贈送龍蛋給他已經夠希奇了！他在他們宮廷中，一定有位天賦異稟的外交官吧。如今區區一個地位低下的英國上校，竟占了拿破崙打算御用的位置。他想到這點，自尊應該會受傷吧。」

「我很確定即使在法國孵化，我也絕對不會喜歡他的。」無畏嗤之以鼻，「他聽起來好討人厭。」

勞倫斯不情願地說：「噢，那可未必。聽說他很自傲，不過不可否認地，儘管獨裁，他依舊是很偉大的人。」如果能說服自己拿破崙是蠢蛋，他會高興多了。

藍登下令每次巡迴改成以半個編隊執行，其餘的成員留在掩蔽所加強戰鬥訓練。此外，幾隻龍在黑夜掩護下，秘密由愛丁堡和印弗內斯飛來此地。捷戰也在飛來的龍隻當中，就是那隻他們之前救援的絹翼龍。一切似乎是很久以前的事了。捷戰的隊長是理察．克拉克，他刻意來向勞倫斯和無畏致意。「我沒有早點來向你們道謝致敬，眞的很抱歉。」他說，「其實在拉干湖，我一心只盼望他早點復原，因此沒有事前通知就奉命離開了，相信你們也是。」

勞倫斯熱情地和他握手。「請別在意，」他說，「他應該完全復原了吧？」

「謝天謝地，完全復原了，而且幸好沒太早康復。」克拉克嚴肅地說，「據我所知，隨時都可能發動攻擊。」

不過一天又一天過去了，他們都沒受到攻擊，日子因爲等待而漫長難捱。他們另外派了三隻溫徹斯特龍加強巡邏，一隻隻從法國海岸危險的偵察中回來的龍，都報告了敵方海岸巡邏嚴密，但是他們沒有機會深入內陸以取得更多情報。

輕柔也在偵察的龍之中，但是因同伴的人數很多，所以勞倫斯很慶幸自己不常見到蘭金。蘭金疏於照顧輕柔的事，他無能爲力，因此他努力不去在意輕柔受忽視的情形，他覺得如果再去探望小龍，一定會引發爭執且破壞掩蔽所的和諧氣氛。然而隔天一早，看見荷林神情愧疚地提著滿滿一桶髒抹布來找無畏時，勞倫斯選擇不責怪他，也算是跟自己的良心妥協了。

等待中的第一個星期過去了，星期天入夜時，一陣冷寂籠罩著掩蔽所——瞬翼沒照預期時間抵達，而晴朗的天氣想必不是延誤的原因。又過了兩天，情況依舊。接著第三天也過去了，他仍然沒出現。勞倫斯努力不望著天空，也裝作沒注意到手下們都盯著天空看。那天晚上，他悄悄離開營地想獨處一下，卻發現艾蜜莉在空地外靜靜哭泣。

被發現正在哭的艾蜜莉，感到非常難為情，因此假裝眼睛進了沙子。勞倫斯把她帶到他房裡，請人送來熱巧克力。他告訴她說：「我剛到海上的時候，只比妳現在大兩歲，看著海哭了一個星期。」她聽了他的話，一臉懷疑，讓他不禁笑了出來。「不，這不是為妳編造的。」他說，「等妳當上隊長，發現自己的軍校生在類似的情況時，我想妳也會告訴他們一樣的話。」

「我其實不是真的害怕。」她哭累了，加上熱巧克力的作用，讓她昏昏欲睡，失去防備。「我知道殲滅一定不會讓母親出事，而且他是全歐洲最好的龍。」她說漏嘴，才猛然清醒，急忙補充說：「當然，無畏幾乎跟他一樣好。」

勞倫斯嚴肅地點點頭：「無畏比他年輕很多。等他更有經驗，也許能和殲滅並駕齊驅吧。」

「是啊，沒錯。」她大大鬆了口氣，他則掩飾了自己的笑容。過了五分鐘，她已睡著了，他將她放上床，自己則去睡在無畏旁邊。

「勞倫斯，勞倫斯。」他醒過來，看著頭上眨眨眼，天色還很暗，但是無畏正焦急地推醒他。勞倫斯隱約聽到微弱的吵鬧聲，眾人的說話聲，還有槍響。他立刻爬起來；他的隊員都沒在空地，手下的軍官也不見人影。「怎麼回事啊？」勞倫斯爬下無畏的腳，無畏站了起來，伸展雙翅。「我們被攻擊了嗎？我沒看到有龍在天上呢。」

「長官，長官！」摩根急切地跑進空地，差點就摔倒了。「小翼來了，長官，打了一場大戰，拿破崙被殺了！」

「噢，所以戰爭已經結束了嗎？」無畏失望地問，「我還沒參加過眞正的戰役呢。」

「也許只是消息被誇大誤傳了，要是拿破崙眞的死了才奇怪。」勞倫斯說。他聽出了嘈雜聲是在歡呼，顯然有什麼好消息，只不過未必那麼誇張。「摩根，去叫醒荷林先生和地勤人員，爲我這麼早要他們起來，向他們道歉，然後請他們帶無畏的早餐來。」他說完，轉向無畏，「親愛的，我會去打聽看看，盡快帶消息回來。」

「好，拜託了，請快一點。」無畏急著說，接著用後腳站起來，從樹上張望，想看到發生什麼事。

總部燈火通明，小翼正坐在建築前的閱兵場，狼吞虎嚥地撕扯一頭羊，幾位郵務的守衛擋開營區湧出的人潮。數名年輕的陸軍和民兵軍官興奮地對空鳴槍，勞倫斯幾乎還得在人群中推擠，才到得了門邊。

通往藍登辦公室的門關著，不過詹姆士隊長卻坐在軍官俱樂部裡，吃東西的樣子幾乎和他的龍一樣野蠻，而其他隊長都已經和他在一起，聽取他的消息。

「納爾遜要我等待，並說在我巡迴完一趟之前，他們就會從港口出來。」詹姆士嘴裡塞滿了土司，還有點口齒不清。索頓正試著在紙上畫出戰況。「我不太相信他，不過他們星期天早上果然來了，星期天一早，我們在特拉加法角附近遇上他們。」

他吞下一口咖啡，在場的人都迫不及待地等他喝完。他暫時把盤子推到一邊，從索頓手中接過那張紙。「來，我來畫。」他說著，在紙上畫出小圓圈，代表船艦的位置，「我方有二十七艘船和十二隻龍，迎戰敵方的三十四艘船和十隻龍。」

「用兩列縱陣，將對方陣線切成三段嗎？」勞倫斯滿意地看著圖示——用這種戰略，正好可以讓法國人亂了陣腳，而他們的船員訓練不足，幾乎不可能重整旗鼓❷。

「啊？你說船啊，對，殲滅和豐悅飛在上風側的縱陣上方，滅絕在下風側的縱陣。」詹姆士說，「知道嗎？海軍師的前頭打得可激烈了！煙硝瀰漫，在上面連一根桅杆都看不見。我還一度以為納爾遜的勝利號炸毀了。西班牙人那裡有幾隻該死的小火箭龍，速度快得連我們的大砲都來不及反擊。豐悅追得他夾尾而逃之前，他已經讓勝利號所有的帆都著火了。」

「我們損失如何？」華倫問道，平靜的聲音劃過他們振奮的情緒。

詹姆士搖搖頭。「實在是一場大屠殺。」他哀傷地說，「我想我們大概死了將近一千人，倒楣的納爾遜本人千鈞一髮，逃過一劫——那隻噴火龍讓勝利號的船帆燒了起來，結果有一面帆掉到他身後的甲板上。腦子動得快的傢伙把他浸到水桶裡，不過他們說他的徽章已被熔化，貼在皮膚上，這下子他得時時刻刻都戴著徽章了。」

「一千人啊，願上帝讓他們的靈魂安息。」華倫說。交談停了下來，好不容易恢復時，聲音都很小聲。

不過興奮和喜悅的情緒漸漸蓋過了當時該有的感傷。喧鬧聲又爬上新的高峰，目前不可能問到進一步的情報了，於是勞倫斯幾乎用喊著說：「各位，失陪了，我答應無畏會馬上回去。詹姆士，拿破崙駕崩的消息是誤傳吧？」

「是啊，眞可惜——除非他聽到戰敗的消息，得了中風。」詹姆士喊著回答。他的話引起哄堂大笑，接著大家自然唱起了〈橡木之心〉❸，外面的人也跟著唱，因此歌聲跟著勞倫斯走出門之後，還伴著他穿過掩蔽所。

太陽升起的時候，掩蔽所已經快空了。幾乎沒有人回去睡覺，之前神經緊繃到接近極限，突然放鬆下來，情緒興奮到幾乎瘋狂。藍登甚至沒打算要大家守規矩，他別過頭，假裝沒看見他們湧出掩蔽所，跑到城裡把消息告訴還不知道的人，將他們的聲音混入眾人的歡慶聲中。

那天晚上，眾人站在陽臺上，看著回掩蔽所的人群在下面的閱兵場慢吞吞地移動，所有人都喝得爛醉。不過心情太好，沒有人起爭執，不時有人唱幾句歌，歌聲飄向陽臺上。錢納里欣喜地說：「不管拿破崙準備怎麼侵略，這場戰役一定阻撓了他的計畫。眞想看看他的表情。」

藍登喝了波特酒，而且得意非凡，一臉通紅地說：「我想我們一直高估他了。」——結果證實他派殲滅去，判斷正確，而且大大促成了這次勝利❹。「看來他對海軍不像對陸軍和空軍那麼了解，在不了解狀況下，一定想不到三十三艘戰列艦對上二十七艘會輸得那麼慘！」

「可是他的空軍師爲什麼要那麼久才出現？」哈克特說，「只去了十隻龍，而且照詹姆士說的，那十隻龍還有一半以上是西班牙龍——這數量還不到他之前在奧地利的十分之一。他會不會根本沒將龍隻調離萊茵河？」

「聽說飛過庇里牛斯山的航道很難飛，我自己是沒飛過。」錢納里說，「不過我敢說他覺得維耶納夫的兵力足夠，所以沒派那些龍去，只讓那些龍在掩蔽所無所事事，越長越胖。他一定推測維耶納夫會直衝過納爾遜的封鎖，也許只會損失一、兩艘船——他天天等著艦隊並納悶艦隊在哪裡，而我們還在這裡咬著指甲窮緊張。」

「這下子他的軍隊不能渡海過來了。」哈克特說。

「聖文森勳爵❺說過：『我沒說他們不能來，但他們不能由海路來。』」錢納里笑著說，「如果拿破崙打算用四十隻龍，還有他們的隊員攻下英國，他大可試試看，那些民兵的傢伙趕著埋下的砲，就能讓他嘗嘗厲害。他們的辛苦要是白費，就可惜了。」

「我承認我很想讓那個無賴再受點教訓。」藍登說，「不過他不會那麼蠢，我們盡了職責就該滿足，讓奧地利收拾他，並得到最後的榮耀吧。」他吞下杯中剩下的波特酒，突然又說：「不過，恐怕我們不該再拖延，畢竟舒瓦瑟對我們沒用了。」

眾人頓時陷入沉默。而寂靜中，哈克特深吸一口氣，聲音聽起來就像抽噎，但是她沒有提出異議，只用極爲平靜的聲音問：「你決定要怎麼處置奇鋒了嗎？」

「他願意的話，我們會送去紐芬蘭，那邊還缺一隻種龍配對，而且他似乎不太兇惡。」藍登說，「犯錯的是舒瓦瑟，不是他。」他搖搖頭又說：「當然很可憐，我們所有的龍都會悲慘畏縮幾天，不過沒有別的辦法了。最好早點解決，就是明天早上。」

他們讓舒瓦瑟有一點時間和奇鋒相聚，這隻大龍身上幾乎掛滿鏈條，左右兩邊各有巨無霸和無畏緊緊守著。舒瓦瑟盡力說服奇鋒接受藍登提出的庇護，而奇鋒只是左右搖晃著頭拒絕。兩隻龍都不喜歡這樣守著，被迫看到別離的場面，勞倫斯感到無畏身體傳過一陣顫慄。最後，奇鋒巨大的頭終於低下來，勉強代表點頭，而舒瓦瑟靠近他，將他的臉頰靠在柔軟的鼻子上。

接著守衛走上前去帶走舒瓦瑟，奇鋒試圖攻擊他們，但是糾纏的鏈子把他拉了回來。他們把舒瓦瑟帶開時，奇鋒尖叫了起來——叫聲駭人，無畏聽了在一旁縮起身子，展開翅膀，低聲地呻吟著。勞倫斯彎身向前，伸展雙臂靠到無畏脖子上，一遍又一遍地撫摸他。「親愛的，不要看。」他努力由哽咽的喉嚨中吐出話來，「馬上就結束了。」

奇鋒最後又尖叫一聲，便重重倒在地上，好像所有的生命力都從他體內消散一樣。藍登示意他們可以離開了，於是勞倫斯摸摸無畏的脖子，對他說：「走吧，走吧。」無畏立刻由刑場飛得遠遠的，直直飛向清澈開闊的海洋。

柏克力沒有任何預警地出現，然後像平常一樣唐突地問：「勞倫斯，我可以帶巨無霸來這裡嗎？還有百合？你的空地應該夠大吧。」

勞倫斯抬起頭，楞楞地看著他。無畏仍然哀傷地縮成一團，頭藏在翅膀下，傷心得不得了——他們只有彼此和下方的海面為伴，飛了好幾個小時，直到最後，勞倫斯擔心他會精疲力竭，開始求他飛回陸地去。他自己則覺得坐立不安，挫折又難過。他以前參加過吊刑，那是海軍生涯中嚴肅的現實。而舒瓦瑟遠比勞倫斯看過吊在絞繩上的許多人更活該，他不明白自己為什麼會那麼痛苦。

他對柏克力淡淡地說：「好啊。」說完又垂下頭。巨無霸到空地來時，他並沒有因為影子和急促的振翅而抬頭，巨無霸龐大的身軀擋住陽光，最後重重地降落在無畏身邊。百合也跟著來了，他們和無畏窩在一起好一會兒，無畏才把蜷曲的身體伸展些，他們更緊密地纏在一起，百合在他們上方展開寬大的翅膀。

勞倫斯靠坐在無畏身旁，柏克力帶哈克特來，推了推她，她毫不抵抗地坐到勞倫斯旁邊。柏克力自己笨拙地讓粗壯的身子坐到他們對面，遞了一個深色的酒瓶過來。勞倫斯接過瓶子，問也不問就喝了下去——那是又烈又純的蘭姆酒。勞倫斯整天都沒吃東西，酒精很快就跑進他腦子裡，但他很慶幸所有感覺都漸漸變鈍了。

沒多久，哈克特便哭了出來，勞倫斯伸出手扶住她肩膀時，才發現自己的臉上也有淚水。「他是叛徒，只不過是騙人的叛徒而已。」哈克特用手背擦掉眼淚，「我一點也不為他難過，根本不難過。」她有點費勁地說著，似乎想說服自己。

柏克力又把酒遞給她。「妳不是為他難過，那個該死的雜碎，死了活該。」他說，「妳是為了那隻龍在難過，百合他們也是。你知道嗎？他們不太在乎國王和國家，奇鋒什麼都不知道，只曉得舒瓦瑟告訴他要往哪裡飛。」

勞倫斯這時貿然說：「告訴我，拿破崙真的會以叛國罪處死龍嗎？」

「很可能會，這種事在歐陸久久會發生一次。主要是為了恐嚇馭龍者不要有叛國的念頭，而不是因為怪罪龍。」柏克力說。

勞倫斯很後悔他問了，他很遺憾舒瓦瑟至少目前為止說的都是實話。「只要他要求空軍，他們應該就會在殖民地給他庇護吧。」他憤憤不平地說，「這依然不成藉口。他覺得我們也很可能選擇殺死他的龍，所以希望能恢復在法國的地位。為了恢復地位，他寧願犧牲奇鋒。」

柏克力搖搖頭說：「我們的龍隻太短缺，不可能殺龍。」他說，「你說的鐵定沒錯，那個傢伙沒有藉口。他以為拿破崙會包抄我們，而且又不想去殖民地生活。」柏克力聳聳肩，

「對龍來說還是很殘忍，龍沒有做錯什麼啊。」

「不是這樣，他也有錯。」無畏意外地插嘴，三個人全都抬起頭看他，巨無霸和百合也抬頭聽他說。「舒瓦瑟不能逼他飛離法國或來這裡處心積慮傷害我們，我覺得他的罪並沒有比較輕。」

「我想，他很可能不了解舒瓦瑟要他幹什麼好事。」哈克特猶豫地回答他的質疑。

無畏說：「那他應該先拒絕，直到了解以後再決定——他又不像小翼那樣單純。他本來可能拯救駕馭者的性命和榮譽呢。如果我幹了那麼多好事，自己活下來，卻讓駕馭者被處刑，我會很羞愧的。」他又惡狠狠地說：「而且我才不會讓別人處勞倫斯死刑，如果他們有膽嘗試的話。」

巨無霸和百合都低沉地哼著附和他。「我絕不會讓柏克力叛國的，絕對不會。」巨無霸說，「不過如果他真的叛國了，誰想吊死他，我就踩扁誰。」

「我想我會直接帶著凱瑟琳遠走高飛吧。」百合說，「也許奇鋒也想這樣做，可是他比你們都小隻，也不能噴酸液，應該弄不斷那些鏈子。而且他只是一隻孤單的龍，還被看守著。我如果逃不掉，一定也不知道該怎麼辦才好。」

她輕聲說完，大夥又擠在一起，陷入一陣愁雲慘霧中。但是過了一會兒，無畏突然停下動作，堅決地說：「我知道我們該怎麼辦了——如果妳要救凱瑟琳，或是巨無霸要救柏克力的話，我會幫你們忙。如果我有需要，你們也會幫我，那我們就不用擔心了。我想誰也不能阻止我們三個，至少我們能順利逃走。」

這個妙計讓他們開心得不得了。勞倫斯這下子後悔蘭姆酒喝太多，他覺得應該反駁，但是沒辦法及時說出恰當的話來。

幸好這時柏克力替他說：「你們這些搞密謀的混帳，夠了！我們還沒開始計畫叛國，你們就要讓我們上絞架。現在可以吃點東西了吧？你們不吃，我們就不吃，要是眞忙著保護我們，可以先從不讓我們餓死開始。」

「我可不覺得你會餓死。」巨無霸說，「醫生兩星期前才說你太胖了。」

「可惡的傢伙！」柏克力坐了起來，憤憤不平地說。巨無霸激怒了他，樂得哼了一聲。不過三隻龍不久就被說服，願意吃點東西，於是巨無霸和百合便回到他們的空地，準備讓人餵食。

「奇鋒做得不對，但我還是爲他感到遺憾。」無畏才吃完，就對勞倫斯說，「他們爲什麼不讓舒瓦瑟和他一起去殖民地，我不懂。」

勞倫斯吃過東西，喝過濃烈的咖啡之後，已經清醒了。「做了那樣的事就必須付出某種代價，不然會有更多人效尤。何況，他本來就應該要爲這件事受到懲罰。」他說，「舒瓦瑟打算讓百合承受奇鋒現在受的苦，想像一下這個情境——法國人把我關起來，命令你爲了救我的姓命，和你的朋友、先前的同伴爲敵，爲法國而飛。」

「嗯，我懂了。」無畏說著，語調中還帶著不滿。「可是我還是覺得，他們可以用別的方法處罰他。把他關起來，強迫奇鋒爲我們而飛，會不會比較好？」

「這樣利用龍隻的確有道理。」勞倫斯說，「不過如果叛國的懲罰比死刑輕，我不知道能不能接受。叛國罪太卑鄙了，不能只用囚禁懲罰。」

「可是不對奇鋒作同樣懲罰，只因爲不符經濟效益，需要他來繁殖龍嗎？」無畏說。

勞倫斯想了想他說的話，卻沒辦法回答，最後終於說：「坦白說，我想我們自己也是飛行員，不喜歡處死龍，所以找了理由讓龍活下去。而且我們的法律是爲人制訂的，要強加在龍身上，也許不太公平。」

「噢，這種說法我同意。」無畏說，「我聽過的法律，有些實在沒什麼道理，如果不是爲了你，我不曉得會不會遵守。我覺得如果你們想把法律用在龍身上，照理說應該詢問我們的意見，可是聽你讀過國會的事，我想他們沒請龍去國會過。」

「再來你就要抗議沒有代表權，卻有義務繳稅，然後把一簍茶葉丟到港口裡了。❻」勞倫斯說，「你的本性其實真的很像雅各賓黨人❼，我想我得放棄糾正你了，我能做的只有撇清關係，否認我該負責吧。」

譯註：

❶：紐芬蘭（Newfoundland），位於今日加拿大東南岸的島嶼。

❷：法國大革命時，大批貴族入獄或是逃出法國，軍隊中人才盡失，大部分的軍官經驗不足，許多船員只經過簡單訓練就趕鴨子上架。

❸：〈橡木之心〉（Heart of Oak），英國皇家海軍的軍艦進行曲。

❹：史實是當時海峽艦隊的司令康瓦利斯，由海峽艦隊中派二十艘戰列艦南下與西班牙的敵軍交戰，英吉利海峽只剩十一艘戰列艦留守。納爾遜的艦隊隨後和二十艘戰列艦會合，由納爾遜統御英國的二十艘戰列艦，在特拉加法角外海和法國與西班牙航向布列斯特的三十三艘戰列艦交戰，戰略和本書的描述相同。英方獲勝，但是納爾遜本人重傷而死。而拿破崙則在這場戰役前就放棄了侵略英國的計畫。

❺：聖文森勳爵，約翰・傑維斯（John Jervis, 1st Earl of St Vincent，一七三五～一八二三），在地中海艦隊擔任海軍中將，監視卡地斯，後來在聖文森角戰役打敗西班牙艦隊，受封爲聖文森勳爵。即歷史上應接替威廉・康瓦利斯，成爲下一任海峽艦隊司令的海軍上將。

❻：指波士頓茶葉事件，起於一七六〇年，英國於殖民地增加稅收，引起殖民地居民不滿，認爲殖民地在國會沒有代表，就沒有義務繳稅。一七七三年十二月十六日，當地居民銷毀大量茶葉，倒入波士頓港。此事件被視爲美國獨立戰爭的發端。

❼：雅各賓黨人（Jocobin），法國大革命時期雅各賓黨的成員，一般被用來指激進的革命分子。

# 第十二章

隔天早上奇鋒已經不在了，送上由普茲茅斯[1]出發的運龍艦。運龍艦會載著他到新斯科細亞一處小掩蔽所，再從那裡把他送到紐芬蘭，監禁在那裡最近成立的繁殖場。勞倫斯躲著不看可憐的龍，而且前一晚刻意讓無畏熬夜，讓他睡過奇鋒出發的時間。

藍登選的時機很高明，大家普遍還在歡慶特拉加法角的勝利，多少能彌補私下的悲傷。就在那天，有人發了宣傳小冊，說泰晤士河口會有煙火表演。於是藍登就命令百合、無畏和巨無霸這幾隻掩蔽所最年輕、心情也最受影響的龍去觀禮。

看著絢麗的煙火點亮天空，船中的音樂從水面流瀉出來。勞倫斯打從心裡感謝藍登的命令——無畏興奮地睜圓眼睛，瞳孔和龍皮上都映著煙火爆裂的色彩，他忽左忽右探著頭，努力想聽清楚音樂。回掩蔽所的路上，他滿口談的都是音樂、煙火和光輝。

「多佛的音樂會就是那樣嗎？」他問，「勞倫斯，我們能不能再去一次，下次靠近一點呢？我會坐著不出聲，不會干擾到別人。」

「親愛的，音樂會只有音樂，恐怕那種煙火只會在特殊場合放。」勞倫斯避開正面答覆，他能想像城裡的居民看到一隻龍要去音樂會會有什麼反應。

無畏說了聲：「噢。」但是並沒有因此氣餒，「我還是很喜歡音樂，今天晚上沒有聽得很清楚。」

「不知道城裡哪裡有適合的場地。」勞倫斯百般不願，緩緩地說。然而他靈機一動，高興地補充道：「也許我可以換個方法，雇音樂家來掩蔽所幫你演奏。無論如何，這樣都舒服多了。」

「是啊，沒錯，太好了。」無畏熱切地說。他們三隻龍都降落之後，無畏馬上把這個主意告訴巨無霸和百合，他們倆都一樣興致勃勃。

「勞倫斯，該死，你最好要學著拒絕，你會一直讓我們捲入荒唐事。」柏克力說，「你就看看到底有沒有音樂家會爲了對音樂的熱愛，或是爲了錢，而來這裡演奏吧。」

「他們也許不會爲愛而來，不過我想一星期的薪資和一頓豐盛的晚餐，就能說服大部分的音樂家在精神病院裡演奏了。」勞倫斯說。

「我覺得這個點子不錯。」哈克特說，「我自己也很喜歡。我只在十六歲去過一次音樂會，爲了去音樂會還特地換上裙子，才聽半小時，坐在我旁邊的討厭鬼就開始對我說無禮的悄悄話，最後我倒了一壺咖啡到他腿上，雖然他馬上離開，但是我的興致都被破壞了。」

「以基督之名，哈克特啊，如果我得冒犯妳，我會他媽的確定妳手上沒有熱滾滾的東西。」柏克力說。勞倫斯受到兩種糟糕的念頭夾攻——她受到的侮辱很過分，但是她反擊的方式也很驚人。

「哎呀，我也想揍他，可是要揍他就要站起來。你們不會懂坐下整理裙子有多難！我第一次花了五分鐘才整理好。」她一本正經地說，「我不想重來一遍，那時正好服務生來了，我想拿咖啡壺會方便一點，反正也比較像女孩子會做的事。」

勞倫斯想起來心有餘悸，和他們道晚安後，就帶無畏去休息了。雖然他覺得無畏已經不再沮喪，但他那晚仍然睡在無畏身邊的小帳篷，結果遭到報應，隔天一早就被無畏叫醒。他用一側的大眼睛望著帳篷裡面，問勞倫斯當天能不能去多佛安排音樂會的事。

「我想睡到正常起床的時候，不過顯然沒希望了，或許該去請藍登准許我離開。」勞倫斯邊從帳篷裡爬出來，一邊打著呵欠說：「我可以先吃早餐嗎？」

「噢，沒問題。」無畏慷慨地說。

勞倫斯抱怨了幾句，穿上外套，然後走向總部。他走到半途的時候，幾乎和跑來找他的摩根撞個滿懷，但他扶住摩根。「長官，藍登司令要見你。」男孩興奮地喘著氣說，「他說，無畏要穿上戰裝了。」

「好的。」勞倫斯說著，掩飾自己的驚訝。「馬上去轉告葛蘭比上尉和荷林先生，然後聽葛蘭比的指示去做。這件事不可以告訴別人。」

「是，長官。」男孩說著，拔腿跑向營區。勞倫斯則加快腳步。他敲門時，藍登回應道：「勞倫斯，進來。」看來掩蔽所其他的軍官都已經擠進辦公室了。勞倫斯訝異地發現蘭金在房間前方，正坐在藍登的桌旁。蘭金從拉干湖調職之後，他們都很有默契，避著不和彼此交談，勞倫斯對他和輕柔的活動一無所知。不過他們的任務顯然比勞倫斯想像的危險——蘭金腿上紮了染血的繃帶，衣服上也有血跡，他削瘦的臉蒼白而痛苦。

幾個殿後的軍官進了辦公室，門一關上，藍登就開始嚴肅地說道：「各位，敢說你們都知道——我們慶祝得太早了。蘭金隊長剛從沿岸的巡邏回來，他設法溜過敵方邊界，瞄到那該死的科西嘉人在做什麼。你們自己看看吧。」

他把一張紙推過桌面，紙上染著汙泥和血漬，但是無損蘭金精準的手畫下的詳細圖畫。勞倫斯皺起眉頭，努力思考那是什麼——看起來像戰列艦，但是上甲板沒有任何欄杆，船上也沒有半根桅杆，船首和船尾兩側都突出粗厚且古怪的橫樑，但是沒有砲眼。

錢納里把圖轉正，問道：「這是做什麼用的？他不是已經有船了嗎？」

「如果我說他讓龍搬著這個東西在空中飛，也許比較容易懂。」蘭金說。勞倫斯立刻就明白了——橫樑其實是讓龍抓住的地方；英國的空軍都在地中海忙碌，而拿破崙打算讓他的軍隊飛過海軍的砲火上空。

藍登說：「我們不確定每個可以載多少——」

「隊長，不好意思，可以告訴我這些船有多長嗎？」勞倫斯插嘴道，「圖是照比例畫的嗎？」

「沒錯，是照我看到的比例。」蘭金說，「我在空中看到的那艘，兩邊各有兩隻黃色收割者，他們之間還有空間，前後全長大概兩百呎吧。」

「那這艘船就有三層甲板了。」勞倫斯嚴肅地說，「再加上吊床，只運單趟短程，不帶補給的話，每艘船最多可以裝下兩千人。」

房間傳過一陣擔心的低語。藍登說：「要飛過海峽，即使他從瑟堡出動，也要將近兩小時，他最少有六十隻龍。」

「老天啊，早上過一半，他就能讓五萬人登陸了。」勞倫斯不認得這位說話的隊長，他是最近才到掩蔽所的人，但是所有人的腦中都做著同樣的估計。大家都不禁在房裡張望，計算他們自己這方的人數——不到二十人，而且很多只是負責偵察或送信的隊長，他們的龍在作戰中沒什麼用處。

「可是這種東西在空中沒辦法操作，再說龍抬得動那麼重嗎？」索頓仔細研究著圖問道。

「他大概是用很輕的木頭做的，只要這些船支撐一天，而且還不用防水。」勞倫斯說，「他只需要讓他們乘著東風飛過海峽，船的骨架很窄，所以阻力不大。可是他們在空中會很脆弱，而且殲滅和滅絕都在回來的路上了吧？」

「最快還要四天才會到，這點拿破崙應該和我們一樣清楚。」藍登說，「他幾乎投入了整個艦隊和西班牙的艦隊才把他們引開，可不會浪費這大好的機會。」大家立刻明白他話中顯而易見的事實。房間裡籠罩了一陣沉重而憂慮的寂靜，藍登低頭看著桌子，然後站了起來，動作異常緩慢。勞倫斯頭一次發現他的頭髮灰白而稀疏。

「各位先生。」藍登以嚴肅的口吻說，「今天吹的是北風，如果他決定等更好的風向，我們還會多一點時間。我們所有偵察的龍都會輪班在瑟堡外海巡邏，至少會提前一個小時得到警告。不用我說，我們的兵力遠遠不及他們，大家只能盡力了，如果不能阻止，就盡量拖延吧。」

沒有人回答。過了一會兒，他又說：「我們需要所有重量級和中量級的戰龍獨立應戰，你們的任務就是摧毀這些運輸艦。錢納里、華倫，你們兩個擔任百合編隊中翼的位置，我們有兩隻偵察龍會在翼尖位置。哈克特隊長，拿破崙一定會留一些龍隻防禦，妳的任務就是盡量纏住防禦的龍隻。」

「是的，長官。」她說道。其他人則點點頭。

藍登深吸口氣，抹抹臉。「各位，該說的都說了，去準備吧。」

沒必要把消息瞞著人，蘭金回來的時候，法國人差點就抓住他，而且已經知道他們的秘密被洩漏了。勞倫斯靜靜地告訴他的上尉，接著便讓他們去傳布消息。他能看出消息在階級間流傳的情形：男人彎著身子聽對方說話，知道狀況後，表情就僵硬起來，而早晨常有的閒聊幾乎不存在了。他自豪地發現，即使最年輕的軍官都能勇敢接受消息，直接回去工作。

巡邏的時候，無畏穿的都是很輕便的裝備，之前交戰時穿的是旅行裝備，所以這是無畏在練習之外，第一次用到整套重型戰裝。無畏挺直地站著，聞風不動，只興奮地轉過頭，看人們為他裝備最重的皮鞍具，皮帶接合處都釘上三個鉚釘，接著準備扣上一片片鏈甲當作護甲。

勞倫斯開始親自視察裝備，才發現找不到荷林。他又在整個空地找了三次，才眞的相信那男人不在場，於是叫來浦拉特，這位護甲師正在處理戰鬥中要覆蓋無畏胸口和肩膀、提供保護的金屬板。他問浦拉特說：「荷林先生在哪裡？」

「唉，長官，我今天早上應該還沒見過他。」浦拉特搔著頭說，「不過他昨晚有來。」

「好。」勞倫斯說著，讓他解散，然後喊道：「羅蘭、戴爾、摩根。」三個傳令兵來的時候，他說：「看看能不能找到荷林先生，告訴他我要他立刻來這裡，去吧。」

「是，長官。」他們幾乎異口同聲答令，匆匆討論之後，就朝不同的方向跑走了。

他深皺著眉頭回去監督手下工作——那男人居然會不盡職，何況是在這樣的情況下，讓他覺得又意外又生氣。他懷疑荷林是不是生病找醫生去了——這似乎是唯一的理由，不過他應該會告訴其他隊友才對。

過了一個多小時，無畏已經全副武裝，隊員在葛蘭比上尉嚴厲的目光下練習著登龍的步驟，這時小羅蘭急急忙忙跑回空地。「長官。」她氣喘吁吁，不安地說，「長官，荷林先生和輕柔在一起，請不要生氣。」她急著把話一口氣說完。

「哦。」勞倫斯有點慚愧地說。他不好意思向羅蘭承認，他裝作不知道荷林探望輕柔的事，所以她當然不願意打飛行員同伴的小報告。「他要對失職負責，不過那以後再說。去告訴他我要他立刻回來。」

「長官，我告訴他了，可是他說他不能離開輕柔，他要我馬上回來轉告你，求你方便的話過去一趟。」她很快地說，一邊看著他對不服從的表現有什麼回應。

勞倫斯很驚訝，無法了解荷林的反應爲什麼如此不尋常。然而過了一會兒，他對荷林品性的看法讓他下定決心。「葛蘭比先生。」他喊道，「我必須離開一下，這裡交給你管。」接著他對她說：「羅蘭，留在這裡，如果有什麼狀況馬上來找我。」

他一邊快步離開，一邊在憤怒和擔心之間掙扎。他很不希望再讓蘭金指控他，但誰也不能否認，那個男人才剛英勇地達成任務，若馬上就對他失禮，實在不恰當。這時勞倫斯依照羅蘭的指示走向輕柔的空地，一路上越來越氣憤——輕柔的空地是最靠近總部的小空地，選擇的時候顯然是爲了蘭金方便，而不是爲了龍方便。空地的地面疏於整理，當輕柔出現在勞倫斯眼前時，他注意到輕柔就這麼躺在一堆塵土上面，頭靠在荷林的腿上。

「唉，荷林先生，這是怎麼回事？」勞倫斯因為憤怒，口氣變得尖銳。但他繞到輕柔正面時，才看到原來被擋住的腹側和肚子蓋著一大塊繃帶已經被暗得近黑色的血浸透。「老天啊——」他不禁脫口而出。

輕柔聽到聲音，微微睜開眼睛，滿懷希望地看了他一眼。他的眼睛蒙上一層白翳，滿是痛苦，過了一會兒才露出認得他的神情，接著嘆口氣後又閉上雙眼，什麼也沒說。

「長官，」荷林說，「很抱歉，我知道我有職責，可是我不能離開他。醫生已經走了，他們說能做的都做了，剩下的時間不多。這裡完全沒有人，連可以派去拿水的人都沒有。」他停下來，又重複一次：「我不能離開他。」

勞倫斯跪到他身邊，把手輕輕地蓋到輕柔的頭上，生怕會讓他更痛苦。「沒錯，」他說，「當然不能離開。」

這時他很慶幸自己離總部很近。總部門口有些龍務人員在閒晃，討論早上的消息，於是他就派他們去幫荷林。蘭金很好找，就在軍官俱樂部。他正在喝酒，臉色已經恢復很多，染血的衣服也換掉了。藍登和幾位負責偵察的隊長與他坐在一起，討論沿岸要部署的位置。

勞倫斯走到蘭金面前，靜靜地對他說：「你還能走的話，給我站起來，不然我可以扛著你。」

蘭金放下酒杯，冷冷地盯著他。「不好意思，」他說，「我想你又要多管閒事——」

勞倫斯不理會他的話，只抓住他的椅背提起椅子。蘭金跌向前，掙扎著要從地上站起來。勞倫斯抓住他外套的衣領，不理會他痛得喘氣，直接把他拉起來。

「勞倫斯，看在上帝的分上，你在——」藍登訝異地說著，站了起來。

「輕柔快死了，蘭金隊長希望跟他道別。」勞倫斯堅決地直視蘭金的眼睛，抓住蘭金的衣領和手臂，「他請求離席。」

其他隊長盯著他們，準備從椅子中站起來。藍登看著蘭金，接著刻意坐了回去說：「好的。」然後伸手拿酒杯，其他隊長也緩緩跟著坐下。

蘭金被他抓著，一路上踉踉蹌蹌根本沒在掙脫，而且對勞倫斯有點畏縮。在空地外面，勞倫斯停下來對他說：「你要對他很溫柔，知道嗎？他值得你讚美，你卻從沒讚美過他。等等你要稱讚他，要告訴他說，他勇敢又忠心，你不值得擁有這麼好的同伴。」

蘭金沒說什麼，只瞪著勞倫斯看，彷彿他是可怕的瘋子。勞倫斯又搖了搖他，「上帝為證，你至少要做到這樣，你最好做得讓我滿意。」他粗暴地說著，把他拖走。

荷林還坐在那裡，讓輕柔的頭枕在他腿上。這時他旁邊放了一個水桶，他正用一塊乾淨的布擠水到張開的龍嘴裡。他看著蘭金，絲毫不掩飾輕蔑的表情，不過他隨即彎下身說：「輕柔，來吧，看看是誰來了。」

輕柔睜開眼睛，他的雙眼變得混濁盲目了。「我的隊長嗎？」他沒信心地說。

勞倫斯狠狠地推著蘭金向前，跪到地上。蘭金喘著氣，一手抓著大腿，但仍然說：「對，我來了。」他抬頭看著勞倫斯，吞了口口水，然後生硬地說道：「你很勇敢。」

他的語氣既不自然又不誠懇，實在丟臉到極點。但輕柔只輕輕地說：「你來了。」然後舔了嘴角的幾滴水。他敷的藥膏又黑又亮，厚到兩層紗布都微微分開，這時血仍舊從藥膏下面緩緩流出。蘭金的褲子和襪子漸漸在血中浸濕，他不安地挪挪身子，但是看了眼勞倫斯，一點也不敢離開。

輕柔低低地嘆了口氣，然後側腹淺淺的起伏便停止了。荷林伸出粗糙的手，闔上他的眼睛。

勞倫斯抿著嘴，緊緊握著蘭金的領子的手這時鬆開。他的怒氣消散了，留下的只是深深的厭惡。他對蘭金說：「滾！他的後事由珍惜他的人來辦，用不著你。」那男人離開空地的時候，勞倫斯連看也不看他一眼。他低聲對荷林說：「我不能留下來，你可以處理嗎？」

「可以。」荷林說著，撫摸龍小小的頭。「眼看就要開戰了，能爲他做得不多，不過我會負責讓他們帶走他，好好埋葬。長官，謝謝你，剛才的一刻對他非常重要。」

「那傢伙根本不值得。」勞倫斯說，他又待了一會兒，低頭看著輕柔，然後走回總部找藍登司令。

「怎麼樣？」藍登看著勞倫斯出現在他辦公室，板起臉問。

「長官，我爲我的行爲道歉。」勞倫斯說，「我願意承擔任何您覺得恰當的處置。」

「不是、不是，你在說什麼啊？我問的是輕柔。」藍登不耐煩地說。

勞倫斯頓了一下，才說：「死了，死前非常痛苦，不過最後輕鬆地去了。」

藍登搖搖頭說：「眞他媽的可憐。」他爲他自己和勞倫斯各倒了一杯白蘭地，兩口就喝完杯裡的酒，接著重重嘆了口氣。「蘭金失去坐騎的時間還眞該死。」他說，「我們在查塔姆有隻溫徹斯特龍快孵出來了——照蛋殼硬化的情形來看，隨時都可能孵化。我費盡心思想就近找到能擔當那職位、又願意接受溫徹斯特龍的傢伙，這下子他有了空缺，加上他因帶這條消息給我們而成了英雄，如果我不派他去接手，倒讓那條龍成了沒主人的野龍，他媽的整個家族都會怨聲連連，搞不好還會在國會提出質詢呢。」

「我寧可讓龍死掉，也不要落到他手上。」勞倫斯重重放下杯子，「長官，您要找可以爲這份工作爭光的人，就派荷林去吧！我可以用生命爲他擔保。」

「什麼？你的地勤官？」藍登向他皺起眉頭，不過臉上是沉思的表情，「要是你覺得他適合這個工作，倒是可以考慮，如果他不會覺得這樣調職有損前途的話。我想他應該不是紳士吧。」

「不是的，長官，除非您說的紳士指的是榮譽，而不是家世。」勞倫斯說。

藍登嗤之以鼻。「要是我們沒那麼固執，就會更重視榮譽的。」他說，「只要蛋裂開的時候，我們沒全被殺了或是捉起來，這件事應該會很順利。」

勞倫斯告訴荷林這個消息，卸除了他的職務。荷林十分驚訝，不很肯定地問：「我自己的龍？」他轉過身去，藏起表情，「長官，我不知道該怎麼報答你。」他怕聲音哽咽，因此輕聲地說。

「我擔保你能爲這份工作爭光。記得，別讓我言而無信，我就滿足了。」勞倫斯說著，伸手和他相握，「你要立刻出發，蛋幾乎隨時就要孵化了，有馬車等著載你去查塔姆。」

荷林有些不知所措地握住勞倫斯的手，接下地勤同伴匆忙爲他打包、沒裝幾件家當的行李，就跟著小戴爾走到等著他的馬車旁。一路上隊員都開心地對他笑著，他不得不和許多人握手，最後勞倫斯怕他永遠不能出發，於是說：「各位先生，現在還在吹北風，我們該幫無畏脫掉一些戰甲好過夜。」然後趕他們去工作。

無畏有點難過地看他離去。隊員在他身上忙碌時，他對勞倫斯說：「我很高興新的龍會得到他，而不是蘭金，不過眞希望他們早點把他給輕柔，也許荷林就不會讓輕柔死了。」

「我們永遠不知道會發生什麼事。」勞倫斯說，「不過蘭金換成荷林，輕柔也不一定會高興。即使到了最後，他依然只要蘭金的關愛，有點令人費解就是了。」

那天晚上，勞倫斯又和無畏一起睡，他包在幾層毯子裡緊偎著無畏，在他的懷中躲避早霜的寒氣。勞倫斯恰好在第一道曙光之前醒來，他觀察到光禿禿的樹梢背向朝陽彎著——起東風了，是法國吹來的東風。

「無畏。」他輕聲喊著，巨大的龍頭抬到他上方，嗅著空氣。

「風變了。」無畏說著，彎下頭蹭蹭他。

勞倫斯讓自己沉溺五分鐘，待在溫暖的懷抱中，雙手靠著無畏鼻子上細柔的鱗片。「親愛的，希望我從來沒讓你不快樂。」他柔聲說。

「勞倫斯，我一直很快樂。」無畏非常輕聲地說。

他才搖了鈴，地勤人員就匆忙從營區來了。鏈甲放在空地上，用布蓋著，而無畏這次穿著重型鞍具睡覺，所以很快就裝備完成。空地的另一邊，葛蘭比則在檢查所有人的鞍具和鐵鎖。勞倫斯也讓他檢查，然後花了點時間清理手槍，裝填彈藥，接著繫上配劍。

寒冷的天空呈現一片灰白，幾片顏色濃一點的雲朵像陰影一樣迅速飄動。上頭還沒有命令下來。無畏聽勞倫斯的要求，把他抬到肩上，然後用後腿站起來。望過樹頂，他們可以看到海洋深色的線條，還有在港口載浮載沉的船隻。強風又冷又鹹地吹著勞倫斯的臉龐。「無畏，謝謝。」他說道，於是無畏把他放了下來。「葛蘭比先生，讓隊員上龍。」勞倫斯說。

無畏飛入天際時，地勤人員一片哄然，聲音不像歡呼，倒像怒吼。其他的龍也振翅起飛，勞倫斯只聽到吼聲傳遍整個掩蔽所。巨無霸一身炫目的紅金光輝，讓其他龍都大爲失色。捷戰和百合在其他小隻的黃色收割者之中，也十分搶眼。

藍登的旗幟在他的梭巡姬——一隻金色的角翼龍身上飄揚。她只比黃色收割者大一點，但她穿過龍群時，以不刻意的方式優雅領著所有龍隻，翻轉拍動翅膀的動作幾乎和無畏相同。體型較大的龍都奉令獨立行動，因此無畏不用配合編隊的速度。他很快就穿過龍隻，飛到全軍前緣。

濕冷的風吹拂著他們的臉龐，他們飛過時發出的低沉哨音聲，蓋過所有的聲音，只剩下鞍具咯吱的聲響；還有無畏揮動翅膀時發出的厚重劈啪聲，翅膀一下一下拍著，彷彿綳緊的船帆。隊員都陷入沉重而罕見的沉默，沒有其他聲音打破寂靜。他們已經飛到視線範圍——從這個距離看，法國龍密密麻麻的，就像一群海鷗或麻雀，整齊劃一地翱翔。

法國龍飛的高度很高，離海平面大約九百呎，比任何胡椒砲的射程都還高。他們下方是一片美麗卻派不上用場的白色船帆——是英國的海峽艦隊。許多船艦絕望地試著射擊，只讓船被煙霧包圍。大部分的船艦都冒著被風吹向岸邊擱淺的危險，在靠近陸地的位置待命，如果能逼法國人降落在靠近懸崖的地方，他們有可能暫時進入長管平射砲的射程。

殲滅、滅絕和他們的編隊正從特拉加角法瘋狂加速趕回來，但是不可能期望他們在週末以前到達。人人都清楚法國人能召集多少人對付他們。照理說，他們不可能有希望戰勝。

即使這樣，親眼看到這些數量的敵人飛在眼前，感覺又不相同了——蘭金看到的那種輕質木料做的運輸艦，總共有十二艘，各由四隻龍搬著，周圍有更多的龍護衛。勞倫斯從來沒聽過現代戰役有這麼強的戰力，只有在十字軍戰爭有這樣的盛況。那時龍的體型較小，鄉野還沒開發，比較有辦法餵飽龍。

勞倫斯想到這點後便轉向葛蘭比，平靜地用隊員能聽到的音量大聲說：「從後勤學來看，一次要供應這麼多龍食物不是長久之計，他不可能在短期內故計重施。」

葛蘭比注視他片刻以後，震驚了一下，連忙說：「是啊，您說的沒錯。我們該讓隊員練習一下嗎？我想遇上他們之前還有半小時可以用。」

「好。」勞倫斯說完，撐著站起來——他們背挺直了，悄悄話也停了下來，沒人敢在他面前露出害怕或不甘願的表情。

「約翰斯先生，請交換位置。」葛蘭比用擴音器喊道。很快地，龍背員和龍腹員就在他們上尉的指揮下交換了位置，而且在刺骨的寒風裡溫暖起來，臉色沒那麼憔悴了。其他龍的隊員們和他們太靠近，他們不可能眞正練習射擊，不過李格斯上尉讓槍手展現了驚人的活力，放空槍活動活動手指。杜恩纖細的手這時因爲寒冷而蒼白，他手忙腳亂起重新裝彈藥時，牛角火藥桶從他手中滑開，差點就從旁邊掉下去。科林斯幾乎直接從無畏的背上晃出去，才剛好抓住火藥桶的繩子。

他們開槍時，無畏回頭瞥了一眼，不過沒說什麼，又看向前方。他飛得很輕鬆，照這個速度，他可以飛上大半天。他的呼吸並不吃力，甚至沒有加快多少。問題出在他太興奮了——法國龍在他們眼前越來越接近，他激動地失常，瞬間加快速度。不過勞倫斯碰了碰他，他就退回隊伍中。

負責防禦的法國龍大略排列出戰線，大型的龍隻在上方，下方則有小型的龍亂糟糟地向前衝，形成一堵牆，保護運輸艦和搬運的龍隻。勞倫斯覺得他們只要能衝破防線，就可能有希望。搬運的龍大部分是中量級的紋漁龍，飛得很辛苦——他們顯然不習慣支撐這麼重，勞倫斯很確定他們不能抵抗攻擊。

不過，他們二十三隻龍要對付法國四十隻以上的防禦龍隻，而且英國的戰力中，幾乎有四分之一是灰紋龍和溫徹斯特龍，敵不過戰龍。他們幾乎不可能穿過戰線，就算穿過以後，出擊的英國龍會立刻被孤立，反而容易受到攻擊。

藍登在梭巡姬上，掛上攻擊的指示旗：靠近後交戰。勞倫斯覺得自己的心跳開始加快，也感到開戰之後就會消失的興奮顫抖。他拿起擴音器向前喊道：「無畏，選好目標，只要能飛到運輸艦旁邊就對了。」大群的龍隻容易讓人混亂，所以勞倫斯更相信無畏的直覺。只要法國的戰線有空隙，他相信無畏一定能找到。

無畏立刻以行動回應他，衝向一艘外圍的運輸艦，作勢要直直飛過去，但又猛然收起翅膀俯衝，在他前方緊密排列的法國龍衝過來追趕。無畏翻動翅膀，在空中停了下來，三隻龍急飛過他身邊，他用力拍了幾下翅膀，就直接飛向左邊第一隻沒有龍保護的搬運龍。這時勞倫斯發現到那隻母的紋漁龍顯然累極了——她飛的速度雖然正常，卻很辛苦地拍著翅膀。

「炸彈預備。」勞倫斯喊著。無畏衝過紋漁龍，撕扯她側腹的時候，隊員就把炸彈丟向運輸艦的甲板上。紋漁龍背上傳來子彈的爆裂聲，勞倫斯聽到背後傳來一陣慘叫——柯林斯雙手一鬆，在他的鞍具中癱軟下來，手上的步槍滾落下方海中。一會兒之後，他的身軀也掉入海裡——他死了，別人切斷他的繩子。

運輸艦上沒有砲，但是甲板做成像屋頂一樣傾斜——有三顆炸彈還來不及爆炸就滾開了，沒派上用場就掉下去，在空中散開白煙。不過，還有兩顆炸彈及時爆炸了——那隻紋漁龍一時間打亂了速度，在甲板的木板上抓出洞來，同時整個運輸艦更在空中陷了下去。勞倫斯看到運輸艦中瞪著雙眼、被塵土沾汙的蒼白臉龐嚇得面無表情。下一刻，無畏就繞開了。

勞倫斯看到細細的深色血流，無畏下面有地方在流血。他靠過去檢查卻沒看到傷口，無畏也飛得很正常。他指著血流喊道：「葛蘭比。」

過了一會兒，葛蘭比喊了回來：「是他爪子上的——其他龍的血。」勞倫斯聽了點點頭。

但是他們沒有機會再度攻擊——有兩隻法國龍向他們迎面而來。無畏馬上拍動翅膀，飛向天空，敵方的龍跟著他們。他們看過他的詭計，接近的速度比較小心，以免又飛過頭。

勞倫斯對無畏喊道：「折回去，直落下去衝向他們。」

無畏鼓起胸膛深吸一口氣，俐落地在半空中轉向背後，這時李格斯在勞倫斯後面喊道：「射擊預備。」無畏不再需要對抗重力，於是憤怒一吼，筆直向法國龍俯衝下去，勞倫斯即使迎著風，仍然被巨大的音量震入骨頭。帶頭的龍畏縮了，一調頭，翅膀就纏到第二隻龍的頭上。

無畏從敵軍槍火的煙霧中穿越，英國也響起槍聲反擊。死去的幾名敵軍已經被切斷繩索，掉了下去。無畏飛過第二隻龍的時候揮出爪子，在龍的腹側抓出一道裂口，噴出的血濺到勞倫斯褲子上，皮膚只覺得滾燙。

他們飛開了，兩隻攻擊者還掙扎著恢復姿勢——第一隻痛苦地尖叫，飛得很差。勞倫斯回過頭，看到那隻龍調頭飛回法國——法國龍在數量上占了優勢，拿破崙的飛行員沒必要讓他們的龍拚命。

「幹得好。」勞倫斯喊著，聲音中滿是得意，壓抑不住心底的歡喜。不過絕望的戰鬥仍然激烈進行中，沉浸在高興的情緒其實很荒謬。這時他背後的隊員傳來一陣歡呼，原來第二隻龍不敢自己冒險攻擊無畏，於是調頭去找別的對手。無畏驕傲地仰著頭向他們原先的目標飛回去——這時他仍然毫髮無傷。

他們同編隊的夥伴豐慶正在攻擊運輸艦——他和索頓已經有三十年的經驗，非常狡猾，已經穿過了戰線，繼續攻擊被無畏抓傷的虛弱紋漁龍。一隊體型較小的天蚤龍正在保護紋漁龍，他們體重加起來大過豐慶，但她使出了渾身解數，巧妙地引誘他們飛向前，試圖造成空隙衝向紋漁龍。運輸艦的甲板冒起濃濃煙霧——看來索頓的隊員趁機又丟了幾顆炸彈上去。

他們靠近時，索頓從豐慶背上打出信號：飛至左翼。豐慶衝向兩隻防禦的龍以吸引他們的注意，無畏則飛掠過去襲擊紋漁龍的側腹。他的爪子撕過鏈甲，發出可怕的噪音，黑血湧了出來。紋漁龍吼著，出於反射攻擊無畏以求自保，於是一隻前腳放開了橫樑。橫樑由粗鏈固定在龍的身上，但運輸艦仍然明顯地傾斜，勞倫斯聽到船裡的人尖叫著。

無畏鼓動翅膀一躍，動作不雅，但是非常有效，不但避開反擊，而且仍然和敵人近距離交戰。他扯掉更多鏈甲，接著又抓向紋漁龍。李格斯吼道：「準備齊射。」於是步槍手便毫不留情地猛轟紋漁龍的背部。勞倫斯發現一位法國軍官瞄準了無畏的頭，因此自己也趕緊開槍。第二槍射出時，對方抱著腿倒下去。

「長官，請准許登龍。」葛蘭比向他喊道。紋漁龍的龍背員和步槍手死傷慘重，牠的背上幾乎空了，機會很理想。葛蘭比和十幾名隊員就準備位置，一手拿劍，一手鬆開鐵鎖。

勞倫斯最擔心的就是這種情況，他很不情願地向無畏下令，要他靠到法國龍旁邊。「登龍成員離開。」他喊道，向葛蘭比揮手准許要求，但一顆心卻沉下來。看著他手下沒有鐵鎖固定，跳入等著他們的敵人手中，自己卻必須待在崗位上，沒有比這更難受的事了。

他們附近傳來一陣嚇人的悲鳴——百合的酸液吐了一隻法國龍一臉，牠痛得發狂，刨抓著自己的臉，忽左忽右急衝。無畏和紋漁龍看了都同情地縮起肩膀，讓人無法忍受的聲音也教勞倫斯爲之畏縮。接著尖叫停止，卻是讓人厭惡的解脫——那隻龍的隊長不願意看酸液腐蝕龍的頭骨，侵蝕到腦部，緩慢而痛苦的死去，所以就沿著脖子爬過去，在他的龍頭上開一槍。他有很多隊員都跳到其他的龍身上保命，有些甚至跳到百合的背上，但是隊長自己則放棄機會。勞倫斯看著他跟龍一起翻滾落下，一同墜入海中。

他強迫自己從讓人分心的可怕景象中回過神，他們在紋漁龍背上的血戰占了上風，他已經能看到幾位見習官在對付龍連接運輸艦的鏈子了。但是別的法國龍也發現了紋漁龍處於劣勢——牠們加速飛過來，還有特別勇敢的人爬出受損的運輸艦，試圖從鏈子爬到紋漁龍的背上幫忙。其中有幾個人就在勞倫斯的注視下，在傾斜的甲板上滑倒，掉落下去。但是嘗試的人有十幾個，如果他們能爬到紋漁龍身上，情勢就會對葛蘭比和登龍員不利。

這時豐慶尖銳地長嚎一聲，勞倫斯聽到索頓喊著：「退下去。」黑血從豐慶胸骨前的深深傷口湧出，而腹側另一道傷已經用白色繃帶包紮了。她調頭飛走，兩隻攻擊她的天蚤龍有了空間。他們兩隻雖然比無畏小很多，但是無畏不可能受到兩側攻擊，同時還和紋漁龍打鬥——勞倫斯如果不召回登上紋漁龍的隊員，就必須丟下他們，希望他們能活捉紋漁龍的隊長，並制伏紋漁龍。

「葛蘭比！」勞倫斯喊著。上尉抬起頭，抹去臉上的血，並注意到他們的情況之後，馬上點點頭，揮手要他們離開。勞倫斯摸摸無畏的脖子呼喚他。無畏飛離之前，又在紋漁腹側留下一道深可見骨的裂傷，然後轉頭飛走。拉開距離之後，開始盤旋觀察。兩隻體型小的法國龍沒有追來，只在紋漁龍附近盤旋，靠近之後的位置太暴露，無畏可以輕易地打敗牠們，因此牠們不敢靠近，送人爬上無畏的龍背。

不過無畏自己仍然處於危險中。他們的步槍手和半數的龍腹員都登上紋漁龍了，冒的險很值得，因爲控制住紋漁龍的話，運輸艦就不能繼續飛了，即使不掉下去，剩下的三隻龍也會被迫調頭回法國。但如此一來，無畏這裡便人手不足，要是被人登上的話，就會無力抵抗——他們不能再冒險近距離交戰。

登上紋漁龍的隊伍對付龍背上的隊員十分順利，他們的速度想必能超過運輸艦上的人。一隻天蚤龍衝過去，打算飛到紋漁龍旁邊。勞倫斯喊道：「攻擊他們。」無畏瞬間俯衝過去，掠過的爪子和利齒讓小龍驚恐地退卻。勞倫斯必須帶無畏飛開，不過這一擊已經足夠，法國人喪失機會，而紋漁龍警戒地叫了起來，轉過頭看——葛蘭比站在法國龍的脖子上，手槍指著一個男人的頭——他們擒住隊長了。

葛蘭比下令鬆開紋漁龍身上的鏈條，於是他們便讓受控制的法國龍調頭，飛向多佛。她不甘願地慢慢飛，沒幾分鐘就焦急地回頭看她的隊長。她就這麼飛走了，運輸艦仍嚴重傾斜地掛著，剩下的三隻龍奮力拖著沉重的重量掙扎。

勞倫斯沒什麼機會享受他們的勝利——又有兩隻龍俯衝向他們，一隻是冠漁龍，一隻是小騎士龍，雖然有個小字，但是仍比無畏大很多。中量級的冠漁龍衝去抓住垂下的橫樑，還掛在甲板上的人將懸吊的鏈子拋給冠漁龍的隊員，不一會兒就扶正運輸艦，重回航道上。

天蚤龍又從另一側飛向他們，而小騎士龍轉到了他們身後——他們的位置暴露了，而且越來越危急。「無畏，撤離。」勞倫斯喪氣地喊著。無畏立刻回頭，但是追擊的龍隻越飛越近。他已經激戰了快半小時，開始累了。兩隻天蚤龍互相合作，在無畏飛行的路徑上左右狂飆，減慢他的速度，企圖將他趕向大龍。小騎士龍倏然加速，飛到無畏旁邊時，突然跳了好幾個人上來。「敵方登龍。」約翰斯上尉用粗啞的男中音喊道，無畏警覺地回頭。他因爲恐懼，重新鼓起了力氣，飛離追他的龍。小騎士龍落到後面，而無畏衝出去擊中一隻天蚤龍之後，天蚤龍也不再追趕。

但是，這時已經有八個人跳到無畏身上扣好鐵鎖了。勞倫斯憂心地上好手槍子彈，把槍插入腰間，將他鐵鎖的皮帶放長一點，站著等待。約翰斯手下的五名龍背員努力擋住站在無畏背中間的登龍員。勞倫斯鼓起勇氣迅速回到位置，他的第一槍射偏，第二槍正中法國人的胸口。那男人咳著血倒下來，癱軟地掛在鞍具上。

接著是激烈狂亂的劍擊，他們快速前進，天空迅速流過，他除了眼前的人之外，什麼也看不清。他面前站了一位法國上尉，男人看到他軍階的金槓便拿槍瞄準他。勞倫斯幾乎聽不到男人努力說出口的話，也不理會他，就用拿劍的手敲開手槍，用槍托搥向法國人的太陽穴。上尉倒了下去，他身後的男人衝向勞倫斯，但他逆著他們前進時吹的風，刺出的劍連勞倫斯穿的皮外套都穿不透。

勞倫斯砍斷男人鞍具的皮帶，在他腰上踢一腳，把他踹下去，而後轉身準備迎向別的登龍員。幸好其他的登龍員不是死了就是繳械投降，他們這邊只死了喬婁納和萊特，而約翰斯上尉正由他的鐵鎖吊著，鮮血從他胸口的槍傷汩汩湧出，在來得及救他之前，他發出幾聲臨終嘈雜的喘氣聲，再也不動。

勞倫斯彎下身，闔起約翰斯瞪直的雙眼，把自己的劍掛回腰間，然後說：「馬丁先生，接任上尉，負責指揮龍背。把這些屍體清理掉。」

「是的，長官。」馬丁喘著氣回答。他臉頰上有一道染了血的割傷，金髮上濺了鮮紅的血跡。「隊長，你的手臂沒事嗎？」

勞倫斯低頭一看，外套的裂口微微滲出鮮血，但他還能隨意活動手臂，不覺得無力。他答道：「擦傷而已，我直接紮起來就好。」

他爬過一具屍體，回到無畏頸子上的崗位，把自己固定好，才鬆下領帶包在傷口上。他喊著：「登龍員逐退。」無畏聽了，緊張的肩膀才放鬆下來。無畏按照被敵人登上時標準的應變程序，飛離戰場。這時他轉身飛回去，勞倫斯抬起頭，在煙霧和龍翅間可以看到整個戰局。

只有三艘運輸艦完全沒受到攻擊——英國龍此刻正忙著和法國負責防禦的龍纏鬥。百合獨自飛著，身邊只有燦輝——那隻大騎士龍近距離交戰，離前一次相會已經有個月了，巨無霸的體型和他更接近，兩隻龍狂暴地撕抓對方。他們距離戰場很遠，爭鬥的聲音模糊不清。勞倫斯聽得到另一個更致命的聲響——海浪在白色懸崖下沖擊、碎裂的聲音。他們被趕到接近岸邊了，他看得見陸地上集結的士兵紅白相間的外套。而這時還沒到中午。

六隻龍組成的方陣突然由法國陣線衝出來，俯衝向陸地，一隻隻龍都高聲大吼，龍的隊員則丟下炸彈。稀薄的紅衣人像在風中一樣搖搖晃晃，中央的民兵幾乎散開了，雖然幾乎沒有實質的傷害，但是人們捂著耳朵，跪倒在地上。十幾門砲漫無目的地發射——勞倫斯沮喪地想，他們浪費了彈藥，這下子領頭的運輸艦可以幾乎毫髮無傷地降落了。

四隻負責搬運的龍飛得更靠近，在運輸艦上方緊密地靠著，讓船艦龍骨靠著自己的衝力在地上鑿出停靠的地方。滾滾塵土向前排的英國士兵撲去，他們伸出手阻擋，幾乎就在一瞬間，半數的人都倒地死去了——就像打開穀倉的門一樣，運輸艦的整個前半部開了，整排步槍手蜂擁而出，殺光前排的英國士兵。

法國士兵衝過煙霧，響起「法皇萬歲」的呼聲——一千多人拖著兩門十八磅砲彈的大砲跑出來，士兵排成隊伍保護大砲，砲手則急忙準備發射。紅衣人齊射步槍反擊，過了一會兒，民兵也參差不齊地攻擊。不過法國都是堅強的老兵，雖然有幾十人倒下死亡，隊伍仍然密合地塡補他們的位置，人人都堅守崗位。

四隻搬運運輸艦的龍丟下了鏈子。放下重擔之後，他們再次起飛，加入戰鬥，讓英國的空軍更加寡不敵衆。再過不久，另一艘運輸艦就會在更加嚴密的保護下著陸，搬運它的龍會讓情勢更糟。

巨無霸怒吼著，從巨騎士龍身上抽出爪子，猛然拚了命，衝向就要降落的運輸艦。他不用技巧或花招，只讓自己直撲而下。兩隻小龍企圖阻擋他，但他用全身的重量俯衝，他們的利爪和龍齒雖然擦過他，他卻僅僅以衝力就撞開他們。一隻小龍被彈到一旁；另一隻紅藍條紋的金色榮耀一邊翅膀無力地展開，翻滾著撞上懸崖，四肢扒著凹凹凸凸的石壁，奮力想抓住崖壁，想爬上崖頂，白堊岩的粉末頓時四散。

一艘大約二十四門砲的巡防艦因爲吃水不深，敢待在靠近海岸的地方，這時抓住機會——那隻龍還來不及爬上懸崖邊，她就如雷鳴一般發射雙排舷側砲。法國龍應聲尖叫，落了下去，粉身碎骨。無情的浪花將他的殘骸和他隊員的屍體沖向岩石。

在懸崖上方，巨無霸落上第二艘運輸艦拉扯著鏈條。搬運的龍無法支持他的重量，但仍然奮勇掙扎，就在他把鏈子拉斷的那一瞬間，牠們一同奮力抬起運輸艦，讓船艦落到懸崖邊。木製的船殼從二十呎高的空中落下，像顆蛋一樣碎裂，人和槍砲落得滿地。但是高度不夠高，存活的人幾乎立刻跌跌撞撞地站起來，而且已經安全地待在建立好的戰線後方了。

巨無霸重重地落在英國的戰線之後——他的側腹在寒冷的空氣中冒著熱氣，血從身上十多個傷口不停冒出，翅膀垂在地上——他掙扎著想拍動翅膀飛起來，卻力不從心，只好以後腿坐了下來，四肢疲累地顫抖著。

地上已經有三、四千名敵軍，還有五門大砲。集結在這裡的英軍只有兩萬人，而且大部分是民兵，看到上面有法國龍在飛，顯然不願意進攻——不少人已經打算逃跑了。如果法軍的指揮官聰明一點，就不會再等三、四艘運輸艦著陸才發動攻擊，即使他的人進攻超過了英國大砲設置的位置，他還可以用那些大砲攻擊英國龍，徹底清出通道。

「勞倫斯，」無畏轉過頭說，「又有兩艘要降落了。」

「是啊，」勞倫斯低聲回道，「我們要想辦法阻止，他們著陸的話，地上的戰鬥就輸了。」

無畏沉默了好一陣子，不發一語，調頭朝著會超越領頭運輸艦的方向飛去。接著他說道：「勞倫斯，我們不可能成功，對不對？」

兩名前方的守望員是年輕的少尉，也在聽他們對話。因此勞倫斯不只跟無畏說話，也在對他們說話。「或許吧，不會永遠成功。」勞倫斯說，「不過我們也許還能保護英國——如果能逼他們一次降落一艘，或是在比較差的位置降落，民兵還可能擋住他們一陣子。」

無畏點點頭。勞倫斯覺得無畏了解他的言外之意——這場戰役輸定了，而他們這一擊也只是形式上的一搏。「我們還是得試試，不然就會丟下朋友，讓他們獨自戰鬥。」無畏說，「我想你一直在說的責任就是這個意思，至少這部分我能了解。」

「是啊。」勞倫斯說，只覺得喉嚨一陣緊。他們超越了運輸艦，已經飛到陸地上方，腳下是民兵一片模糊的紅色人海。無畏迴轉過來，迎面飛向最前頭的運輸艦；勞倫斯只有把握時間把手放到無畏的脖子上，以超越語言的方式交流。

法國龍看到陸地，受到鼓舞——速度加快了。運輸艦前側是兩隻漁龍，體型相當，而且都沒受傷——勞倫斯讓無畏決定自己的目標，同時為手槍裝上彈藥。

無畏在逼近的龍前面停住，伸展雙翅待在半空中，像要擋住牠們的去路。他的頭冠本能地立起來，布滿網絡的灰色皮膜在陽光下變得半透明。他吸氣時，一陣緩慢而深沉的振動傳遍全身，身體兩側膨脹得比寬大的胸廓更大，肋骨跟著浮出來——無畏的皮膚似乎變得緊繃，勞倫斯緊張了起來——他感覺得到空氣在皮膚下流動，在無畏的肺泡裡迴盪共鳴。

彷彿有一陣低沉的迴響在無畏全身傳開，像隆隆的鼓聲。「無畏！」勞倫斯喊著，或是想這麼喊，他完全聽不到自己的聲音了。他只感到一股驚人的顫動沿著無畏的身軀傳向前，之前吸進的所有空氣，都凝聚到那個動作中——無畏張開雙顎，發出的咆哮不但響亮，更充滿力量，那陣轟然的波動異常劇烈，他前方的空氣好像都因此扭曲。

一時間煙霧瀰漫，勞倫斯看不到前方。視線變清楚的時候，他一開始並不了解看到的景象。在他們前面，運輸艦就像遭到舷側砲齊發一樣，變得破碎不堪，輕質的木料像砲擊一樣爆裂，人和大砲洩出船艙，落入懸崖下面碎裂的浪花。勞倫斯覺得下顎和耳朵都痛得不得了，就像頭挨了一記棍子一樣，無畏的身軀還在他身下顫抖。

「勞倫斯，我想那是我做的。」無畏說著，聲音與其說喜悅，還不如說是震驚。勞倫斯能了解他的感覺——他也沒辦法馬上說出話來。

四隻飛龍還抓著毀掉的船艦上的橫樑，左側前面的龍鼻子流著血，哽咽著，疼痛地大叫。他的隊員急著要救他，拋開鐵鏈讓殘骸掉下去，而牠又奮力飛了最後半哩，降落到法國的戰線後方。隊長和隊員立刻跳到地面，受傷的龍縮成一團，抓著自己的頭嗚咽。

在法軍後面，英軍發出激動的歡呼，法軍則發射大砲——地上的法國兵正對準無畏射擊。「長官，他們裝好砲彈的話，我們就在大砲射程內了。」馬丁著急地說。

無畏聽到了，馬上飛到海面上，先離開他們的射程，停在空中。法國的空軍暫時停止前進，幾隻防禦的龍盤旋著不敢輕易靠近，而且和勞倫斯、無畏一樣的迷惑。但過不了多久，上面的法軍隊長就可能弄清楚情況，至少能鎮定下來，然後或許會合力擊敗無畏。如果要利用他們受到驚嚇的機會，時間恐怕不多了。

「無畏，」他連忙喊道，「飛低一點，試試看在懸崖的高度，從下方攻擊運輸艦。」接著他轉身向信號官說：「透納先生，對下方的船艦發射一砲，掛出靠近後交戰的信號，他們應該會了解我的意思。」

「我試試看。」無畏沒信心地說著，接著降低高度、準備好以後，再一次吸氣，驚人地膨脹身體，然後抬起頭，對準一艘還在水面上的運輸艦底部又咆哮了一次。這次距離比較遠，船艦沒有完全碎裂，但是船殼上破了一個大洞。上面的四隻龍立刻就拚命飛向陸地，努力不讓運輸艦在著陸前破散。

一支法國龍的箭頭型編隊筆直地衝向他們，領頭的是一隻大騎士龍，後面跟著四隻重量級的龍隻。無畏加速飛開，勞倫斯輕碰身體提示他，於是無畏降到更靠海面的位置，海上有半打的巡防艦和三艘戰列艦守株待兔。法國龍低空掠過時，英國船艦舷側的長管平射砲隆隆齊發，一座接著一座射出砲彈，讓法國龍驚慌失措地散開，躲避飛來的葡萄彈和砲彈。

「好了，下一艘，快。」勞倫斯向無畏喊著，不過他的命令有點多餘——無畏已經轉身而飛了。他直接飛到下一艘運輸艦的下方——那是最大的一艘運輸艦，由四隻重量級的龍隻搬運，甲板上金色老鷹的軍旗飄揚著。

「那是他的旗幟，對不對？」無畏向勞倫斯喊道，「拿破崙在那上面嗎？」

「應該是他手下的元帥。」勞倫斯壓過風聲喊著。雖然如此，他仍然感到激動、興奮。防禦的龍提升高度，排好隊形準備再追擊他們。但是無畏熱烈地振翅前進，甩掉法國龍，然後對著巨大的運輸艦咆哮。這艘運輸艦用的木頭比較結實，不像之前幾艘輕易就破碎，但是木板仍然發出槍響一般的爆裂聲裂開，碎塊四散。

無畏俯衝下去，試圖再發出一擊。突然間，百合飛到了他們旁邊，梭巡姬飛到另一側，藍登用他的擴音器吼道：「上吧，去對付他們。該死的畜牲由我們處理就好——」說完，兩隻龍就轉身攔截，再次追向無畏的法國龍隻。

但就在無畏開始向上飛時，受損的運輸艦發出了新的信號。合力搬運運輸艦的四隻龍調頭飛走了，整個戰場上，所有仍在空中的運輸艦都停下來跟著調頭，飛向撤退回法國、漫長又累人的旅程。

**譯註：**

**❶：普茲茅斯（Portsmouth），英格蘭南岸的都市，也是海軍軍港所在。**

# 尾聲

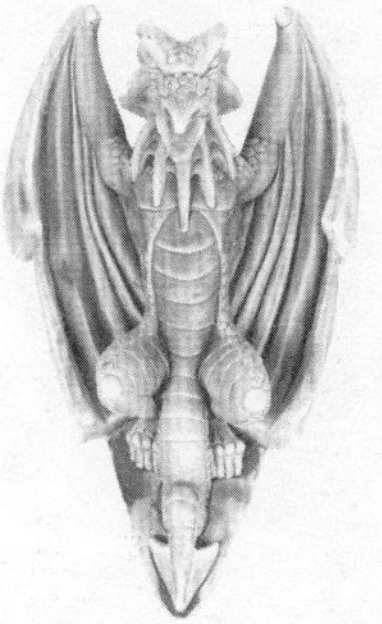

「勞倫斯，幫個忙，拿杯酒給我。」珍．羅蘭說著，跌坐到他旁邊的椅子上，完全不在乎裙子被壓壞。「跳兩輪舞眞是太累人了。走之前，我可不要再離開這張椅子。」

「妳想現在走嗎？」勞倫斯問著，同時站了起來，「我很樂意陪妳走。」

「你那麼問，是怕我穿這身裙子笨手笨腳，走不到一哩路就會跌倒嗎？小心我用這個漂亮的小提包揍你喔！」她說完發出那低沉的笑聲，「我打扮成這樣，才不要這麼快就逃走呢。我和殲滅不到一個星期後就得回多佛，天曉得我還要多久才能再見識到舞會！況且這場舞會意義非凡，是爲了向我們致意所舉辦的。」

錢納里說：「勞倫斯，我跟你一起去。如果他們只有這種法國小珍饈，不拿別的東西餵我們，我就要去多拿一點食物。」錢納里說著，也從座位上站起來。

「對，對，」柏克力說，「整盤拿過來。」

他們在餐桌前被人群擠散了。時間越晚，會場越是水洩不通。倫敦的社交圈，仍舊因爲連勝了特拉加法和多佛兩場戰役而欣喜若狂。一時之間對飛行員的好感，和從前對他們的輕蔑一樣濃。勞倫斯的外套和金槓讓別人對他微笑示意並禮讓他，所以沒花多少功夫，就拿到了那杯酒。如果珍和哈克特不能享受雪茄，他獨享就顯得很沒禮貌。因此，他不情願地放棄拿雪茄，又拿了一杯酒，心想同桌應該有人會需要。他因爲拿著兩杯酒，兩隻手都沒閒著，幸好走回餐桌的路上只需要微微鞠躬，向人借過。

「勞倫斯隊長。」說話的是孟塔古小姐，和上次在他父母家裡所露出的表情相比，此時她的笑容友善多了。他兩手都拿著東西，孟塔古小姐不能伸手挽住他，因此露出失望的表情。「眞高興又見到你。自從上次我們一起在伍拉頓莊園，已經過了好久了呢。親愛的無畏還好嗎？我聽到消息的時候，心都要跳出來了！我想你們一定有參與激烈的戰事，果然沒錯。」

「謝謝妳，他很好。」勞倫斯盡量表現得禮貌，但是她話裡那聲親愛的無畏，讓人聽了心痛。上流社會現在較能認同他的身分了，即使他父親的態度沒有因此而軟化，勞倫斯也不能因爲孟塔古小姐當過父母的客人，就對她無禮。他沒理由讓父子間的爭執變得更激烈，或者還在沒必要的情況下，讓他母親的處境更尷尬。

「請容我向文斯戴爾勳爵介紹你。」她說著，轉向她的同伴，「這位是勞倫斯隊長。」然後她壓低聲音，用勞倫斯幾乎聽不見的低語說：「你知道嗎？他是阿連德勳爵的兒子。」

「幸會，幸會。」文斯戴爾說，同時微微向他點頭致意，看來覺得夠紆尊降貴了。「勞倫斯，你可是最近的名人啊，應該要大受表揚。我們都很慶幸你能為英國贏得那隻龍。」

「您過獎了，文斯戴爾。」勞倫斯刻意表現得和他一樣熱情，「恕我失陪，酒馬上就要變溫了。」

他的話很唐突，孟塔古小姐根本不可能裝作沒注意。她閃過怒容，接著卻用甜死人的聲音說：「對啊！你去看蓋曼小姐的話，能幫我問候她嗎？噢，我真粗心，應該說是伍爾維夫人了。而且她不在城裡，對吧？」

他厭惡地看著她。沒想到她的洞察力那麼強，又那麼狠毒，居然挖得出他和伊蒂絲從前的關係。「沒錯，我想她和她丈夫現在正在湖區旅遊吧。」他說著鞠躬，然後離開，一心慶幸伊蒂絲的近況沒機會讓他吃驚。

戰役結束後不久，勞倫斯的母親寫信告訴他這件婚事。他還留在多佛時就接到信了。她告訴他這事以後，寫道：「希望我的信不會讓你太痛苦，我知道你一直很愛慕她。說實在的，我也一直認為她很有魅力，不過她對這件事的判斷實在很差。」

他早在接到信之前就受過真正的衝擊了。他知道伊蒂絲一定會嫁給別人，因此能誠心地請母親別煩惱。其實，他不能責備伊蒂絲做出這樣的判斷——回頭看，他能了解這樣的結合對雙方有多糟糕。過去九個多月裡，他完全沒有多餘的心思能放在她身上。伍爾維當然可以成為伊蒂絲理想的丈夫，而他卻不行。他覺得再見面的話，自己能誠懇地祝她幸福。

不過對於孟塔古小姐那樣的冷嘲熱諷，他仍然很生氣。他顯然露出了不高興的表情，回座的時候，珍從他手上接過兩杯酒說：「你去得真夠久。有人找你麻煩嗎？別理他們，去外面晃晃，看看無畏有多享受——你的心情就會好一點了。」

這個主意非常吸引人。「我這就去，各位，失陪了。」他對大夥兒鞠躬後離席。

「幫我看看巨無霸，看他還要不要再吃晚餐。」柏克力在他身後喊。

「還有百合。」哈克特喊著，然後愧疚地東張西望，看看附近餐桌的客人有沒有聽到她的話——當然在場的人不知道和飛行員在一起的婦女也是隊長，以為她們只是飛行員的妻子。不過珍臉上帶著疤，很引人側目。倒是她自己對那些眼光一點也不在意。

勞倫斯鑽過人群到外面，讓席間的客人繼續吵吵鬧鬧，興奮地交談。這座倫敦附近的古老掩蔽所，早已被空軍荒廢，現在反而被城市占據使用。空軍在這裡只保留信差的運作，或者因應某些活動場合，才會暫時收回使用。而原先總部的位置已改建成一座大型的涼亭了。因為飛行員的要求，所以音樂家們被安排在涼亭的邊緣，龍隻則聚集在外面欣賞。一開始音樂家們有些困擾，大多把椅子轉向室外。不過隨著時間越來越晚，和嘈雜的客人比起來，這些龍聽眾更懂得欣賞。因此他們的恐懼漸漸被虛榮心取代，勞倫斯還發現第一小提琴手完全拋棄了管弦樂團，用示範的方式向龍演奏各種曲調，奏出不同作曲家的作品。

巨無霸、百合和一些龍都很有興趣，陶醉地聆聽且不停問問題。過了一會兒，勞倫斯才意外地發現無畏很反常，竟然蜷曲在其他龍後面的一塊小空地邊緣，和一位勞倫斯看不見的男士說話。

他繞過龍群走了過去，輕聲叫著無畏。那位男士聽到了，轉過身來，勞倫斯驚喜地認出那是艾德華·豪爾爵士，於是匆匆走過去打招呼。

「爵士，眞高興見到你。」勞倫斯握著他的手說，「我們剛到倫敦，我就特地問候你的情況，可是沒聽說你回倫敦了。」

「聽到消息的時候，我在愛爾蘭，今天才剛回到倫敦。」艾德華爵士說，勞倫斯這才注意到他還穿著旅行的裝束，靴子上沾滿塵土。「我仗著我們認識，不請自來，想快點和你談談，希望你不要見怪。我看到裡面那麼多人，就覺得與其進去找你，不如和無畏待在一起，等你出現。」

「是啊，不好意思，讓你麻煩了。」勞倫斯說，「其實，我在發現無畏的能力之後，就很想和你談談，相信你也是聽了那個消息才來的。他只知道那種感覺和咆哮的感覺一樣，我們不了解聲音怎麼會造成那麼驚人的效果，而且沒人聽過類似的事情。」

「是啊，你們應該沒聽過。」艾德華爵士說，「勞倫斯……」他欲言又止，看了一眼他們和涼亭之間的龍群——第一場演奏結束，龍隻正在隆隆地出聲表示讚賞。「我們可以到隱密一點的地方說嗎？」

「你們要去安靜一點的地方，可以到我的空地。」無畏說，「我很樂意載你們倆去，一下子就到了。」

「太好了，你不反對吧？」艾德華爵士問勞倫斯，而無畏小心地把他們抓在前爪中，不一會兒就將他們放在荒廢的空地上，自己舒服地安頓下來。

「很抱歉打斷你們慶祝的夜晚，讓你們麻煩了。」艾德華爵士說。

「爵士，我向你保證，我很高興被這件事打斷，請別見外。」勞倫斯急著想知道艾德華爵士要說的事。他怕拿破崙可能派間諜來，還不放心無畏的安危，而且他們戰勝之後，他更擔心了。

「你不用再懸著一顆心了。」艾德華說，「無畏的能力是怎麼運作的，我其實不清楚。不過文獻有記載這種能力的效果，所以我可以告訴你那是什麼——這種能力，中國和日本稱它爲『神風』。你親眼看過示範，恐怕不會從我口中得到更多資訊。不過重點是：有這種能力的龍，世上只有一個品種——天龍。」

這名字在寂靜中迴盪很久，勞倫斯一時之間不知道該如何思考。無畏猶豫地看著他們倆。「和帝王龍很不一樣嗎？」他問道，「兩種都是中國的品種吧？」

「眞的非常不一樣。」艾德華爵士回答，「帝王龍已經很稀有了，而天龍只會由皇帝自己或是皇親國戚駕馭。我想世界上最多只有幾十隻吧。」

「皇帝自己。」勞倫斯驚訝地重複，並慢慢理解了。「爵士，你應該不曉得我們在開戰前不久，在多佛抓到一名間諜——他告訴我們，無畏的蛋原來不只要給法國，還是給拿破崙本人的。」

艾德華點點頭。「我聽了也不意外。不久之前，五月的時候，法國的議會才將拿破崙選為皇帝。以你遇到法國船艦的時間點推測，中國知道之後，立刻將龍蛋送給他。我想不透他們為什麼要給他這樣的禮物，因為沒有中法結盟的跡象。但是這個時間點太巧了，結盟是唯一合理的解釋。」

「如果他們對孵化的時間有點概念，也難怪他們會那樣運送。」勞倫斯接著說，「從中國繞過合恩角❶到法國，只有跑得快的巡防艦辦得到，但是得冒一點風險。」

「勞倫斯，」艾德華的語調聽起來悶悶不樂，「我誤導了你，但願你能原諒。我甚至拿無知當藉口——我讀過對天龍的描述，也看過很多圖畫，但是從來沒想到頭冠和捲鬚要等他成熟才會長出來。而天龍的體型和翅膀形狀，和帝王龍一模一樣。」

「爵士，請不要想太多，你完全不需要道歉。」勞倫斯說，「無畏是什麼品種，對他的訓練幾乎不會有影響。而且在戰役中，我們也在最好的時機知道了他的能力。」他抬頭對無畏笑了笑，摸摸他身旁無畏光滑的前腳，無畏則高興地哼了一聲，表示同意。「哎，親愛的，原來你是天龍，我不該覺得意外的。也難怪拿破崙失去你會那麼氣憤。」

「我想他會繼續生氣吧。」艾德華爵士說，「更糟的是，要是中國人知道了，可能會為了這件事勒著我們的脖子。只要關係到皇帝的名譽，他們就敏感得不得了，要是知道英國軍官占有他們的寶物，一定會很火大。」

「我不覺得這和拿破崙或中國人有關係。」無畏露出氣憤的神情，「我已經不在蛋裡了，也不在乎勞倫斯是不是皇帝。即使拿破崙是皇帝，我們依然在戰場上打敗他，逼他撤退。我不懂那個頭銜好在哪裡。」

「親愛的，別生氣，他們沒立場反對。」勞倫斯說，「我們不是從中國船上得到你的，中國船還能算中立，但那是艘法國軍艦，他們把你交給我們的敵人，你是我們合法的戰利品。」

「幸好是這樣。」艾德華爵士說著，卻露出猶豫的樣子。「不過他們還是可能有異議。他們不太尊重別國的法律，尤其和他們的觀念有抵觸的法律，更是完全不理會。你對中國和英國的關係有概念嗎？」

「他們應該不能有多大異議吧。」勞倫斯半信半疑地說，「我知道他們的海軍不怎麼樣，不過龍隻向來很有名。我會把消息告訴藍登司令，如果這件事情我們和他們的看法不同，他應該更知道要怎麼處理。」

他們頭上傳來一陣急促的振翅聲，落地時地面隨之動搖——巨無霸飛回到附近他的空地，勞倫斯穿過樹木間，還能看見他紅金色的龍皮。還有幾隻小一點的龍也從他們頭上飛過，回到休息處——舞會顯然已經結束，勞倫斯看到吊燈的燈火燒短，才知道時間已晚了。

「你長途奔波，一定累了吧。」他轉身向艾德華爵士說，「爵士，你告訴我們這個消息，我萬分感激。能先跟你約明天一起用午餐嗎？我不想讓你站在寒風中，卻還有很多相關問題想問你，請教更多有關天龍的事。」

「我很樂意。」艾德華爵士說著，分別向他們倆鞠躬。勞倫斯想陪他出去，他卻說：「謝謝，不用了，我可以找到路出去。我在倫敦長大，小時候常常在這裡遊蕩，想著龍的事情。你才來這裡一天，我敢說這地方我比你還熟。」約好隔天午餐的會面後，艾德華爵士便向他們道別了。

羅蘭隊長在附近的旅館訂了房間，勞倫斯原來打算去過夜的，卻發現自己不想離開無畏。於是他在地勤人員待的馬廄找出幾條舊毯子，在無畏的懷中幫自己做了一個滿是灰塵的小窩，捲起外套當枕頭。他決定早上再和珍道歉，她會了解的。

龍和人安頓好了，無畏以翅膀爲他擋去寒風後問：「勞倫斯，中國是什麼樣子？」

「親愛的，我沒去過呢。我只去過印度。」他說，「不過我知道那是全世界最古老的國度，知道嗎？中國甚至比羅馬還古老，而且他們的龍眞的是世界上最好的龍。」他最後加了一句，看著無畏得意起來。

「等戰爭結束，我們勝利之後，也許可以去一趟。希望有一天能見到其他的天龍。」無畏說，「不過他們居然把我送給拿破崙，太荒謬了。我不會讓別人把你從我身邊帶走。」

「我也是，親愛的。」勞倫斯笑著說，不過他知道若中國提出異議，事情會變得很複雜。對於這件事，他的心底和無畏抱著一樣單純的想法。勞倫斯聽著無畏緩慢沉重的脈搏聲，就像海上無盡的浪濤，他很快就進入了夢鄉。

譯註：

❶：合恩角（Cape Horn），是南美智利火山群島南方海岬、世界上海況最惡劣的航道之一。

以下附錄摘自《對歐洲飛龍目之觀察，以及東方品種之附註》
發表人：皇家學會會員艾德華・豪爾爵士
一七九六年，約翰・莫瑞出版社，倫敦市奧柏馬街

〈作者序〉
# 龍體重的測量數據

本文中將公布數種龍品種的體種數據，由於和目前已知的數據大相逕庭，大部分的讀者可能覺得難以置信。一般認為成年的皇銅龍約重十噸，如此龐大的體積已經快超乎想像。而筆者必須指出從前過於低估皇銅龍的體重，實際數值應該接近三十噸。讀者看了不知作何感想？

為了進一步解釋，筆者要介紹居維葉❶先生的近期研究。龍有賴氣囊才能飛行，居維葉

先生近期對氣囊的解剖學研究中，引用了卡文迪西❷的研究成果。卡文迪西成功分離出比一般空氣組成還輕的特殊氣體，這種氣體會充滿龍的氣囊。居維葉先生因此提出一種新的量測方法，需加回氣囊減輕的重量，如此得到的龍隻重量，更能和其他沒有氣囊的大型陸生動物進行比較。

體型最大的品種，新與舊的體重測量差異最大。沒有親眼見過龍隻，特別是大型龍隻的人，可能對以上的說法存疑。其實，皇銅龍幾乎一口就能吞掉重達六噸的大型的印度象。舊的方法得到的結果，前者的體重卻不會超過後者的兩倍，這樣的數據顯然有問題。如果像筆者一樣，有機會親眼目睹二者站在一起，就會比較能接受新的方法了。

艾德華・豪爾爵士

一七九五年十一月筆

# 第五章

**關鍵字：英國原生品種、常見品種、與歐陸品種關係、現代食物對體型之影響、皇銅龍的起源、噴毒龍和噴酸龍。**

另外，黃色收割者因爲太普遍，常被低估。然而這種龍數量很多，其實是因爲他們的優異特性——通常吃苦耐勞，對食物不挑剔，能耐高熱和低溫，幾乎一律性情溫馴。因此，不列顛群島幾乎所有品種都混有他們的血統。黃色收割者剛好符合中量級龍隻的標準，不過在品種內的個別差異，比大部分品種都還大，體重可能小至十噸，大到最近大型樣本的十七噸。

一般的黃色收割者重約十二到十五噸，體長通常爲五十呎，翼長八十呎，十分勻稱。孔雀藍收割者和他們的親戚最大的不同，是體色的差異——黃色收割者帶著斑點的黃色，有時在身體側面和翅膀會有白色的虎斑；孔雀藍收割者則是比較淡的黃褐色，上面有淡綠的斑紋。一般認為，孔雀藍收割者是黃色收割者和斯堪地那維亞的鱗蟲的雜交種，產生於盎格魯．薩克遜時代。孔雀藍收割者偏好較寒冷的氣候，一般分布於蘇格蘭東北部。

由狩獵紀錄和收集的龍骨可以知道，灰色造寡者曾經一度和收割者一樣常見，但是目前已經快要絕跡。此品種極難駕馭，而且性喜偷竊牛隻，因此受到狩獵而幾乎絕種。只有少數野生的灰色造寡者在與世隔絕的山地地區（多於蘇格蘭）活動，還有部分被安置在繁殖場以保存基本的家系。灰色造寡者體型小，生性好鬥，很少大於八噸。他們的體色是帶斑紋的灰色，在飛行時容易避人耳目，因此一般會讓灰色造寡者和比較溫馴的溫徹斯特龍交配，產生灰紋龍的品種。

冠漁龍和紋漁龍是最常見的法國品種。由翅膀構造和胸骨結構來看，他們的血統和造寡者比較近，和收割者則比較遠。他們和造寡者的胸骨都有龍骨突起，和鎖骨相連。由於在解剖學上有這種特徵，二者都比較適合用來繁殖輕量級戰龍和郵務龍，不適於用來繁殖重量級戰龍……

英國所有重量級品種的龍隻，都是和歐陸品種雜交後的產物，而不是不列顛群島的原生種。體型上的差異主要是氣候造成的——大型的龍處於溫暖氣候時，氣囊比較容易補償驚人的重量，因此大多喜歡溫暖氣候。有人提出不列顛群島飼養的牲畜，不足以餵養最大的品種。若考慮數量的因素，由於龍的食物範圍很廣，因此可以看出這種論點在推論上的破綻。眾所皆知，在野外的龍隻甚至可能兩星期才進食一次。尤其在夏天，龍隻的睡眠時間加長，偏偏這時他們的獵物又最爲肥美。馴養的龍隻則每天進食數次，特別在生長極爲重要的幼年階段能持續得到食物，因此野生的龍隻當然不會長到馴養龍隻的大小。

舉例來說，我們看到西班牙東南部的亞爾梅里亞省大部分只有山羊棲息，卻是我們皇銅龍的祖先——兇猛的紋皇龍的原產地。人工飼養時，這個品種會達到二十五噸的標準體重，不過野生的龍通常不會超過十至十二噸……

皇銅龍的體型超過所有目前已知品種，成年時的體重可達五十噸，體長可到一百二十呎。皇銅龍的體色非常醒目，是紅與黃的漸層色，每隻個體間各有不同的變化。此品種的公龍平均比母龍稍小，成年的公龍在前額會長出龍角。公、母龍背上都有一道棘，因此在登龍行動時，十分危險。

這種巨型的龍隻是十代左右的照量和小心雜交的成品，無疑是英國繁殖場最大的成就。此外，這也證實讓價值不顯著的品種雜交，可能得到出乎意外的優點。羅捷．培根❸最先提議將體型較小的母性明銅龍，和卡斯提爾的艾蓮娜❹嫁妝中的巨大公龍征服者交配。他當時提議依照的假設雖然有誤，認爲龍的體色代表某種元素的影響，認爲這兩個品種都是橘色的，是二者有共同點的徵兆。不過這次雜交得到絕佳的成果，產生的後代體型比龐大的親代都還大，而且長途飛行的耐力更強。

蘇格蘭格拉斯哥的約書亞．柯奎恩先生提出，明銅龍因爲體型的關係，氣囊特別大，可能是雜交成功的原因，而且皇銅龍顯然和他們的母系祖先有同樣的特徵。居維葉先生的解剖學研究，顯示皇銅龍如果沒有極爲精密的骨架結構支撐，龐大的軀體會把氣體從龍肺中壓出來……

法國的光榮之焰和西班牙的火箭龍對我們的船運危害甚大。我們的培育者雖然一再嘗試誘導珍貴的噴火特性，不列顛群島卻沒有會噴火的龍隻。不過英國原生的啐沫龍卻會噴出毒液，麻痺獵物。啐沫龍本身體型太小，飛不高，作爲戰龍沒有多少價値，但是和法國的金色榮耀雜交增大體型，並和同樣有毒液的俄國鐵翼龍雜交之後，便產生非常珍貴的雜交後代——飛行能力改善，體型變爲中量級，毒液的毒性更強。

這些後代彼此再雜交，血統多次與親族混合之後，在亨利七世在位期間，產生了今日稱之爲長翼龍的龍隻。長翼龍的毒液強到應該正名爲酸液，而且不只可以用來攻擊其他龍隻，也能攻擊地面的目標。除了長翼龍，目前眞正能噴吐酸液的龍，有印加的珂芭卡堤和日本的狩生。

長翼龍因爲翅膀特別長而得名，卻也因此在戰場上十分容易辨認，很難僞裝。他們的身長很少超過六十呎，但是翼長通常能長達一百二十呎，而體色爲藍色和橘色漸層，在邊緣有黑白相間的條紋，非常醒目。長翼龍和他們的祖先啐沫龍一樣有橘黃色的眼睛，視力極佳。這種品種剛開始雖然認爲不容易馴服，而且在沒有馴養的狀態下太危險，曾被考慮銷毀。但是伊莉莎白一世在位期間，發展出新的馴養方式，確保可以馴養長翼龍。此後，他們就成爲摧毀西班牙無敵艦隊的助力。

# 第十七章

**關鍵字：東方與西方品種比較、東方古老品種、中國及日本帝國已知的原生種、帝王龍的特徵、天龍的說明。**

帝王龍的繁殖策略是中國不傳之秘寶，一向受到嚴密保護，在可靠的家族代代口耳相傳，並且以密碼寫成，解碼書秘不外傳。因此，西方國家或中國國都以外的地方，對帝王龍的了解都很少。

旅行者簡短的觀察，只有一點不完全的細節。我們知道，帝王龍和天龍的龍爪數量很特別，一般其他的龍品種只有四支爪，帝王龍和天龍則有五支。而歐洲龍翅膀上有五支脊骨，帝王龍和天龍則有六支。東方通常認爲這兩種品種的智力很高，一般的龍隻過了幼年，記憶力和語言能力就會衰退，帝王龍和天龍則在成年之後都能維持。

這種說法雖然只有最近得到的證據，但是可信度很高——貝胡斯伯爵在韓國宮廷見過一隻帝王龍。韓國王室和中國皇室往來密切，時常得到欽賜的帝王龍蛋。他是近期記憶所及，第一位在他們宮廷任官的法國人，因此受邀教導他的母語。據他記載，龍雖然已經成年，大約一個月後他要離開時，卻已經能用法文對話了，這樣的成就，即使有天賦的語言學家都會大爲佩服……

由西方能得到的少數天龍畫像，可以推測天龍和帝王龍血統十分接近，不過除此之外，我們對天龍就幾乎一無所知。「神風」這種最神秘的龍族能力，截至目前爲止的傳聞，讓我們相信天龍能造成地震和暴風，可以鏟平整個城市。顯然他們的能力被誇大，不過東方國家對這種能力都十分敬畏，不敢將這種天賦能力視爲單純的想像……

**譯註：**

❶：居維葉（M. Georger Cuvier，一七六九～一八三二），法國博物學家與動物學家，比較現生動物和化石，幫助建立比較解剖學和古生物學。

❷：卡文迪西（Henry Cavendish，一七三一～一八一〇），英國科學家，發現了「可燃氣體」，即氫氣。

❸：羅捷・培根（Roger Bacon，一二一四～一二九四），英國哲學家，也是歐洲倡導現代科學方法的先驅之一。

❹：卡斯提爾的艾蓮娜（Eleanor of Castile，一二四一～一二九〇），西班牙卡斯提爾王國的公主，她後來嫁至英格蘭，丈夫則登基爲艾德華一世。

國家圖書館出版品預行編目資料

戰龍無畏 / 娜歐蜜・諾維克（Naomi Novik）著；周沛郁 譯；
-- 初版 -- 臺北市：圓神，2009.04
344 面；14.8×20.8公分 --（當代文學；69）
譯自：HIS MAJESTY'S DRAGON
ISBN 978-986-133-281-9（平裝）
874.57　　98002359

The Eurasian Publishing Group
圓神出版事業機構
用心與你對話・視野無限寬廣
圓神出版社
Eurasian Press

http://www.booklife.com.tw　　inquiries@mail.eurasian.com.tw

當代文學 069

戰龍無畏

作　　者 / 娜歐蜜・諾維克（Naomi Novik）
譯　　者 / 周沛郁
發 行 人 / 簡志忠
出 版 者 / 圓神出版社有限公司
地　　址 / 台北市南京東路四段50號6樓之1
電　　話 /（02）2579-6600・2579-8800・2570-3939
傳　　真 /（02）2579-0338・2577-3220・2570-3636
郵撥帳號 / 18598712　圓神出版社有限公司
登 記 證 / 行政院新聞局局版北市業字第1462號
總 編 輯 / 陳秋月
主　　編 / 沈蕙婷
責任編輯 / 方非比
美術編輯 / 劉語彤
行銷企畫 / 吳幸芳・王輅鈞
印務統籌 / 林永潔
監　　印 / 高榮祥
校　　對 / 連秋香・方非比
排　　版 / 陳采淇
經 銷 商 / 叩應有限公司
法律顧問 / 圓神出版事業機構法律顧問　蕭雄淋律師
印　　刷 / 祥峰印刷廠
2009年4月　初版
2009年8月　2刷



定價 300 元　　ISBN 978-986-133-281-9　